KB262145

임진운 판타지 장편 소설
FANTASY FRONTIER SPIRIT

The House Keeper 1

임진운 판타지 장편 소설

초판 1쇄 찍은 날 § 2007년 12월 4일
초판 1쇄 펴낸 날 § 2007년 12월 14일

지은이 § 임진운
펴낸이 § 서경석

편집장 § 문혜영
편집책임 § 이재권
편집 § 조수희 · 이환진

펴낸곳 § 도서출판 청어람
등록번호 § 제1081-1-89호
등록일자 § 1999. 5. 31
어람번호 § 제1-0922호

주소 § 경기도 부천시 원미구 심곡1동 350-1 남성B/D 3F (우) 420-011
전화 § 032-656-4452 팩스 § 032-656-4453
http://www.chungeoram.com
E-mail § eoram99@chollian.net

ISBN 978-89-251-1059-2 04810
ISBN 978-89-251-1058-5 (세트)

The House Keeper

The Grand Violet

1

[가르시너 백작가]

임진운 판타지 장편 소설
FANTASY FRONTIER SPIRIT

contents

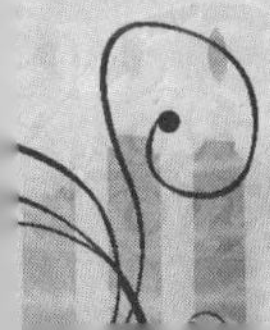

CHAPTER 01
맹인 라드

미세한 안개 입자들이 차갑게 식은 허공을 유유히 떠돌았다. 거대한 장막이 되어버린 짙은 안개는 한 치 앞을 보는 것조차 허용치 않았고, 장난이라도 치듯 그 일대를 누비며 흩어짐과 모임을 반복하는 중이었다. 미물들의 발소리마저 무거운 안개 속에 숨겨지고 있을 때, 안개를 흩뜨리며 움직이는 인물이 있었다.

철벅! 철벅!

발등이 덮일 정도의 질퍽한 흙바닥을 무심히 박차며 어디론가 달리는 한 명의 인물. 진갈색의 후드를 깊이 뒤집어쓰고 있었기에 그 생김새를 알아볼 수 없었다. 그저 쉴 새 없이 하얀 입김을 내뱉는 창백한 입술과 다듬지 않은 거친 수염이 돋아 있는 검은 턱만이 겉으로 보이는 그의 모든 것이었다.

"하악, 하악……."

가쁜 숨을 애써 참으며 달리던 인물은 단단한 무엇인가가 발끝에 걸림을 느꼈다. 어떠한 반응을 보일 사이도 없이 그의 몸은 허공으로 떠올라 있었다.

철퍼덕! 철퍽!

달리던 속도를 이기지 못한 그의 몸은 몇 바퀴나 굴러서야 멈췄다. 팔꿈치와 무릎의 쓰라림, 그리고 옷가지를 뚫고서 땅으로부터 스며드는 차가운 물기를 느꼈다. 하지만 그러한 것에 신경 쓸 여유가 없었는지 급히 몸을 웅크리며 주변의 움직임에 귀를 곤두세웠다.

처벅, 처벅…….

짙은 안개의 장막 너머로부터 들려오는 누군가의 느긋한 발소리. 타인의 발자국 소리가 귓바퀴를 타고 고막 속으로 스며들자 그는 더욱 창백해진 입술을 꾸욱 베어 물었다.

"빌어먹을… 벌써 따라오다니. 반반한 얼굴답지 않게 지독한 놈이야."

숨소리보다 작은 혼자만의 중얼거림이었다. 하지만 그것이 어떠한 빌미를 제공하기라도 한 듯 거북스럽도록 얄팍한 남성의 목소리가 들려오기 시작했다.

"라시드! '바람의 바이올렛(Wind Violet)' 의 눈을 피하려면 숨소리마저 숨겨야 하는 것을 모르는 건가? 눈에 보이지 않는 다고 안심하지 말라고… 네 코끝을 스치는 그 작은 바람 한 올, 한 올이 내게 속삭여 주거든……. 네가 어디에 있는지를 말이야."

라시드라는 이름으로 불린 후드의 인물은 자신의 볼과 옷 깃에 스치는 날카로운 바람을 느꼈다. 조심스러운 움직임을 보이던 안개 입자들은 급격한 공기의 흐름에 놀라 사방으로 흩어졌고, 그로 인해 뿌옇던 장막은 칼에 베인 듯 좌우로 갈 라져 버렸다.

쏴아아아악.

이제 라시드와 얄팍한 목소리의 주인 사이에 남은 것이라 곤 사납게 기승을 부리는 바람뿐이었다. 그 너머로 한 남성의 모습이 보였다. 윤기가 나는 검은색 망토를 걸친 몸은 일견에 도 호리호리했고, 웨이브진 푸른 머리카락이 인상적이었다. 특이한 보라색의 눈동자를·반짝이던 그는 가는 입꼬리를 살 짝 말아 올리며 말했다.

"크크크… 라시드, 네게 개인적인 감정은 없지만 '바이올 렛(Violet)'의 순수성을 지키는 일은 성스러운 것이니 나를 원 망하지는 말라고. 대신 고통없이 '그라비드 대제(大帝)님'의 곁으로 보내줄 테니 얌전히 눈을 감는 편이 좋을 거야."

그의 말을 들은 라시드는 건조한 한숨을 내쉬었다.

"후우……. 같은 혈족을 제 손으로 잡아 죽이는 일이 성스러운 일이라니… 너는 진정으로 그렇게 생각하는 것이냐?”

얄팍한 입술 사이로 비웃음이 흘러나왔다.

“크큭! 아니, 바이올렛의 능력이 없는 녀석 따위는 혈족이라 부르기조차 수치스럽다는 것이다!”

차가운 목소리로 말을 내뱉은 남성은 양손을 들어 올리며 중얼거렸다.

“순수의 바람이여, 그대의 숨결이 나의 곁에 머무름에 날카로운 칼날이 될지니…….”

동시에 그의 양손에는 신비하리만치 푸른빛의 일렁임이 일어나기 시작했고, 짧은 외침과 함께 양손을 앞으로 내뻗었다.

“죽어랏! 윈드 커터(Wind Cutter)!”

이제 푸른빛의 덩어리는 그의 손을 떠나 뱀의 헛바닥과 같은 소리를 만들어냈다.

쉬이익!

얇은 원반 모양으로 변하며 날아오는 푸른빛의 덩어리를 본 라시드는 위급함을 느꼈고, 급히 몸을 옆으로 날려 피하려 했다.

“윽!”

하지만 푸른빛의 덩어리는 그의 움직임보다 몇 배 빨랐기에 왼팔과 앞가슴을 고스란히 내줄 수밖에 없었다.

“크윽!”

짤막한 신음성을 터뜨린 라시드는 화살에 꿰뚫린 새처럼 그대로 땅바닥에 처박혔다. 가늘고 날카로운 칼날에 베인 듯 왼팔과 앞가슴에서는 검붉은 핏물이 진하게 배어나고 있었다.

그 모습을 본 푸른 머리카락의 남성은 득의의 미소를 지으며 천천히 다가왔다. 상처를 부여잡은 채 고통에 몸부림치는 듯한 라시드를 혐오감이 가득 담긴 눈빛으로 내려다본 그는 한 손을 들어 올렸다.

"무기력해 보이는군. 역시 너 같은 불량품은 이대로 사라지는 편이 나아……. 냉혹의 바람이여, 그대의 날카로운 이빨이 용맹한 적의를 표하노니… 으음?!"

그의 중얼거림은 전처럼 끝까지 이어질 수 없었다. 잔뜩 몸을 웅크리고 있던 라시드가 돌연 오른손을 내뻗었는데, 피로 붉게 물든 그의 가는 손가락 사이엔 일렁거리는 반투명의 창이 들려 있었기 때문이다.

"네 녀석이나 사라지라고! 워터 스피어(Water Spear)!"

악에 받친 라시드의 외침과 동시에 그의 손에 들려 있던 액체 모양의 창은 푸른 머리카락을 가진 남성의 가슴으로 날아가 박혔다.

순식간에 휑하니 뚫린 그의 가슴에서는 금세 뜨거운 핏물이 뿜어져 나왔고, 안색은 점차 종잇장처럼 하얗게 변하기 시작했다.

"어… 어떻게 '언바이올렛(Unviolet)' 인 네가 '물의 바이올렛(Water Violet)’ 능력을 사용할 수 있는 거지? 이… 이건 뭔가 잘못되었어. 우리가 알고 있기로는 분명……."

믿기지 않는다는 듯 부릅떠진 보라색의 두 눈은 말을 마치기도 전에 생기를 잃어버렸다.

철퍽!

푸른 머리카락을 가진 남성의 상체가 힘을 잃고 그대로 진흙 바닥에 처박혔다. 그의 죽음을 확인한 라시드는 비틀거리며 몸을 일으켰다. 비록 자신을 해치려 한 자였지만 라시드의 깊은 눈동자에는 죽은 이에 대한 애도가 잔잔히 녹아 있었다.

축 늘어진 왼팔과 깊이 팬 앞가슴의 상처를 내려다본 라시드는 무거운 한숨을 내쉬었다.

"후우… 녀석이 방심하지 않았더라면 이 정도로 끝나지는 않았을 거야. 다른 추적자들에게 발각되기 전에 숲을 빠져나가야겠군."

걸음을 한 발자국 옮기자 참을 수 없는 통증이 미세한 신경 줄기를 타고 뇌로 전해졌으며, 출혈로 인해 의식이 아득해짐을 느꼈다. 그러나 이대로 목숨을 포기할 수 없다고 생각한 라시드는 어금니를 질끈 깨물며 계속해서 걸음을 옮기기 시작했다. 라시드의 발자국이 깊게 찍혔던 진흙땅은 어떠한 힘에 이끌리기라도 한 듯 평평하게 펼쳐지며 그의 흔적을 지워주고 있었다.

시신으로부터 흘러나온 핏물이 응고되기도 전에 일단의 무리가 그 장소로 찾아들었다. 붉은 머리카락을 산발한 거대한 체구의 남성을 위시하여 검은색의 중갑(重鉀)을 걸친 십여 명의 인물들. 왼쪽 가슴에는 하나같이 보라색의 '제비꽃 문장'이, 그리고 오른쪽 가슴에는 휘몰아치는 '불꽃의 문장'이 새겨져 있었다.

그들은 예리한 눈빛을 번뜩이며 주변을 살피기 시작했다. 그리고 얼굴을 진흙땅에 박고 엎어져 있는 시신의 옆으로 다가온 붉은 머리카락의 남성은 거칠게 시신을 발로 차 뒤집었다. 이어 신경질적으로 땅에 침을 뱉은 그는 주변의 인물들을 향해 외쳤다.

"퉤! 황실에 바이올렛 서열 49위 '세럿'이 낭했다고 선해라!"

무심한 듯 보이는 얼굴이었지만, 시신과 같은 그의 보라색 눈동자는 분노로 이글거리고 있었다. 어른의 주먹만 한 구멍이 생긴 시신의 가슴 주변을 만져 보던 그는 손에 묻은 피를 혀로 맛보며 혼잣말을 중얼거렸다.

"으음……. 라시드가 소드마스터에 들기는 했지만 '4큐빅'에 이른 바이올렛을 해할 정도는 아니었다. 게다가 이건 검에 당한 상흔이 아니야. 그보다 거칠고 두터운 두께를 지닌 무기. 마치 창에 꿰뚫린 듯한데……. 게다가 상처 부위의 혈

액 농도가 묽다."

말을 잠시 멈춘 그는 머리 한편을 스쳐 지나가는 생각의 꼬리를 잡았다.

"워터 스피어?"

하지만 그는 이내 머리를 가로저으며 자신의 생각을 비웃었다.

"홋! 과민한 반응인가? 하긴, 언바이올렛인 녀석이 물의 바이올렛 능력을 사용할 수는 없을 테지. 하지만 바이올렛 서열 49위의 인물이 이렇게 허무하게 당한 것을 보면 우리가 알지 못하는 무엇인가가 있는 것이 틀림없어."

붉은 수염이 돋아나 있는 까칠한 턱을 매만지며 깊은 생각에 빠져 있을 때 자신을 부르는 목소리를 들었다.

"아스트랄 단장님, 이상하게도 주변에 아무런 흔적이 남아 있지 않습니다! 마치 의도적으로 흔적을 지운 듯한 느낌이 들 정도입니다."

주변을 한번 둘러본 아스트랄은 고개를 끄덕이며 말했다.

"녀석에게 우리가 모르는 조력자라도 있다는 건가……. 현장에서 벗어난다! 아직 놈이 이곳을 떠난 지 얼마 안 되었으니 멀리 가지는 못했을 것이다. 추적자들에게 속도를 늦추지 말라 전해라! 그리고 '그레엄' 으로 통하는 모든 길을 봉쇄하라고 해!"

중갑을 걸친 인물들은 그의 명령에 따라 신속하게 움직이기 시작했다. 전문적인 훈련을 거친 듯 그야말로 눈 깜짝할 사이에 시신은 치워졌고, 땅속으로 스며들지 않은 주변의 핏자국까지 말끔하게 정리되었다. 아스트랄과 중갑의 인물들이 사라지는 것을 마지막으로 그곳은 다시금 안개의 장막에 휩싸이며 정적에 잠기고 있었다.

*　　　*　　　*

　열두 개의 첨탑이 하늘을 향해 우뚝 솟은 저택. 화려했으나 경박하지 않았고, 드넓으나 황량하지 않았다. 저택의 크고 작은 틈새마다 세월의 자취가 남겨져 있었지만, 그 위로는 사람의 온기가 덮여 있었다.

　붉은 지붕 위에 떨어진 빗방울이 작은 내를 이루며 흘렀다. 새싹이 돋아나지 않은 드넓은 정원은 빗물의 원기(元氣)를 머금으며 스스로 돋아날 봄을 준비했고, 정원의 수목들은 선선한 비바람에 몸을 맡기며 파르르 떠는 시늉으로 겨울이 남기고 간 먼지를 털어내는 듯했다.

　새벽의 어둠조차 다 물러나지 않은 이른 아침, 한 무리의 인마(人馬)가 정원을 가로질러 저택의 문 앞에 닿았다. 비바람을 막기 위해 두터운 후드를 깊이 눌러쓴 인물 중 한 명이 가벼운 몸놀림으로 말에서 내려 굳건해 보이는 저택의 문을 두들겼다.

탕탕탕!

대답은 그의 예상보다 빨랐다. 몇 번의 호흡이 지나지 않아 꿈쩍도 하지 않던 거대한 문이 열리며 실내의 따뜻한 공기가 안면에 와 닿았다. 키는 그리 크지 않았지만, 주름이 보기 좋게 잡힌 중년인이 문밖으로 나와 그를 맞았다.

“가르시너 백작가의 ‘란델’ 이라고 합니다. 어떻게 찾아오셨습니까?”

차분한 목소리를 하고 있었지만, 란델이라 자신을 소개한 중년인은 눈앞의 인물과 그 뒤의 인마 무리를 꼼꼼히 살피고 있었다. 연륜(年輪)에서 나오는 행동이었고, 그 짧은 시간의 관찰은 적지 않은 정보를 주고 있었다.

우선, 말이 많이 지쳐 있는 것이 먼 곳으로부터 왔다는 점. 후드 망토의 목 부위를 고정시키는 브로치가 한결같은 모양이고, 금으로 만들어져 있는 것으로 보아 같은 조직에 속해 있으며, 어느 정도의 지위를 가진 인물이라는 점 등이었다.

상대는 란델의 물음에 후드를 벗으며 또박또박한 어조로 대답했다.

“황실 제9기사단 총무관인 ‘네스트 벤커드’ 입니다. 저희 기사단장님이신 아스트랄 바이올렛 듀나힘 백작님께서 귀 가의 에콰르 볼라르도 가르시너 백작님께 접견을 요청하는 바입니다.”

어느 정도 짐작하고 있는 바였으나, 황실의 기사단장. 그것도 '바이올렛'의 성을 가진 인물이 찾아올 것이라고는 생각지 못한 란델은 적지 않게 당황하고 있었다. 하지만 겉으로 내색하지 않은 그는 마른침을 조심스럽게 삼키며 대답했다.

"황실 제9기사 단장님이신 아스트랄 바이올렛 듀나힘 백작님을 존경해 마지않는 것이 사실이나, 현재 가주님께서 편찮으셔서 접견 요청에 응하지 못함을 너른 아량으로 이해해 주시길 바라는 바입니다. 만약 요청 사항이 있으시다면 기꺼운 마음으로 본가의 가주님께 전해드리겠습니다."

그리 크지 않은 목소리였지만 뒤의 인물들의 귀에 충분히 들릴 만한 목소리였다. 네스트라는 남성이 다시 한 번 접견을 요구하기 위해 입을 떼려 할 때, 후드 망토를 걸친 인물 중 한 명이 칼칼한 목소리로 그를 제지했다.

"그만 되었다, 네스트. 환자가 있는 집안에 찾아와 무리한 요구를 할 수는 없는 법이지. 그만 본진(本陣)으로 돌아가도록 한다!"

란델은 그가 이 기사단의 단장인 아스트랄 백작임을 직감했다. 그리고 네스트는 아쉬운 기색 없이 말하며 몸을 돌렸다.

"이른 시간 찾아뵌 점 사과드리겠습니다. 귀가 가주님께서 쾌차하시길 진심으로 바라겠습니다."

란델은 정원을 가로지르는 무리의 뒷모습을 바라보며 자신이 해야 할 일을 떠올렸다. 가르시너 백작 역시 이 일에 대해 알아야만 한다고 판단한 것이다.

*　　　*　　　*

겨울의 마지막을 알리는 빗줄기가 '로헤드 숲'을 적셨다. 맹렬한 바람을 타고 온 빗줄기는 아니었지만, 촘촘히 가려진 잎과 잎 사이를 타고 숲의 깊은 곳까지 충분히 적셔주고 있는 중이었다.

로헤드 숲은 그리 험한 곳이 아니었다. 날씨가 좋은 날이면 대형 도시인 그레엄으로 향하는 사람들의 발길이 끊이지 않았기에 숲을 가로지르는 여러 갈래의 큰길이 나 있었고, 숲의 동물들 역시 사람의 움직임에 익숙해져 있을 정도였다.

텁텁한 흙냄새가 풍기는 길가에서 싱그럽게 젖은 풀 한 포기를 뜯던 토끼 한 마리가 귀를 쫑긋 세웠다. 땅을 맹렬하게 두들기며 달려오는 말발굽 소리가 전해지고 있었다. 이에 놀란 토끼는 입에 문 풀잎을 떨어뜨리며 몸을 숨기기에 급급했다.

두두두두!

길게 흔들리는 말 갈퀴 끝자락에 맺혀 있던 물방울이 반짝이며 튀어 올랐다. 머리를 앞서거니 뒤서거니 하며 달리는 두 마리의 백마는 윤기가 흐르는 털과 고루 발달된 근육을 가지고 있었기에 그 값어치가 보통이 아님을 한눈에 알 수 있었고, 이들에 의해 빠른 속도로 달리는 마차 역시 화려한 장식은 없었지만 이음새가 견고하게 맞아 있는 모양이 상급(上級)의 것임에 틀림없었다.

빗물이 들지 않도록 챙이 긴 모자를 깊게 눌러쓴 마부(馬夫)는 쉴 새 없이 채찍질을 하며 두 마리의 백마를 다그치고 있었다.

"이리얏! 이랴!"

질척한 흙 길에 깊은 골을 만들며 시원스레 달리던 마차는 말발굽처럼 굽어진 길에 접어들자 속도를 줄일 수밖에 없었다. 그렇게 말의 고삐를 잡아당기며 나아가던 속도를 줄이던 마부는 갑작스럽게 길 앞으로 뛰어드는 갈색의 그림자를 발견했다.

"이익!"

제법 큰 덩치를 가진 그림자. 틀림없이 사람의 것이라 생각한 마부는 있는 힘껏 고삐를 잡아끌어 말의 고개를 돌리려 했다.

히이이잉!

말들 역시 그의 등장에 놀란 듯 거친 콧바람 소리를 냈다. 다행스럽게도 속도를 줄이던 상황이었기에 말의 발굽은 갈색 그림자 앞에서 멈출 수 있었다.

간발의 차이로 위험한 고비를 넘기자 마부는 부아가 치미는 것을 느끼며 길의 한복판에 서 있는 인물을 향해 소리쳤다.

"이런 미친! 달리는 마차 앞으로 뛰어들다니, 죽고 싶어 환장한 것이냐, 아니면 눈이 멀기라도 한 거냐?!"

마차 앞의 인물이 얼굴을 가리고 있던 후드를 살짝 들어 올리자 검은 천으로 눈을 싸맨 남성의 얼굴이 드러났다. 손에 가느다란 나무 막대를 쥐고 있는 모양새가 흔히 볼 수 있는 맹인(盲人)과 다를 바 없었다. 그는 하얀 이빨을 내보이며 대답했다.

"음, 정답은 바로 후자 쪽입니다. 눈이 멀었죠."

말발굽에 짓밟힐 뻔했다는 사실조차 모르는 듯한 맹인의 태도에 마부는 고개를 갸웃거렸다.

"뭐야? 정말 앞을 못 보는 놈이잖아! 대체 이런 숲에서 혼자 뭘 하고 있는 거지?!"

"하핫! 그레엄으로 가기 위해서는 이 숲을 지나야 한다는 이야기를 듣고 '페이로나'에서 길잡이 한 명을 고용했었는데, 글쎄 이 몹쓸 사람이 잠시 쉬고 있는 사이에 제 짐을 들고 사라져 버렸지 뭡니까. 보시다시피 앞을 못 보는 처지이니 어찌할 수도 없고 해서 한참 동안이나 이곳에서 기다리다가 마침 댁의 마차 소리가 들려 반가운 마음에 뛰어들었던 것이죠. 그래서 말인데, 폐가 되지 않는다면 그레엄까지 동행할 수 없겠습니까?"

제법 그럴듯한 말이었지만, 마부는 그를 완전히 신용하지 않는 듯 의심의 눈빛을 거두지 않았다. 그는 말고삐를 고쳐 잡으며 냉랭한 목소리로 말했다.

"이건 떠돌이 녀석이 탈 만한 마차가 아니다! 다른 마차를 알아봐! 마차가 자주 다니는 길이니 곧 짐마차를 잡을 수 있을 게야."

마부가 고삐를 내려치려 하자 맹인은 난처한 표정을 지으며 마차 앞을 가로막았다.

"이보시오, 벌써 반나절 이상이나 이곳에서 기다렸는데 댁의 마차가 처음이란 말이오. 그 마차가 무슨 마차인지는 모르지만 어찌 사람이 그렇게 야박할 수가 있습니까? 이런 외딴 곳에 눈먼 맹인이 있으면 불쌍한 줄 알고 청하지 않아도 태워 주는 것이 인정인데, 이렇게 애걸하는 것을 차갑게 거절하는 것이 말이나 됩니까? 곧 날도 어두워질 텐데 이곳에서 제가 굶어 죽기라도 한다면 당신 책임인 줄 아시오!"

"나 참! 앞도 못 보는 놈이 날이 어둡든 밝든 무슨 상관이라는 거냐! 어차피 앞도 보이지 않을 텐데……. 괜히 시간 끌지 말고 저리 비켜라, 괜히 말발굽에 채여 걷지도 기지도 못하는 처지가 되기 전에!"

"저는 절대 못 비킵니다. 여기서 굶어 죽으나 말발굽에 채여 죽으나 오십보백보지. 차라리 저를 밟고 가시죠!"

이제 맹인은 마음대로 하라는 듯 젖은 바닥에 철퍽 주저앉아 버렸고, 그 모습을 내려다본 마부는 인상을 구기며 어찌해야 할지 몰라 난감해하고 있었다.

"레놀드 씨, 밖에 무슨 일이죠?"

마차 안으로부터 들려오는 여성의 목소리에 마부는 당혹스러운 표정을 지었다.

"벼… 별일 아닙니다, 아가씨. 글쎄, 떠돌이 맹인 녀석이 그레엄까지 마차를 태워달라고 떼를 쓰고 있는 중입니다. 금방 녀석을 쫓아낼 테니 잠시만 기다려 주십시오."

레놀드라는 이름의 마부는 젖은 소매 걷어붙이며 마차에서 내리려 했다.

"아니에요, 레놀드 씨. 그레엄까지 얼마 남지 않았으니 동행하도록 하죠. 아직 마차에는 자리가 남아 있으니까요."

"저… 그게……."

레놀드가 주저하는 듯하자 또 다른 목소리가 들려왔다.

"아가씨가 하자는 대로 하게나. 이런 곳에서 쓸데없이 시간을 낭비할 수는 없네. 내가 있으니 감히 허튼수작은 할 수 없을 게야. 문을 열어주게나."

굵직한 중년 남성의 목소리를 들은 레놀드는 더 이상 항거할 수 없어 마차에서 내려 문을 열어주었다.

"들었지? 어서 올라타라고! 혹시라도 꿍꿍이가 있다면 일찌감치 버리는 게 좋을 게야. '쟈미르' 님의 검에 목이 날아가고 싶지 않으면 말이야."

심드렁한 그의 목소리에 맹인은 즐거운 듯 실실 웃음을 흘렸다.

"하하핫! 앞도 못 보는 놈이 꿍꿍이속이 있어봐야 뭘 하겠습니까? 저를 그저 그레엄까지 태워주시기만 하면 되니 그런 염려는 땅에 묻어두십시오."

천연덕스럽게 말한 맹인은 손에 든 나무 막대로 주변을 더듬으며 마차에 올랐다.

마차 내부는 말끔했다. 감촉 좋은 양가죽을 덧대어 만든 좌석과 자주색의 실크 커튼, 그리고 기름을 먹여 반지르르하게 윤이 나는 손 걸이는 평민들이 타기에는 호사스러운 모습이었다.

그곳에는 두 명의 남녀가 자리하고 있었다. 한 명은 스물 남짓힌 어성으로, 평생 햇볕을 쬐지 못한 듯 하얀 얼굴과 한 줄로 땋은 금발이 눈에 띄었고, 또 다른 한 명은 사십대 중반의 남성으로 강인한 턱과 굳게 닫힌 입이 그의 성격을 대변해 주는 듯했다.

"하핫! 마차에서 좋은 향기가 나는군요. 제 몸 냄새가 마차에 배지 않았으면 좋겠는데. 어디 빈자리가……."

혼자 떠들어대며 두 남녀의 시선을 모은 맹인은 주변을 더듬으며 빈자리를 찾아가려 했다. 하지만 맹인은 자리 찾기가 쉽지 않은 듯 마차 안쪽에 앉아 있는 여성에게 다가가고 있었다.

순간, 마차 안을 더듬던 그의 손이 여성의 얼굴에 닿으려

하자, 이에 눈을 부릅뜬 중년의 남성은 재빠른 손놀림으로 맹인의 손을 낚아채었고, 품에 감추고 있던 단검을 꺼내 그의 목에 겨누었다.

채앵!

"허튼짓 말거라! 감히 아가씨의 몸에 손을 대려 하다니!"

당황한 모습의 맹인은 목에 닿은 금속의 느낌에 마른침을 삼켰다.

"이… 이거 왜 이러십니까? 앞 못 보는 맹인 놈이 자리 찾으려고 허공에 헛손질을 좀 한 것 가지고……."

순식간에 벌어진 살벌한 분위기에 놀란 여성이 입을 열었다.

"쟈미르 아저씨, 칼을 거두세요. 앞을 못 보는 분이니 그럴 수도 있죠."

금세라도 눈물을 흘릴 듯 여린 그녀의 얼굴을 보며 쟈미르는 단검을 갈무리했고, 거칠게 맹인의 소매를 끌어 자신의 옆자리에 앉혔다.

"놈! 운 좋은 줄 알아라! 레놀드, 출발하게!"

그의 말을 신호로 마차는 천천히 움직이기 시작했다.

쟈미르는 여전히 불안한 듯 맹인의 손짓 하나하나에 신경을 곤두세우고 있었으니, 맞은편에 앉은 여성이 그에게 얼마나 중요한 존재인지 쉽게 짐작할 수 있었다.

맹인은 그런 분위기를 아는지 모르는지 마차가 움직이기

시작한 이후 쉴 새 없이 떠들어대고 있었다.

"저는 험한 산으로 유명한 북부의 '루미나크'에서 온 '라드 헤인즈'라고 하죠. 대여섯 살 때쯤인가 심한 열병을 앓은 이후로 앞을 못 보게 되었는데, 험한 산에서 일을 할 수 없으니 이 나이 먹을 때까지 부모님께 신세지며 살아왔답니다. 그러다가 '로벰'에 엄청난 신성력을 지니신 신관님께서 계시다는 소문을 듣고 제 눈을 고칠 수 있을까 해서 로벰으로 여행을 하는 중이랍니다. 벌써 고향을 떠나온 지 두 달이 다 되어가는데, 아직 반도 오지 못한 데다가 여비까지 잃어버렸으니, 이 것참, 어찌해야 할지 모르겠군요. 하하!"

쟈미르는 여전히 라드라는 이름의 맹인을 예의 주시하고 있었고 맞은편의 여성은 창밖을 바라보고 있었지만, 귀는 라드의 이야기를 듣고 있었다. 사실, 항상 열려 있는 귀이니 듣기 싫다고 해서 듣지 않을 수도 없는 노릇이었다.

"그런데 아가씨는 성함이 어떻게 되시죠? 하핫! 여성의 이름을 묻는 것이 실례되는 줄은 알지만, 나중에라도 이 은혜를 갚을 수 있을까 해서 말입니다. 사람이라면 은혜를 잊으면 안 되는 법이니까 말이죠."

인상을 찌푸린 쟈미르가 낮은 음성으로 말했다.

"쓸데없는 이야기는 하지 말거라. 너와 한담이나 나눌 신분이 아니시다."

"아니, 누가 뭐라고 했습니까? 그저 성함이나 여쭙는 것뿐인데……."

라드의 말대꾸에 쟈미르가 한마디 하려 할 때 조용히 있던 여성이 입을 열었다.

"그레엄의 '글로렌 볼라르도 가르시너'라고 해요."

그녀의 말에 라드는 과장스러울 정도로 커다란 탄성을 내뱉었다.

"오오! 그렇다면 그레엄의 영주이신 가르시너 백작님의 영애이신가 보군요? 이거 귀하신 분을 알아보지 못했으니 실례가 이만저만이 아닙니다. 하핫! 보시다시피 제 눈이 멀어서……."

글로렌의 맑고 투명한 푸른 눈동자는 머리를 긁적이고 있는 맹인을 유심히 살피고 있었다. 타지방의 사람이 이름만으로 자신을 알아보는 것은 둘째 치고서라도 스스로의 장애를 농담 삼아 이야기하는 그가 특이했던 것이다. 그 와중에도 갈색의 수염이 덥수룩한 라드의 턱은 계속해서 움직이고 있었다.

"맹인들은 앞을 못 보는 대신 귀가 남들보다 뛰어나답니다. 그래서 세상에 떠도는 이야기를 이 두 귀로 빠짐없이 듣고 다니죠. 아주 오래전부터 가르시너 가문에 대한 소문은 수도 없이 들어왔습니다. 대 카젠틴 제국의 13명의 개국 공신 중 한 명인 농신(農神) 볼라르도 가르시너! 제국 최대의 평야지대인 그레엄에 '자이언트 윗(Giant Wheat)'을 심어 오랜 전란으로 굶주린 백성들의 허기를 달래주신 분. 하하! 가르시너 가문 덕에 저희 같은 무지렁이들이 배불리 빵을 먹을 수 있게 되었으니 다른 가문은 어디 붙어 있는지조차 몰라도 가르시너 가문이라면 막 젖을 뗀 어린아이라도 알고 있을 겁니다!"

글로렌은 자신의 가문에 대한 라드의 찬양이 부끄러운 듯 얼굴을 붉혔고, 쟈미르 또한 싫지 않은 듯 잠자코 듣는 중이었다.

"한데, 이렇게 빨리 마차를 몰아가시는 것을 보니 무슨 급한 일이라도 있으신 모양이군요?"

라드의 물음에 마차 안은 순간 정적이 감돌았다. 새하얀 글로렌의 얼굴에 그림자가 드리워지자 쟈미르는 얼굴을 딱딱하게 굳히며 말했다.

"알 거 없으니 이제 그만 조용히 하거라!"

"뭐… 저야 그레엄에 빨리 갈수록 좋으니 상관없죠."

비록 아무것도 볼 수 없는 라드였지만, 분위기가 심상치 않음을 깨달았는지 나불거리던 입을 다물었다.

좌석의 등받이에 등을 기댄 채 멍한 모습으로 앉아 있던 라드는 문득 마차가 멈추는 것을 느꼈다. 쟈미르 역시 이상함을 느꼈는지 마차 밖의 레놀드를 향해 물었다.

"아직 그레엄에 도착할 시간은 아닌데……. 또 누군가가 길을 막아서기라도 한 것인가?"

그의 물음에 나지막한 레놀드의 대답이 들려왔다.

"그… 그것이……. 황실의 휘장을 가슴에 새긴 기사들이 길을 가로막고서 수색 협조를 요청하고 있습니다. 어떻게 하면 좋겠습니까?"

"음? 황실의 기사들이 이런 곳에서?"

의아한 얼굴이 된 쟈미르는 문의 커튼을 살짝 열어보며 밖의 상황을 살폈다. 레놀드의 말대로 십여 명의 황실 소속 기사들과 중갑보병(重鉀步兵)들이 길을 가로막은 채 그곳을 통과하는 사람들을 하나하나 살피고 있는 중이었다. 그들의 오른쪽 가슴에 새겨진 불꽃의 문장을 본 쟈미르는 혼잣말로 중얼거렸다.

"황실 제9기사단 '불꽃의 기사단'인 듯한데, 이런 외지에 그들이 무슨 일로……."

갈 길이 바쁜 와중에 이런 곳에서 시간을 지체하는 것이 마음에 들지는 않았지만, 황실에서 하는 일을 무시할 수는 없었기에 직접 마차에서 내렸다. 물론 라드를 향해 허튼짓 말라는 경고를 하는 것도 잊지 않았다.

마차에서 내린 쟈미르는 자신을 향해 다가오는 두 명의 기사를 향해 말했다.

"이 마차는 그레엄의 영주인 가르시너 백작가의 소유이고, 안에는 가르시너 백작님의 영애께서 타고 계시오. 급한 일이 생겨 갈 길이 바쁜데 길을 열어주지 않겠소?"

쟈미르의 말에 수색을 하던 기사들은 난처한 표정을 지었
다. 모두들 작위를 가진 황실의 기사들이라고는 하지만 가르
시너 백작가의 위명을 잘 알기에 함부로 할 수 없는 것이었
다. 그중 한 명이 조심스러운 어조로 말했다.

"가시는 길을 막아 불편을 끼친 점 너그러이 용서해 주시
길 바랍니다. 저희는 지금 황실의 수배자를 찾고 있습니다.
수배자가 그레엄으로 향한다는 소식을 듣고 이곳에서 검문을
하는 중이니 잠시만 협조를 해주셨으면 합니다. 최대한 빨리
끝내도록 하겠습니다."

"뭐, 황실의 일이니 어쩔 수 없지. 서둘러 주시오!"

고개를 숙이며 예를 갖춘 기사들은 마차의 주변을 꼼꼼히
살피기 시작했다. 그러던 중 마차의 문을 열어 내부를 살피던
기사 한 명이 라드를 발견하고는 쟈미르에게 다가와 물었다.

"저 초라한 행색의 사내 역시 일행이십니까?"

문득 그의 존재를 깨달은 쟈미르는 고개를 내저으며 대답
했다.

"아니오. 로헤드 숲을 지나오다가 우리에게 도움을 구하기
에 딱하게 여겨 동행하는 중이라오. 무슨 문제라도 있소?"

"혹시라도 모르는 일이니 그의 몸수색을 했으면 합니다.
승낙해 주시겠습니까?"

"봤다시피 제 발끝조차 보지 못하는 맹인이라오. 정 의심
이 간다면 나는 개의치 않겠소."

"감사합니다."

쟈미르의 허락을 받은 기사는 다른 이들에게 신호를 보냈다. 이에 기사들은 마차에 올라 최대한 글로렌에게 피해가 가지 않도록 조심하며 라드를 밖으로 데리고 나왔다. 양팔을 기사들에게 잡힌 라드는 보이지 않는 눈을 좌우로 두리번거려 가며 겁에 질린 목소리를 내었다.

"대… 대체 무슨 일이십니까, 나으리들? 저는 아무 잘못도 없습니다! 제발 살려주십시오!"

"그건 조사해 보면 알게 될 일이지. 그때까지 가만히 있는 게 좋을 거야."

사무적인 목소리로 말한 기사는 억척스러운 손길로 라드의 머리를 덮고 있던 후드를 젖혔다. 그러자 밝은 갈색의 머리카락이 드러났고, 헐겁게 묶여 있던 검은 천은 풀어지며 얼굴을 타고 흘렀다. 겁에 질려서인지 그의 얼굴은 서리 낀 유리마냥 창백했고, 윤기 없는 그의 회색 눈동자는 멍하니 허공을 응시하는 중이었다.

"의심할 여지가 없는 맹인이군. 게다가 수배자와 생김새도 전혀 달라."

그 모습에 의심을 지운 기사들은 라드를 놓아주더니 쟈미르에게 다가가 협조에 대한 감사의 말을 전하며 길을 열어주었다.

쟈미르는 멍하니 서 있는 라드를 보며 일말의 미안함을 느겼는지, 땅에 떨어진 검은 천을 주워 손에 쥐어주며 말했다.

"험한 꼴을 당하게 만들어 미안하군. 흠, 그렇게 서 있지 말고 어서 마차에 오르게. 우리는 이런 곳에서 지체할 시간이 없네."

"……."

라드는 별말없이 검은 천으로 자신의 눈을 가리며 마차에 올랐다. 가르시너 가문의 마차는 쟈미르와 라드를 싣고서 가던 길을 다시금 재촉하기 시작했다.

글로렌의 두 눈은 라드를 살피고 있었다. 지금까지 쉬지 않고 유쾌하게 떠들던 라드가 방금 전의 일이 있은 이후로 잠잠하니 오히려 허전한 생각이 들었던 것이다. 게다가 검은 천으로 눈까지 가리고 있으니 그가 잠을 자고 있는 것인지 아니면 생각에 잠겨 있는 것인지조차 알 수 없었다. 한농안 그렇게 라드를 바라보던 글로렌이 문득 입을 열었다.

"무슨 생각을 하시는 것이죠? 혹시라도 그 일 때문에 화가 나신 건가요? 그렇다면 제가 사과드리죠. 하지만 황실의 일인 만큼 협조를 하지 않으면 안 되었으니 이해해 주세요."

누가 듣더라도 미소를 짓게 만들 만큼 고운 목소리였다. 하지만 라드는 아무런 대답도 하지 않았다. 아니, 그녀의 말을 듣지도 못한 듯 어떠한 반응도 보이지 않고 있는 중이었다. 그의 태도에 쟈미르가 눈살을 찌푸렸다.

"아가씨께서 말씀하시지 않나. 아무리 기분이 나쁘다 하더라도 대답 정도는 하는 것이 예의가 아닌가?"

라드는 여전히 아무런 움직임을 보이지 않고 있었다. 이쯤 되니 이상함을 느낀 쟈미르가 조심스럽게 그의 몸을 건드렸다.

스륵.

동시에 라드의 몸은 힘을 잃고 앞으로 쓰러졌고, 그로 인해 맞은편에 앉아 있던 글로렌의 품에 안기는 모양새가 되어버렸다.

부지중에 라드의 몸을 떠안은 글로렌은 하얀 장갑을 낀 자신의 손이 축축이 젖음을 느꼈다. 손을 내려다본 글로렌은 놀람의 다급성을 터뜨렸다.

"어, 어머! 이건 피……!"

그녀의 장갑을 검붉게 물들인 미지근한 액체. 라드의 몸 어디에선가 흘러나온 깊은 상처의 흔적이었다. 그들을 태운 쌍두마차는 더욱 속력을 높여 그레엄으로 달리기 시작했다.

CHAPTER 2
가르시녀 백작가

The
House Keeper

뿌연 먼지가 낀 창을 부과하며 오후의 햇살이 스며들었다. 아직 겨울의 껍질을 완전히 벗지 못해서인지 햇살로부터 이렇다 할 따스함은 느껴지지 않았다. 그저 방 안을 밝히는 노릇밖에 하지 못하는 햇살은 사람에게 생기를 불어 넣기엔 모자람이 있었다.

비록 허름하긴 했지만 필요한 집기는 대부분 갖추고 있는 작은 방. 라드는 부드러운 이불의 촉감을 느끼며 몸을 일으켰다.

"크윽……."

앞가슴을 헤집는 듯한 통증이 일자 신음성을 흘릴 수밖에 없었다. 하지만 누군가가 팔과 앞가슴의 상처를 치료한 듯 두 터운 붕대가 감겨 있었기에 그에 대해 별다른 걱정은 하지 않을 수 있었다.

"으음, 글로렌이라는 아가씨에게 신세를 진 듯한데, 운이 좋았던 것인가?"

혼잣말을 중얼거리던 라드는 주변을 두리번거렸다. 앞이 보이지 않았기에 이곳이 어디인지 알 수는 없었지만, 코끝을 간질이는 사람 사는 냄새에 경계심은 사라지고 있었다.

탈칵!

투박한 문소리와 함께 라드의 귀에 익숙한 목소리가 들려왔다.

"음?! 이제야 정신을 차렸나 보군. 대체 어디서 그런 지독한 상처를 입은 건가? 단순히 넘어져서 다친 상처는 아닌 것 같은데 말이야."

라드는 목소리의 주인에 대한 기억을 더듬었다. 마부의 이름이었던 레놀드. 라드가 떠올린 그의 이름이었다.

"숲에서 조금 험한 일을 당해서 말입니다. 그나저나 이렇게 돌봐주셔서 감사합니다. 그런데 여기는 어디죠?"

"내게 고마워할 필요는 없어. 글로렌 아가씨께서 네 상처가 나을 때까지 보살펴 주라고 하시니 따르는 것뿐이니까. 짐작했을지는 모르지만, 여기는 가르시너 백작가(家)일세. 그리

고 이 방은 본가 건물에서 조금 떨어진 내 거처이니 편안하게
생활해도 괜찮아.”

라드는 레놀드의 목소리를 따라 고개를 움직였다. 숲에서
그를 처음 만났을 때만 해도 냉담하기만 한 사람인 줄 알았지
만, 이야기를 듣고 있다 보니 그의 본성이 그런 것은 아님을
알 수 있었다. 레놀드는 따뜻한 물을 잔에 담아 라드의 손에
쥐어주었다.

“방 안이 조금 싸늘하니 이걸로 몸을 녹이라고. 아픈 사람
은 어찌 됐든 몸을 따뜻하게 해야 해.”

라드는 고개를 끄덕이며 따뜻 물을 한 모금 마셨다.

“이름이 라드라고? 나는 레놀드라고 하지. 가르시너 가에
서 먹고 자면서 이것저것 일을 한다네. 아가씨께 듣자 하니
로벰으로 가는 중이라고 하던데, 그곳까지 기러면 말을 타고
가더라도 보름 이상은 걸리는데 지금 자네의 상태로는 서너
달이 걸려도 가기 힘들어 보이는군. 게다가 여비가 든 짐까지
잃었다니…….”

뜨거운 물로 인해 어느 정도 몸에 열기가 돌자 조금이나마
기운이 생긴 라드는 미소를 지으며 그의 말에 대꾸했다.

“훗! 어차피 기약도 없는 여정이었으니 시간은 얼마나 걸
리든 상관없습니다. 기왕 이렇게 된 것, 이곳에서 일손이라도
도우면서 여비를 조금 벌든지 하죠, 뭐.”

“아서게나. 자네 같은 맹인이 이곳에서 무슨 일을 할 수 있

다고 그러나? 아가씨께서 신경을 써주시고 계시니 몸이나 잘 간수하라고. 또 모르지. 아가씨의 마음 씀씀이가 고우시니 떠날 때 여비라도 조금 쥐어주실지……."

"하핫! 그럼 저야 더할 나위 없이 좋죠. 기왕이면 듬뿍 주셨으면 좋겠는데……."

"사람 참……."

레놀드는 자신의 처지는 안중에도 없다는 듯 밝게 웃고 있는 라드를 보며 혀를 찼다. 하지만 사심없어 보이는 표정의 그가 싫지 않았던 레놀드는 라드의 상처를 묶은 붕대를 갈아주며 이야기를 이어갔다.

"팔을 좀 들어보게나. 상처가 깊은 데다가 피를 너무 많이 흘렸더군."

"아, 아악! 조금 살살 해주시면 안 됩니까? 상당히 아프군요."

"그런 엄살은 나중에 자네 마누라에게나 피우게. 내 실력은 이 정도밖에 안 되니까."

더 이상 불평을 할 수 없었던 라드는 멋쩍은 분위기를 지우기 위해 말을 돌렸다.

"아! 그건 그렇고, 혹시 이 집안에 뭔가 문제라도 있는 것입니까? 마차에서 물었다가 괜히 분위기만 망가뜨렸다니까요."

문득 손을 멈춘 레놀드는 고개를 내저으며 말했다.

"남의 일에 뭐가 그리 궁금한가? 그저 몸이나 잘 추스르다가 나가면 되는 것이지.”

“하핫! 제가 남 이야기 듣는 것을 좋아해서 말이죠. 보질 못하니 듣기라도 잘해야 덜 억울하지 않습니까?”

“세상을 살다 보면 가려서 들어야 할 이야기도 있는 거야. 실없는 소리 하지 말고 점심 식사나 하세. 하루를 꼬박 잠만 잤으니 시장할 텐데.”

얼굴을 굳히며 라드의 물음에 대답을 피한 레놀드는 방 한 쪽에 마련된 주방으로 자리를 옮겨 화로에 불을 붙였고, 미리 마련해 놓은 재료를 손질하며 식사 준비를 하기 시작했다.

오랫동안 혼자 살아와서인지 레놀드의 요리 솜씨는 완숙했다. 어디서나 볼 수 있는 흔한 재료를 이용해 그 가진 맛을 모두 살린 레놀드의 음식은 평범한 것이 아니었기에 라드는 만족스럽게 식사를 할 수 있었다.

“이 야채 스튜는 정말 기가 막히는군요! 저희 마을에도 스튜 맛이 좋기로 소문난 가게가 있었지만 이것만은 못했죠. 혹시라도 여기서 떠나시면 음식점을 해보시는 것도 괜찮을 것 같은데요?”

접시를 치우던 레놀드가 그의 칭찬에 피식 웃었다.

“훗! 자네가 너무 허기진 상태라 맛있게 느껴졌을 거야. 다음번에 다시 먹게 된다면 생각이 달라질지도 모르지. 대충 설거지를 마치고, 나는 오후 일을 하러 나가야 한다네. 자네는 어떻게 하겠나?”

　까칠한 턱을 매만지며 생각을 해보던 라드는 어깨를 으쓱이며 대답했다.

　"오늘 날씨가 어떻습니까?"

　"햇살도 좋고, 날씨도 제법 포근한 편일세. 이제 봄이 성큼 다가온 모양이군."

　"그럼 아무 곳이나 햇볕을 쬘 수 있는 곳에 데려다 주시겠습니까? 몸에서 곰팡내가 나기 전에 소독하는 게 좋을 듯하거든요."

　"글쎄……. 저택 뒤편에 작은 공터가 있긴 하네. 일가 분들이 잘 나오지 않는 곳이니 자네가 잠시 있더라도 무방할지도."

　"하하하! 잘되었군요. 그럼 그곳으로 데려다 주세요."

　"어차피 가는 길이니 자네 좋을 대로 하게."

　간단하게 대답한 레놀드는 시간이 지나면 쌀쌀해질지도 모른다며 옷장에서 자신의 옷가지와 가벼운 외투 하나를 챙겨 라드에게 건네주었다. 그것들을 걸친 라드는 자신의 나무 막대를 길잡이 삼아 레놀드의 뒤를 따라 집 밖으로 나섰다.

　레놀드의 안내를 받아 도착한 곳은 그가 말했던 대로 그리 넓지 않은 공터였다. 하지만 라드가 원했던 바와 같이 주변에 키 높은 나무가 없어 햇볕이 잘 드는 장소인 데다가 걸터앉아 쉴 만한 바위도 있었고, 지저귀는 새소리와 작은 동물들의 발자국 소리까지 어울려 있었기에 한동안 따분하지 않게 시간을 보낼 수 있을 듯했다. 라드는 만족한 미소를 지으며 크게 숨을 들이쉬었다.

"흐으음! 좋은 곳이로군요. 햇살도 좋고 향기도 좋고. 게다가 어울려 놀 만한 친구들이 꽤 많은걸요?"

레놀드는 천진하게 웃고 있는 라드를 보며 투박한 미소를 지었다.

"말하는 투가 꼭 어린애 같군. 그보다 내가 일이 늦어지면 어떻게 하지? 혼자 내 방으로 돌아가지도 못할 텐데."

그의 물음에 라드는 나무 막대기를 빙글빙글 돌리며 말했다.

"그건 걱정 안 하셔도 됩니다. 이미 길을 다 외웠으니까요. 혼자라도 얼마든지 집으로 찾아갈 수 있거든요."

"으음? 믿겨지지 않는군. 앞을 보지도 못하는 사람이 길을 다 외우다니 말이야."

"후훗! 그만한 재주도 없었다면 장님이 혼자서 로벰으로 갈 생각 따위는 하지도 못했을 겁니다."

"그런가? 뭐, 자네가 어린아이도 아니니 걱정하지는 않겠네. 그럼 일이 끝나는 대로 이곳으로 올 테니 나중에 보기로 하자고. 기다리기 힘들면 먼저 들어가도 상관없네."

"네, 그럼 수고하세요, 레놀드 씨."

말을 마친 레놀드는 앞을 보지 못하는 라드를 향해 손을 슬쩍 흔들어주며 저택을 향해 걸음을 옮겼고, 라드 역시 대충 짐작되는 곳을 향해 손을 흔들어 보였다.

레놀드의 모습이 완전히 사라질 때쯤 되자 라드는 나직한 한숨을 내쉬었다. 그리곤 땅을 딛고 있던 나무 막대기를 어깨에 걸치며 근처에 있는 바위로 걸어가 앉았는데, 너무나 자연스러운 그의 행동은 앞을 보지 못하는 사람이라 생각지 못할 정도였다.

"후우, 이곳에서 한동안 시간을 끌 수 있겠는걸. 제아무리 그자들이라 하더라도 확실한 명분없이 백작가를 함부로 뒤지지는 못할 테니까 말이야. 흠, 가르시너 백작가라……. 이곳이 황실을 떠받치는 열세 개의 기둥 중 한곳인가? 뭐, 일이야 어떻게 되었든 운 좋게 찾아오게 된 것이로군."

혼잣말을 중얼거리던 라드는 문득 입을 다물었다. 그리고 입술을 조그마하게 달싹거리더니 입가에 미소를 떠올리며 허공을 향해 말했다.

"혹시나 하는 생각에 나와 보긴 했는데 역시나군. 쩝, 아무튼 귀신같다니까. 내가 이곳에 있는지는 어떻게 알았어?"

라드의 물음에 답이라도 하듯 서너 발자국 떨어진 곳의 풀 몇 포기가 움직이는가 싶더니 허공으로부터 건조하면서도 얄팍한 남성의 목소리가 들려오기 시작했다.

"왕자 전하께서 계시는 곳이라면 어디든 찾아갈 수 있습니다. 일부러 몸을 숨기시지만 않으신다면 말이죠."

피식 웃은 라드는 손을 내저었다.

"왕자 전하라는 칭호는 삼가도록 해. 이미 황궁으로부터 추방당한 몸이잖아? 다른 적당한 칭호를 한번 생각해 보도록 해봐."

"노력해 보겠습니다."

문득 무엇인가 떠오른 듯 인상을 찡그린 라드는 목소리가 들려오는 곳을 향하여 추궁하듯 물었다.

"가만, 그러고 보니 로헤드 숲에서 '사냥개' 들에게 당하는 모양새까지 다 지켜보고 있었을 텐데 왜 도와주지 않았던 거야? 지금 생각해 보니 괘씸한걸?"

라드의 물음에 얄팍한 목소리의 남성은 담담하게 대답했다.

"아시다시피 저는 비전투요원이기에 왕자 전하께 무력적인 도움을 드릴 능력이 없습니다. 그저 암중으로 사소한 일들을 처리해 드릴 뿐이죠"

라드는 그의 대답이 어처구니없었는지 실소를 터뜨렸다.

"하하, 암제(暗帝) 슈미드가 비전투요원이라니, 그따위 건 대체 누가 정한 것이지?"

"글쎄요. 딱히 누구라고는……."

그의 성격상 더 이상 말이 통하지 않을 것이라는 사실을 잘 알고 있는 라드는 손을 휘휘 내저으며 말을 끊었다.

"그만, 됐어. 아무튼 한동안은 분위기를 살피면서 이곳에 머물 테니까 주변에서 의심스런 움직임이 있으면 즉시 알려쳐. 사람들의 행동을 봐서는 뭔가 일이 있는 모양이야. 그리고 사냥개들의 움직임도 살펴봐 주고.”

“바로 그런 것이 제가 하는 일입니다.”

“아무튼, 서비스 정신이라곤 찾아볼 수 없는 녀석이라니까.”

슈미드라는 남성을 향해 투덜거리던 라드는 문득 귀를 쫑긋 세우더니 손짓을 했다.

“누군가 오는가 보군. 이제 네 볼일을 보러 가보도록 해. 아, 그리고 하나 더! 쓸데없이 노닥거리는 데 돈 쓰지 말라고. 나중에 장부를 꼼꼼히 따져 볼 테니까 속일 생각은 하지 않는 것이 좋을 거야.”

“매정하시군요.”

“오는 것이 있어야 가는 것이 있는 법이야. 그러니 알아서 기어.”

“뭐, 알겠습니다. 그리고 저도 한마디 드리자면, 그 얼굴은 왕자 전하께 어울리지 않습니다. 뭐, 본래도 그리 잘생긴 얼굴은 아니지만…….”

슈미드의 가시가 돋친 말에 무엇이라 대꾸도 하기 전 그의 기척은 공터에서 사라져 있었다.

“잽싼 녀석.”

그로부터 얼마 지나지 않아 작은 발자국 소리를 내며 열 살 갓 넘었을 만한 소년이 모습을 드러냈다. 짧게 자른 금빛 단

발머리에 발갛게 상기된 얼굴이 제법 귀여워 보이는 소년이었다. 자신의 키보다 조금 짧은 목검(木劍)을 품에 안고 걸어오던 소년은 라드를 발견하곤 그 자리에 멈춰 섰다.

"어? 아저씨는 누구죠?"

라드는 소년이 서 있는 곳을 향해 고개를 돌렸다. 슈미드와의 일로 약간 감정이 토라진 라드는 애꿎은 소년을 향해 툴툴거렸다.

"아저씨라니? 이제 스물을 겨우 넘겼다고. 그냥 형이라고 불러."

"에? 그렇게 수염난 형이 어디 있어요? 어딜 봐도 아저씨인데……."

"내가 그렇게 늙어보이냐?"

"으음… 솔직히 말하자면 그렇다고 할 수 있죠."

"그럼 조금은 덜 솔직해도 되니 그냥 형이라고 불러."

"뭐, 그러죠. 그럼 형은 누구죠?"

소년의 입에서 형이리는 말이 나오자 그제야 라드는 만족한 얼굴을 했다.

"나는 라드라고 한단다. 여행 중에 글로렌 아가씨를 만나 이곳에서 잠시 신세지고 있지."

"아! 형이 그 사람이군요! 레놀드 아저씨한테 이야기를 들었어요. 앞을 못 보신다는데, 그래서 그렇게 눈을 가리고 있는 거예요?"

제법 진지한 얼굴을 한 라드는 고개를 내저었다.

"아니, 아가씨들이 내 아름다운 눈동자를 보면 반해 버릴 것 같아서 가리고 다니는 거야. 여자는 귀찮은 존재거든."

"빼에! 그런 게 어디 있어!"

"후훗, 그러는 너는 누구지? 내 소개가 끝났으니 이제 너도 소개를 해줘야지."

소년은 짐짓 어른스러운 표정을 지으며 손을 가슴께에 올리더니 낭랑한 목소리로 또박또박 말했다.

"저는 대(大) 가르시너 가문의 장남 '리카오즈 볼라르도 가르시너'. 미래에 황실 제1기사단장 직을 맡아놓은 사나이죠. 하지만 지금은 그냥 '리키'라고 불러요. 집안 식구들도 다 그렇게 부르니까."

"호오, 이거 영광이라고 해야 하나? 미래의 황실 제1기사단장이라니. 인장(印藏)이라도 하나 찍어다오. 나중에 요긴하게 써먹을 수도 있겠는걸?"

"지금 놀리는 거죠?"

"아니, 네 얼굴을 못 보는 게 한이라고 생각하는 중이라고. 얼굴이라도 알아놓으면 나중에 덕이라도 볼 수 있을 것 같은데 말이야."

"그럼 제가 기억하고 있으면 되죠, 뭐."

"글쎄, 이 얼굴을 기억한다 해도……. 그런데 이곳에는 어쩐 일이지? 레놀드 씨에게 듣기로는 가르시너 가의 사람들은 이곳에 잘 안 온다던데……."

라드의 물음에 리키는 움찔 놀라며 당황한 표정으로 주변을 두리번거렸다.

"뭐… 그냥 산책하러 온 거예요."

"거짓말에 익숙하지 않은 모양인걸? 목소리가 떨리고 있잖아. 그 정도는 마음대로 갈무리할 수 있어야 남을 속일 수 있는 거라고. 솔직히 이야기해 봐. 아무에게도 말하지 않을 테니까."

잠시 라드의 얼굴을 살피던 리키는 눈썹 사이를 좁히며 말했다.

"사실 몰래 검술 연습하러 이곳에 온 거예요. 아버지께서는 제가 검술 연습하는 것을 달가워하지 않으시거든요. 쟈미르 아저씨가 검술 수련하는 것을 곁눈질로 보고 이곳에서 혼자 연습하고 있는 거죠. 아무도 가르쳐 주지 않으니 이럴 수밖에요."

라드는 흥미롭다는 듯 물었다.

"아버지가 검술 수련을 반대하신다고? 왜 그러시지?"

"형은 모르겠지만, 아버지는 제가 검술을 배우는 것을 끔찍하게 싫어해요. 아니, 꼭 검술이라고 하기보다는 남을 해하는 행동 자체를 싫어하시죠. 뭐, 진정한 사나이라면 억압을 위한 힘보다는 포용을 위한 가슴이 중요하다고 하시면서요."

"흠, 듣고 보니 가르시너 백작님의 말씀에도 일리가 있는 걸? 그런데 너는 아버지의 말씀에도 불구하고 검술을 배우고 싶다는 거구나?”

“뭐, 그렇죠. 정말 아무한테도 말 안 할 거죠?”

“하핫, 내가 누구한테 말해봐야 득 될 게 있겠어? 그런 걱 정은 하지 말라고. 이래 보여도 입은 무거운 편이니까.”

입을 닫는 시늉을 하고 있는 라드를 보며 안심하는 리키였 다.

“그럼 몰래 검술 연습을 한 지는 얼마나 된 거야?”

겉옷을 벗어놓고서 목검을 치켜올리던 리키는 눈동자를 굴리며 대답했다.

“음… 작년 가을부터 했어요. 그런데 별로 나아지는 것 같 지가 않아서 조금 걱정이에요.”

“원래 검술이라는 것은 하루아침에 느는 것이 아니라고 하 더군. 열심히 한다면 금방 쟈미르님처럼 잘할 수 있을 거야.”

라드의 응원을 받은 리키는 고개를 끄덕이며 목검을 휘두 르기 시작했고, 라드는 팔짱을 낀 채 내리쬐어 오는 볕을 즐 기고 있었다.

부우웅! 부웅!

한동안 목검이 허공을 가르는 소리가 라드의 귀를 어지럽 혔다. 목검은 어린 리키에게 너무 무거운 듯 오히려 그의 작 은 몸이 목검에 휘둘리는 듯했다. 하지만 고집스레 목검을 놓 치지 않은 리키는 일련의 동작을 반복할 뿐이었다.

문득, 햇살을 즐기고 있던 라드는 리키에게 들으라는 듯 낭랑한 목소리로 입을 열었다.

"검은 팔의 힘으로 휘두르는 게 아냐. 횡으로 베어 나갈 때에는 허리의 힘으로, 종으로 벨 때는 검의 무게를 이용하라고. 그렇게 휘두르다가는 팔이 빠질지도 몰라."

라드의 말에 우뚝 움직임을 멈춘 리키는 거친 숨을 몰아쉬며 물었다.

"하아! 하아! 형은 보지도 못한다면서 어떻게 알아요?"

"봐야만 알 수 있는 게 아냐. 듣기만 해도 알 수 있는 것이지. 공기를 억지로 찢어놓으려는 소리가 들린단 말이야. 아마도 막대기나 목검 비슷한 것을 들고 있는 모양인데, 그걸 진짜 검이라고 생각해. 상대를 때리는 것이 아니라 베어낸다고 생각하라고."

리키는 그의 말을 이해하기 위해 잠시 고민하는 듯했다. 하지만 열 살 또래 아이의 이해 범위를 넘어섰는지 쉽사리 깨닫지 못하고 있었다. 가볍게 입맛을 다신 라드는 자신의 어깨에 걸쳐 놓은 나무 막대를 앞으로 들어 올렸다.

"쩝, 이런 식으로 하라는 말이지. 팔에서 필요 이상의 힘은 빼고 부드럽게."

휘이익!

나무 막대를 가볍게 횡으로 휘두른 라드는 연이어 방향을 바꾸며 종 베기를 해보였다. 마치 평생 그 일만을 해온 사람처럼 자연스럽기 그지없는 동작이었지만, 공기를 가르는 날카로운 소리는 평범한 것이 아니었다. 검술에 대해 해박하지 못한 리키였지만 그 간단한 동작의 대단함을 눈치 챈 듯 탄성을 연발했다.

"우와! 대단해요! 형, 저 검술 좀 가르쳐 주면 안 돼요? 제발……."

다시금 나무 막대를 어깨에 걸친 라드는 애원하는 리키의 목소리에 잠시 고민하는 듯했다.

"곤란한데……. 만약 가르시너 백작님이나 글로렌 아가씨가 알게 된다면 난 여기서 쫓겨나게 될 거라고. 내게 득 될 것도 없는데 검술을 가르쳐 줄 이유는 없지. 안 그래?"

불가(不可)의 말에 리키는 그 자리에 주저앉으며 그의 바지를 잡고 늘어지기 시작했다.

"형, 제발요! 가르쳐 주세요. 네?"

리키가 어리광을 부리며 칭얼거리는 목소리를 담담하게 듣고 있던 라드는 타이르듯 부드러운 목소리로 말했다.

"아직 어리긴 하지만 너는 카젠틴 제국 최고의 명문 귀족 집안 사람이야. 고작 이런 일로 남에게 가벼운 모습을 보인다면 그것으로 네 선조들이 쌓은 명예가 무너지게 되는 것이지. 어서 자리에서 일어나라."

라드의 말에 느낀 바가 있는지 조용히 자리에서 일어난 리키는 반성이라도 하듯 그 자리를 묵묵히 지키고 서 있었다.

입가에 미소를 떠올린 라드는 리키의 부드러운 금발을 흐트러뜨리며 말을 이었다.

"그래, 바로 그게 명문 귀족의 모습이다. 좋아, 네가 그렇게 원하니 검술을 조금 가르쳐 주도록 하지. 대신 다른 사람들에게는 절대 말하지 않는 거다. 알겠지?"

다물어져 있던 리키의 입은 함지박만 하게 벌어져 있었다.

"정말요? 정말이죠? 아무에게도 말하지 않을게요!"

"하핫! 그렇게 좋냐? 그럼 내일부터 점심 식사 후 이곳으로 나와."

"네!"

우렁차게 대답하는 리키의 목소리에 라드는 귀가 아픈지 눈살을 실짝 찡그렸지만, 리키의 유쾌함이 좋은 듯 그의 머리를 계속해서 쓰다듬고 있었다.

*   *   *

진남색의 폭신한 카펫이 깔려 있는 넓은 침실. 섬세하게 세공된 목재 가구들이 필요한 곳에 위치하고 있었고, 벽에는 세월의 향기가 진하게 밴 초상화가 여러 점 걸려 있었다. 침실의 중심에는 네 개의 기둥 모서리를 가진 침대가 하나 놓여 있었다. 커튼이 드리워진 침대 위에는 베개에 의지하여 상체를 일으킨 중년인이 있었다. 하얗게 새어 은색에 가까운 머리카락을 뒤로 빗어 넘겼고, 차분하게 기른 수염은 잘 다듬어 편안한 인상을 주는 남성. 그가 바로 가르시너 백작가의 가주(家主)인 에콰르 볼라르도 가르시너 백작이었다. 눈가에 어두운 그림자가 내려앉은 것이 병색이 짙어보였지만, 일자(一字)로 다물려진 입술은 그의 완강한 고집을 대변해 주고 있었다.

침대 주변으로는 두 명의 남녀가 자리하고 있었다. 글로렌과 쟈미르. 하나같이 근심 가득한 표정들이었다. 촉촉하게 젖은 눈으로 가르시너 백작을 바라보던 글로렌은 그의 손을 매만지며 입을 열었다.

"대체 이게 갑자기 무슨 일이에요? 그렇게나 정정하시던 아버님이 갑자기 쓰러지셨다는 소리를 듣고 얼마나 놀랐는데요. 의사들은 뭐라고 하죠?"

오랜만에 만난 글로렌을 향해 가르시너 백작은 따스한 미소를 지었다. 헛기침을 한 번 한 그는 따스해 보이는 글로렌의 금빛 머리카락을 쓰다듬으며 대답했다.

"특별히 걱정할 것은 없다고 하더구나. 그저 요즘 신경 쓰는 일이 있는데, 그것 때문에 과로한 것일 뿐이란다."

"제가 누누이 말씀드렸잖아요. 일은 좀 쉬어가면서 하시라고요. 연세도 있으신데 언제까지 그렇게 일만 하실 생각이세요? 이제는 조금 쉬셔도 되실 텐데……."

"허헛! 천성이 그런 것을 내가 어떻게 하겠느냐? 우리 집안의 내력인 것을……."

눈시울을 붉히고 있던 글로렌은 한시름 돌렸는지 손수건으로 눈가에 맺힌 눈물을 닦아내었다. 감정을 어느 정도 진정시킨 글로렌은 가르시너 백작을 향해 물었다.

"괜찮다고 하니 천만다행이에요. 하지만 조금 이해가 되지 않는 부분도 있는 걸요? 평소 아버님이셨다면 걱정할까 봐 이런 소식을 제게 알리지 않으셨을 텐데 말이죠. 혹시 다른 일이라도 있는 건가요?"

가르시너 백작은 나직한 한숨으로 그녀의 물음에 긍정을 표했다.

"후우, 역시 내 딸이로구나."

이어 가르시너 백작은 쟈미르에게 손짓을 해보였다.

"흠, 어디서부터 이야기를 해야 할지 모르겠구나. 샤미르, 저기 내 장부를 좀 가져다주겠나?"

"네, 백작님."

쟈미르는 테이블에 놓여 있는 검은 양장의 장부 한 권을 가져다 가르시너 백작에게 건네었다. 많은 도표가 그려진 페이지 중 한곳을 펼친 가르시너 백작은 그것을 글로렌에게 보여주었다.

"지금 아카데미에서 경제학을 공부하고 있으니 이 수치가 뭘 의미하는지 잘 알 게다. 한번 살펴보려무나."

장부를 받아 든 글로렌은 차분한 표정으로 살펴보기 시작했다.

"그레엄 자이언트 윗의 시장 가격 변동표이군요. 서너 달 전부터 급격한 시장 가격 하락이 진행되고 있는 걸요?"

가르시너 백작은 턱을 매만지며 침중한 얼굴을 했다.

"제대로 봤구나. 말 그대로 근 몇 달에 거쳐 그레엄의 자이언트 윗 시장 가격이 급격히 하락하고 있단다. 처음 자이언트 윗의 가격 변화가 나타난 시기만 하더라도 추수 시기임을 감안해 자이언트 윗의 물량이 급격히 많아져 시장 가격이 하락한 것이라 생각하고 넘겼는데, 한 달이 지나도록 그 하락세가 수그러들 기미를 보이지 않더니, 지금에 와서는 예전에 비해 반 가격 이하로 떨어져 버린 것이란다. 어찌 손써볼 기회조차 없이 상황이 이렇게 되어버렸어."

"어떻게 그런 일이……."

가르시너 백작은 무거운 한숨을 터뜨리며 말을 이어갔다.

"후우, 곧 황실로부터 차입(借入)했던 농자금을 환급(還給) 해야 할 날이 돌아온단다. 지금의 상황에서 자금 확보를 위해 본가의 자이언트 윗을 시장에 내놓게 된다면 커다란 손해를 입는 데다가 시장 가격 하락이 더욱 심해져 영지 농민들의 생활이 아주 힘들어지게 될 것이야. 당장 본가조차도 황실에 대한 환급을 위해 막대한 손해를 볼 수밖에 없는 실정인데 영세한 농민들의 형편은 불 보듯 뻔하겠지. 결국 이도저도 하지 못하는 상황에 처해 버렸단다."

글로렌은 아버지의 말을 이해한 듯 고개를 끄덕였다.

"그렇다면 가격 변동의 원인은 알아보셨나요? 아무런 이유 없이 시장 가격이 이렇게나 변동할 수는 없는데……. 제아무리 투기 세력이 보유 물량을 시장에 푼다 해도 석 달 사이에 반 가격 이하로 떨어지기는 힘들 테니 말이에요."

숨을 한번 돌리며 고심을 하던 가르시너 백작은 조심스러운 목소리로 입을 열었다.

"으음, 아마도 모종의 술수(術數)가 작용했으리라 본단다. 짐작이 가는 바가 있긴 한데……."

"술수라니요?"

"서너 달 전, 어느 정도 친분이 있었던 황실의 고위 귀족 중 한 명인 클라로드 백작이 몇 명의 대동인과 함께 본가로 찾아와 이야기를 나눈 적이 있었단다. 온갖 명분으로 둘러대더니 본심을 드러내더구나. 루벤스턴 공작에게 본가의 '황인(皇印)'을 양도하라고 말이야."

"본가의 황인이라니요? 설마……."

글로렌은 황인에 대한 이야기가 나오자 놀라며 눈을 휘둥그렇게 부릅뜬 모습이었는데, 아주 오래전 역사서를 통해서나 들어본 적이 있는 그 이름이 거론되었기 때문이다.

"13조각의 황인, 그것이 정말 존재하고 있었던 것인가요?"

백작은 턱을 매만지며 대답했다.

"물론이란다. 건국 초기 그라비드 대제께서 열세 명의 개국 공신에게 하사하셨단다. 공로를 치하하기 위한 이유도 있었지만, 후대에 있을지도 모르는 황권의 횡포를 견제하기 위해 만든 절대 권력이지. 따로 존재할 때에는 일개 금붙이에 불과하지만, 일곱 개 이상의 조각이 모아졌을 때에는……."

글로렌이 가르시너 백작의 말을 받았다.

"황제의 권력을 능가하게 된다는… 그러한 황인을 모으고 있다는 말은 루벤스턴 공작이 반역을 꾀하고 있다는 말과 같은데……."

"쉿! 목소리가 너무 높구나. 흐음, 클라로드 백작의 말을 듣고서도 설마설마 했단다. 대체 황실에서 무슨 일이 일어나고 있는 것인지 답답하기도 했었지. 하지만 루벤스턴 공작의 사람 됨됨이를 상기시켜 본다면 충분히 있을 법한 일이야. 젊을 적부터 황제 계승 순위가 뒤처진 것에 대해 큰 불만을 가지고 있었으니, 조카인 그라드 황제 폐하께서 모든 권력을 계승하기 이전에 빠르게 움직여 반역을 일으키려 하는 것일지도…."

"으음……."

"당연히 받아들일 수 없었던 나는 불가의 뜻을 전했는데, 얼마 있지 않아 한 장의 서신이 도착했단다. 그것은 인장조차 찍히지 않은 일종의 협박이 담긴 서신이었지."

"그렇다면 아버님의 말씀은 이 상황이 루벤스턴 공작의 우리 가문에 대한 보복이라는 말인가요?"

"짐작만 할 뿐 아무런 단서가 없단다."

"도움받을 만한 곳은요? 다른 12대 가문에 이에 대한 소식을 전하면 어떨까요?"

가르시너 백작은 고개를 내저었다.

"일이 어느 정도 진척이 되었는지 모르는 상황에서 누가 그들의 편인지 알 수 없단다. 다른 12대 가문 중 누가 그들과 손을 잡았는지도 불투명하고… 게다가 12대 가문이라고 해봐야 우리처럼 가문을 형성하고 있는 가문은 몇 되지 않으니 연락을 취하기도 힘든 실정이구나. 섣불리 움직였다가는 더욱 큰 피해를 입을지도 모르는 일이지. 반역에 대한 일은 그저 지켜보며 상황을 주시하는 수밖에……."

까칠해진 입술을 매만진 가르시너 백작은 분위기를 바꾸며 말했다.

"으음, 일단은 눈앞에 닥친 일이 시급해서 너를 부른 것이란다. 제국 최고의 '세인즈 아카데미'의 경제학과에서 우수 학생으로 인정받고 있는 너라면 이번 자이언트 윗의 일을 해결할 만한 실마리라도 찾을 수 있지 않을까 해서 말이야. 또 무엇보다도 네 안위가 걱정되기도 했고……."

가르시너 백작의 얼굴을 바라보던 글로렌은 가볍게 고개를 끄덕였고, 그의 이불을 정돈해 주며 말했다.

"네, 제가 알아보도록 할게요. 그러니 아버님은 몸이 안정될 때까지 며칠만이라도 편히 쉬고 계세요."

"후우, 개국 공신의 가문으로 황실의 튼튼한 기둥이 되어 주지는 못할망정 황실의 누가 될지도 모르는 상황이라니. 이 모든 것이 내가 못난 탓인가 보구나."

"그런 말씀은 하지 마세요."

"네게 도움이 될 만한 자료는 내 서재에 마련되어 있단다. 또 필요한 것이 있다면 쟈미르에게 부탁하거라."

"네, 그만 쉬세요."

글로렌의 손을 한 번 꾹 잡은 가르시너 백작은 침대에 몸을 뉘였다. 글로렌은 지금껏 넓게만 보이던 아버지의 어깨가 오늘따라 유난히 좁게 느껴진다고 생각하며 쟈미르와 함께 침실을 나서고 있었다.

겨우내 눈[雪]을 피했던 마른 장작이 불 속으로 던져졌다. 타닥이는 소리와 함께 허공으로 떠오른 불꽃은 허공에 스며들 듯 사라졌고, 그 자리에는 따스한 온기가 남아 있었다. 일렁이는 불빛을 받으며 라드와 레놀드가 오래된 벽난로 앞에 앉아 있었다. 봄이 다가왔다고는 하지만 해가 떨어지자 찬바람이 기승을 부리기 시작한 것이었다.

벽난로에 걸어놓은 물그릇에 말린 잎사귀를 한 움큼 넣은 레놀드는 킁킁거리며 그 향을 맡아보았다.

"이 근처 언덕에서 자라는 '카르밀' 이라는 식물의 잎사귀이지. 이것을 끓인 물을 마시면 관절이 이완되는 듯하면서 몸이 나른해진다네. 덕분에 잠도 푹 잘 수 있고 말이야."

"처음 들어보는 이름이군요. 향은 좋은 걸요?"

국자로 카르밀 차를 뜬 레놀드는 그것을 잔에 부어 라드에게 건네었다.

"한번 마셔보게. 처음에는 조금 떫을지 모르지만 마시다 보면 익숙해진다네."

"감사합니다."

자리에 앉아 뜨거운 카르밀 차를 불어가며 마시는 둘 사이에는 잠시 정적이 흘렀다. 입 안에 감도는 떨떠름한 맛을 음미하던 라드가 먼저 입을 열었다.

"아, 혹시라도 내일 글로렌 아가씨를 좀 만나 뵐 수 있을까요?"

입으로 가져가던 잔을 잠시 멈춘 레놀드가 고개를 갸웃거리며 되물었다.

"아가씨는 왜 말인가?"

"이렇게까지 신경 써주셨는데 만나 뵙고 감사의 말은 전해야 하지 않겠습니까?"

"글쎄… 아가씨가 바쁘신 것 같은데……."

"아주 잠깐이면 됩니다. 인사만 전할 테니까요."

"그렇지 않아도 낮에 자네 상태를 물어보시더군. 잠깐이라면 괜찮겠지. 그럼 내일 오전에 나와 함께 본가로 건너가도록 하세."

“네, 그렇게 하죠.”

라드는 남은 카르밀 차를 입에 머금었다. 목을 통해 넘어간 차의 향은 날숨을 타고 나오며 후각을 자극하고 있고 있었다. 몸이 조금씩 나른해짐을 느낀 라드는 모포를 끌어당기며 그 자리에서 잠을 청했다. 눈이 감기기 시작하자 벽난로의 장작을 뒤집는 레놀드의 모습이 점차 흐려지고 있었다.

CHAPTER 3
자이언트 윗

The House Keeper

이튿날 아침, 레놀드의 부지런 떠는 소리로 눈을 뜬 라드는 레놀드에게 얻은 옷을 단정히 정리하며 글로렌을 만날 준비를 하였다. 치렁하게 흐트러졌던 머리카락을 한 가닥으로 묶었고, 눈을 가리고 있던 지저분한 천은 하얀색의 천으로 바꾸었다. 그리고 레놀드의 조언에 따라 입 주변을 덮고 있던 수염 역시 깎아내자, 그 모습을 보고 있던 레놀드가 나직한 탄성을 뱉었다.

"호오! 자네도 손을 좀 대니까 괜찮아 보이는군. 아주 못생긴 얼굴은 아니야."

매끄러워진 턱을 매만지고 있던 라드는 피식 웃었다.

“하핫! 이래 봬도 마을에서 한 인물 했었죠. 동네에서 처자들이 줄줄 따라다닐 정도였으니까요. 하아! 눈만 멀쩡했으면 지금쯤⋯⋯.”

실없는 미소를 짓는 라드를 보며 고개를 설레설레 저은 레놀드는 그의 등을 두들기며 가자고 말했고, 라드는 그제야 그의 뒤를 따랐다.

밤과는 다른 훈풍이 불어왔다. 볼 위로 떨어지는 부드러운 햇살과 머리끝을 흩트러뜨리는 바람을 맞음으로써 기분이 좋아진 라드는 자신도 모르게 노래를 흥얼거리기 시작했고, 레놀드 역시 그 노래를 아는 듯 조금씩 후렴을 넣어주기도 하였다. 그렇게 몇 분쯤 흐르니 그들의 발걸음은 가르시너 백작가 저택 근처에 닿아 있었다.

레놀드와 친분이 있는 하녀들이나 하인들은 그를 향해 아침 인사를 건넸고, 레놀드는 그에 대한 화답과 동시에 라드를 소개시켜 주었다.

“루미나크에서 온 라드라는 친구일세. 당분간 이곳에 머물게 될 것 같으니 인사들 하고 지내라고. 보다시피 이 친구, 앞을 못 보니 자네들의 도움이 필요할 게야.”

나이 든 하녀들이나 남자 하인들은 가볍게 인사를 건네며 하던 일에 열중했지만, 젊은 하녀들만은 새로 온 손님에게 호기심이 가득한 얼굴을 하며 자신들끼리 수군덕거렸다. 그러다가 나이 든 하녀에게 꾸지람을 들은 후에야 하던 일을 계속

하기 시작했다.

"아! 죠슈아, 혹시 글로렌 아가씨 봤나?"

레놀드의 물음에 꾸중을 듣고 있던 하녀들 중 주근깨가 난 갈색 머리의 하녀가 대답했다.

"일찍부터 일어나서서 쟈미르님과 함께 서재로 가시던 걸요? 아침 식사를 서재로 가져다 달라고 하셨으니 아마 아직도 그곳에 계실 거예요."

"서재라……. 알았네. 그럼 나중에 보자고."

그녀를 향해 손을 내저어 보인 레놀드는 라드를 이끌어 정원을 가로질러 갔다. 이제 막 돋아나는 잔디 내음이 코끝을 간질였고, 분수의 미세한 물방울이 바람을 타고 기분 좋게 날아들었다. 중소 도시의 대광장보다 큰 규모의 정원을 지난 그늘은 문을 활짝 열어놓은 채 환기를 시키고 있는 지택 건물 안으로 들어섰다.

넓은 메인 홀에는 붉은색과 흰색의 문양이 일정한 패턴으로 새겨진 카펫이 바닥에 깔려 있었다. 그리고 이층으로 이어지는 나선형의 거대한 계단이 대리석으로 만들어져 있었는데, 기름을 입힌 듯 반질거리는 모양새로 보아 누군가 매일같이 손질하고 있음을 알 수 있었다.

푹신한 카펫을 밟으며 이층으로 올라간 레놀드는 몇 번인가 코너를 돌고 난 후 회랑 끝의 방 앞에서 멈추어 섰다. 여느 때보다 목소리를 낮춘 그는 라드의 어깨를 두들기며 말했다.

"여기가 서재라네. 책 냄새가 진동하는 곳이라서 그런지 나는 별로 내키지 않으니 자네 혼자 들어가게. 그건 그렇고, 이곳까지 오는 길 역시 다 외웠나?"

라드는 미소를 띠며 고개를 끄덕였다.

"물론이죠. 계단이 모두 88개라는 것 역시 알고 있고요."

"흠, 생각할수록 신기한 재주를 가진 친구로군. 그리고 쟈미르님도 함께 계신다고 하니 글로렌 아가씨 앞에서 몸가짐을 조심하게나. 평소에는 상당히 인자하신 분이시지만, 일가 분들의 일이라면 성난 사자가 따로 없으니까 말이야."

"그 말씀, 잘 새겨놓죠. 후훗!"

"그럼 이야기가 끝나면 정원으로 나와서 바람이나 쐬고 있게나. 점심때 나와 함께 돌아가도록 하지."

"예, 나중에 뵐게요."

레놀드가 왔던 길로 돌아간 후 혼자 남은 라드는 금속으로 만들어진 문고리를 잡아 돌렸다. 별다른 저항감 없이 문이 열리자 과연 레놀드의 말대로 오래된 책 냄새가 풍기며 라드의 후각을 자극했다.

"과연 레놀드 씨가 꺼려 할 만한걸? 환기가 적절히 이루어지지 못하고 있는 모양이군. 귀한 책들을 이렇게 보관하다니 딱한 노릇이야."

라드가 나무 막대로 바닥을 두들기며 몇 걸음 옮기는데, 귀에 익숙한 여성의 목소리가 들려왔다. 웬일인지 차분함을 보이던 평소와는 다르게 격앙된 그녀의 목소리에 라드는 잠시 움직임을 멈추며 귀를 기울였다.

"아무리 생각해도 자연스러운 시장의 흐름이라고는 생각되어지지 않아요. 십중팔구 아버님의 말씀대로 어떠한 술수가 작용했다고 볼 수밖에요. 하지만 어떻게……? 비록 루벤스턴 공작의 지위가 높다고는 하지만, 개인적으로 카젠틴 제국에 자이언트 윗의 시장 가격을 좌지우지할 수 있는 재력을 가지고 있다고는 생각되지 않는데……."

"설혹 그만한 재력이 있다 하더라도 그것만으로 가능한 일이 아닙니다. 제아무리 천금(千金)이 있다 해도 그만한 양의 자이언트 윗이 땅에서 그냥 솟아나는 것은 아니니까요. 카젠틴 제국의 그 어느 자이언트 윗 시장에도 그만큼의 자이언트 윗을 보유하고 있는 곳은 없습니다. 자이인트 윗의 최대 산지인 그레엄의 한 해 수확량에 달하는 자이언트 윗을 가진 곳이라니요?"

그들이 잠시 고민에 빠져 있을 때 문 쪽으로부터 가벼운 목소리가 들려왔다.

"꼭 자이언트 윗 시장을 염두에 둘 필요는 없지 않겠습니까? 예를 들어 카젠틴 제국 황실이라면 가능할 것이라 생각되는데요. 카젠틴 제국법에 의하면 전란(戰亂)을 대비하여 황실 수곡부(收穀府)에서 매년 제국 전체 자이언트 윗 수확량의 3할을 사들여 보관하게 되어 있으니 그레엄의 한 해 수확량을 보유하는 것쯤이야 우습지 않겠습니까?”

갑자기 대화에 끼어든 목소리에 놀라며 글로렌과 쟈미르가 고개를 돌렸다. 그곳에는 나무 막대에 몸을 기댄 자세로 서 있는 라드가 있었는데, 새 옷을 걸치고 수염을 깎은 모습이 전에 비해 많이 변한 상태였지만, 눈을 가린 천 때문에 그를 한눈에 알아볼 수 있었다.

자신들의 대화를 엿들었다는 사실에 노한 쟈미르는 허리춤에 걸린 검에 손을 가져가며 차갑게 말했다.

“언제부터 엿듣고 있었지? 왜 여기에 있는 것이냐?!”

그의 목소리가 심상치 않음을 느꼈는지 라드는 어색한 미소를 지으며 급하게 손을 흔들어 보였다.

“아아! 엿듣다니요! 오해입니다. 저는 그저 글로렌 아가씨께 감사하다는 말씀을 드리고 싶어서 찾아왔다가 우연찮게 듣게 된 것이죠. 정 의심된다면 레놀드 씨에게 물어보십시오. 분명 저를 여기까지 데려다 줬으니까요.”

쟈미르가 라드의 말에 대한 진위를 고민하고 있을 때, 글로렌이 호기심 어린 얼굴로 물었다.

“방금 전 황실 수곡부라고 하셨나요?”

라드는 떨어져 나갈 뻔한 자신의 목을 매만지며 대답했다.

“네, 분명 그렇게 말씀드렸습니다. 제가 잘못 알고 있었던 것인가요? 황실 수곡부라면 분명 이곳 그레엄의 자이언트 윗의 한 해 수확량보다 많은 양의 자이언트 윗을 가지고 있을 것이라고 생각하는데 말이죠. 아니면 말구요."

라드는 흘리듯 건성으로 말하고 있었지만, 글로렌의 표정은 사뭇 달랐다. 침중한 얼굴의 그녀는 가녀려 보이는 턱을 매만지며 혼잣말을 중얼거렸다.

"맞는 말이에요. 하지만 황제 폐하의 인가 없이 황실의 자이언트 윗이 시장에 흘러나올 리는 없을 텐데……."

귀를 쫑긋거리며 그녀의 혼잣말을 훔쳐 들은 라드는 어깨를 으쓱거렸다.

"무슨 일인지는 잘 모르겠지만, 세상일은 알 수 없는 것이죠. 높으신 분께서 무슨 꿍꿍이를 가지고 장난이라도 친다면 힘없는 아랫것들은 당하는 수밖에 없는 법이니까요. 하핫!"

그의 말에 쟈미르는 다시 한 번 노기를 숨기지 못하였다.

"입 조심하거라! 감히 황실을 모독하는 것인기?"

"아닙니다! 아니죠! 이놈의 입이 방정이지. 한 번만 그냥 넘어가 주십시오. 이 젊은 나이에 교수형낭하면 억울하잖습니까?"

글로렌은 라드를 다그치는 쟈미르를 제지하며 다시금 물었다.

"라드 씨는 어찌 그리 자세하게 알고 계신 것이죠? 아카데미 수준의 정규 교육을 받지 못한 사람이라면 제국법에 대해서는 잘 모르는 것이 보통이라 생각하는데요?"

라드는 보란 듯 우쭐한 얼굴로 대답했다.

"하핫! 행색이 초라하고 앞을 못 본다고 해서 남보다 모자 랄 것이라고 생각하지는 마십시오. 그건 편견일 뿐이니까요. 카젠틴 제국력 323년부터 교육의 평등권이 주어졌습니다. 교 육을 받지 않아도 먹고사는 데 전혀 지장이 없으니 신경 쓰는 사람이 그리 많지는 않지만, 엄연히 존재합니다. 그중에 한 명이 바로 저구요. 앞도 못 보고 할 일이 없다 보니 퇴직하시 기 전에 아카데미에서 학생들을 가르치던 동네 어르신께 조 금 배웠죠. 뭐 대단한 수준은 아닙니다만……."

글로렌은 충분히 수긍이 간다는 듯 고개를 끄덕였다. 대충 이야기를 넘긴 라드는 다른 방향으로 화제를 바꾸었다.

"아! 그것보다 드릴 말씀이 있어서 찾아왔습니다. 혹시라 도 제가 이곳에서 당분간 일손을 도울 수 없을까 하는데요. 아시다시피 여비를 도둑맞아 오갈 수도 없는 상황이니 조금 이라도 여비를 벌 수 있을까 해서 말이죠."

"하지만 앞을 보지 못하니 딱히 할 수 있는 일이……. 상처 가 나으시면 어느 정도의 여비는 마련해 드리도록 할 테니 쉬 도록 하세요."

라드는 자신의 가슴을 툭툭 두들겨 보였다.

"하핫! 말씀은 감사하지만 제가 너무나 죄송스러워서 뭔가 일이라도 돕고 싶은 것이죠. 앞을 보지는 못하지만 청소나 장 작 패는 일, 또는 요리까지 어느 정도 할 수 있으니까요."

쟈미르는 글로렌의 얼굴을 살폈다. 그가 알고 있는 대로라면 글로렌은 라드의 부탁을 거절하지 못할 것이다. 그리고 금세 자신의 생각이 틀리지 않았음을 확인할 수 있었다.

"네, 그럼 함께 지내시는 레놀드 씨께 말씀드려 놓도록 하죠. 하지만 무리한 일은 하지 않으셔도 괜찮으니 몸부터 챙기세요."

"하하하! 정말 감사드립니다. 중요한 대화를 나누시는 중인 것 같은데 저는 이만 나가볼 테니 두 분은 계속하던 이야기를 나누시죠. 그럼 이만."

라드는 허리를 깊게 숙여 보이며 뒷걸음질쳤다. 쟈미르는 문을 닫고 나가는 라드의 모습을 보며 우려 섞인 목소리로 말했다.

"아무래도 수상한 자입니다. 행동이나 그가 입은 깊은 상처도 그렇고. 지금처럼 예민한 시기에 저런 자를 집안에 두시는 것은 위험하지 않겠습니까?"

"하지만 태도나 행동이 딱히 나쁜 사람 같지는 않은 걸요. 딱한 처지의 사람을 못 본 체할 수는 없으니 그냥 지켜보도록 하죠."

"순진하신 분. 후우, 아가씨의 뜻이라면 어쩔 수 없죠. 그렇지만 너무 가까이 어울리지는 않으시는 것이 좋을 것 같습니다."

"네, 그럼 하던 이야기나 계속할까요? 방금 전 라드 씨가 말한 황실의 이야기가 자꾸 마음에 걸리네요."

“황실의 수곡창이라……. 한 번은 의심해 볼 가치가 있을 것 같습니다. 지금으로서는 작은 것 하나라도 그냥 지나칠 수 없는 상황이니까요.”

“그럼 아버님과 친분이 깊은 황궁 귀족과 접촉해서 황실의 동향을 파악해 봐야겠어요. 아버님과 막역한 사이이신 제랄드 백작님이 적당할 것 같군요.”

“빠른 시일 내에 제랄드 백작님께 서신을 보내도록 하겠습니다.”

“부탁드릴게요.”

이로서 황실에 대한 의혹을 잠시 접어놓은 글로렌은 또 다른 서류를 집어 들며 세심히 살피기 시작했다.

한편, 서재에서 나온 라드는 문을 닫으며 그 자리에 서 있었다. 지금 그의 얼굴에서는 서재에서의 여유롭던 표정은 한 점 찾아볼 수 없었다. 붉은 입술을 가볍게 깨물며 낮은 목소리로 중얼거렸다.

“벌써 루벤스턴 공작의 마수(魔手)가 이곳까지 뻗어 있다니, 대담하게 일을 진행시키는군. 예상대로 그자가 노리는 것이 ‘13조각의 황인’이라는 결론이 나오는데……. 그라드 형님께서 이러한 움직임을 포착하고 계실지 모르겠군.”

뜻을 알 수 없는 혼잣말을 중얼거리던 라드는 자신이 걸어온 회랑을 향해 힘없는 발걸음을 내디뎠다.

봄을 맞아 저택의 가구 배치를 새롭게 바꾸는 일이 레놀드를 분주하게 만들었다. 한 해 동안 쌓인 먼지를 모두 털어내고 산뜻한 봄을 맞이하는 기분 좋은 일이었지만, 몸 하나 움직이기 귀찮아진 중년의 레놀드에게는 그리 유쾌한 일이 아니었다. 인력 시장에서 사온 일꾼들, 그리고 하인들과 함께 오전의 일을 대충 끝낸 레놀드는 옷자락에 걸린 거미줄을 툭툭 털어내며 투덜거렸다.

"거참! 가구 한번 지겹도록 많군. 매년 하는 일이지만 귀찮은 건 어쩔 수 없나?"

몇 시간의 노동 끝에 말끔하게 정리된 응접실을 한번 둘러본 그는 옷걸이에 걸어놓았던 외투를 어깨에 걸치며 젊은 하인들에게 수고했다는 말을 건네었다. 시장함을 느낀 레놀드는 자신을 기다리고 있을 라드의 얼굴을 떠올리며 응접실을 빠져나왔다.

응접실에서 나와 정원 쪽으로 걸음을 옮기던 레놀드는 시끌벅적한 사람들의 목소리를 들을 수 있었다. 가르시너 백작의 건강이 나빠진 이후로 낮게 가라앉은 분위기로 일관되고 있는 것을 알고 있는 레놀드로서는 의아한 생각이 들었다. 자신이 자주 드나드는 주방으로부터 흘러나오는 목소리임을 알게 된 레놀드는 빼꼼히 문을 열어 안을 들여다보았다.

"하하핫! 이제 불에서 잘 익힌 닭 가슴살 위에 달콤한 꿀 소스를 뿌리고 간단한 향신료로 마무리를 해주면 완성되는 거죠! 짜잔! 이게 바로 '라드의 특제 닭 가슴살 요리' 입니다!"

허리에 손을 올리며 떠들고 있는 라드와 그의 주변을 둘러
싼 젊은 하녀들이 레놀드의 시야에 잡히고 있었다. 그들은 뭐
가 그리 재미있는지 웃고 떠들며 시간을 보내고 있었는데, 한
참 일을 하다 온 레놀드의 눈에는 그리 탐탁지 않게 비춰졌지
만, 주방으로부터 흘러나오는 향긋한 음식의 향기는 그의 기
분을 봄의 눈처럼 녹이고 있었다.

"흠! 뭐가 그렇게 재미있는 건가? 나도 같이 좀 즐기자고."

귀에 익숙한 레놀드의 목소리에 라드는 문 쪽을 바라보며
미소를 지었다.

"하핫! 레놀드 씨가 오셨군요. 그렇지 않아도 정원으로 나
가려던 참이었는데 이곳으로 잘 찾아오셨네요?"

"자네가 그렇게 떠들어대니 못 찾아올 리가 없지. 그런데
대체 주방에서 뭘 하고 있는 겐가?"

레놀드의 물음에 죠슈아라는 이름을 가진 하녀가 상기된
얼굴로 대답했다.

"레놀드 아저씨, 라드 씨의 요리 솜씨가 대단한 거 있죠?
앞도 못 보시는데 귀띔 조금 해드렸더니 주방에 기구가 어디
에 있는지 훤히 외우시더라고요!"

과연 그녀의 말이 정말인 듯 다른 하녀들 역시 입을 모아
칭찬을 하고 있었다.

"네! 칼을 쓰는 솜씨를 보니 한두 번 해본 게 아니더라니

까요?”

“그러게요. 남자들이라면 어떤 양념을 얼마나 써야 할지, 고기를 얼마나 익혀야 하는지 모르는 게 보통인데 말이죠.”

연이어 터져 나오는 그녀들의 말에 귀가 피곤하다고 생각한 레놀드는 손을 내저으며 말했다.

“아아, 그만들 하라고. 점심시간인데 이렇게 노닥거리기만 할 거야? 일가 분들께 식사는 가져다 드린 건가? 이런 모습을 들켰다가는 하녀장에게 혼이 날지도 모른다고.”

“아앗! 정말!”

그의 말에 화들짝 놀란 젊은 하녀들은 허겁지겁 움직이기 시작했다.

오븐에서 보온하던 음식들을 카트에 실으며 일가 식구들의 방으로 식사 나를 준비를 했는데, 경황 중임에도 몸에 배인 일이어서인지 자잘한 실수조차 보이지 않고 있었다. 부산을 떨며 하녀들이 모두 주방을 나가자 라드는 입맛을 다시며 말했다.

“쩝! 레놀드 씨는 하녀들에게 냉담하시군요. 이 집안의 하녀이기 이전에 호기심 많고 재미를 찾고 싶어하는 젊은 아가씨들인데……”

“매일 그렇지는 않다네. 다만 해야 할 일이 있는데 하지 않는 하녀들에게 충고를 했을 뿐이라고. 그렇게라도 하지 않으면 이 거대한 저택 곳곳에 숨어 있는 일거리들이 해결되지가 않거든."

"흠, 그렇다면 레놀드 씨는 제게도 잔소리를 해야 할 겁니다. 방금 전에 글로렌 아가씨께서 허락하셨거든요. 이곳에서 당분간 일손을 거들기로."

레놀드는 볼을 긁적였다.

"결국 말씀을 드렸나 보군. 하지만 자네에게 마땅히 시킬 만한 일이 당장 생각나지 않는다네. 내 머리는 그보다 배를 채울 무언가를 먼저 찾고 있거든."

가볍게 웃어 보인 라드는 자신의 앞에 놓인 특제 닭 가슴살 요리와 몇 가지의 야채를 내밀었다.

"그럼 이거라도 드시면서 생각해 보세요. 잔뜩 만들어놓긴 했는데, 먹을 사람들이 모두 일을 하러 가버렸군요."

"오늘 들은 말 중에 가장 반가운 말이군."

테이블 위에 놓여 있던 포크를 든 레놀드는 야채를 조금 찍어 먹으며 입 안의 칼칼한 기운을 씻어내었고, 짙은 황금빛의 꿀 소스가 배어 있는 말캉한 닭 가슴살을 한 조각 잘라 입에 넣었다. 몇 번 오물거리던 레놀드는 혀를 덮어오는 달콤한 향과 이빨 사이를 부드럽게 휘감는 육질을 느끼며 감탄을 내뱉었다.

"캬아! 이거 기가 막히는군! 내 감자 수프 따위는 이름도 못 내밀겠어. 그런데 이건 어느 지방의 요리이지? 제법 사치스러운 맛인데 말이야."

흐뭇한 표정으로 레놀드가 먹는 모습을 지켜보던 라드는 그의 물음에 잠시 당황한 기색을 보였다.

"뭐… 뭐… 딱히 어느 지방의 음식이라고 할 건 없어요. 그저 손 가는 대로 만들어본 것일 뿐이니까요."

그런 라드의 변화를 눈치 채지 못한 레놀드는 엄지손가락을 치켜들어 보였다.

"그 말이 정말이라면 자네는 요리 쪽에 천부적인 재능이 있는 것 같아. 그럼 내일부터 주방에서 일을 해보는 것이 어떻겠나? 함께 일하는 하녀들도 반대하지 않을 것 같은데."

"뭐… 나쁘지는 않을 것 같군요. 그러고 보니 지금 시간이 어떻게 되었죠?"

계속해서 손을 놀리며 음식들을 탐미(耽味)하던 레놀드는 창밖의 해를 가늠해 보며 대답했다.

"해가 조금 기울었군. 대충 정오를 조금 넘겼는데. 왜 그러지?"

그의 대답에 난처한 표정을 지은 라드는 다급히 나무 막대와 외투를 집어 들었다.

"이 것참, 약속 시간에 늦은 듯해서 말이죠."

"약속? 그새 누구와 약속을 했다는 말인가?"

"하핫! 그건 비밀이라 말씀드릴 수 없겠습니다. 그럼 천천히 식사하고 계세요!"

라드는 더 이상 시간을 할애할 수 없다는 듯 급히 주방을 나가고 있었다. 레놀드는 나무 막대 하나에 의지해 빠른 걸음을 옮기는 그의 뒷모습을 보며 혀를 내둘렀다.

"휘유, 그새 저택의 구조를 다 외웠다는 건가? 정말 앞을 못 보는 사람인지 헛갈릴 정도로군."

하지만 이제 막 왕성하게 운동을 하기 시작한 자신의 위장을 채우는 것이 더욱 우선이라 생각한 레놀드는 호기심을 지우며 남은 음식들을 부지런히 탐하기 시작했다.

저택 뒤편의 공터까지 한달음에 달려간 라드는 머리를 긁적거렸다. 공터의 한쪽 귀퉁이에는 목검을 품에 안은 채 바위에 기대어 앉아 꾸뻑꾸뻑 졸고 있는 리키가 있었는데, 아마도 자신을 기다리다 지쳐 잠이 든 듯했다. 앞을 보지 못함에도 불구하고 정확히 리키의 곁으로 다가간 라드는 입맛을 다시며 말했다.

"쩝, 내가 좀 늦은 모양이군. 이런 데서 잠이 들면 감기에 걸릴지도 모르는데……."

잠시 생각을 하던 라드는 주변을 한번 경계하더니 혼잣말로 중얼거렸다.

"…하늘 아래 가장 강맹한 왕이여, 대지를 쓰다듬는 자유의 여신과 하나가 될지니… 웜 윈드(Warm Wind)."

그의 말에 화답이라도 하듯 라드의 뒤로부터 잔잔한 바람이 불어오기 시작했다. 차갑던 바람은 점차 훈풍으로 바뀌었고, 공터를 점령하고 있던 냉기는 점차 밖으로 내몰리고 있었

다. 걸치고 있던 외투가 거추장스럽게 느껴질 정도의 온도가
되자 만족의 미소를 입가에 걸친 라드는 리키의 옆에 주저앉
았다.

"정말 좋을 시절이군. 나는 이 나이쯤에……."
부러움이 담긴 혼잣말을 중얼거리던 라드는 귓불을 스치
는 따뜻한 바람과 얼굴로 떨어지는 햇살을 즐기며 천천히 눈
을 감았다.

*   *   *

세월의 골의 깊게 패인 손이 붉은 양장의 책을 덮었다. 책
장 사이에 감돌던 공기가 훅하고 내뱉어졌고, 미약한 바람이
주변으로 흩날렸다. 이어 한 노인의 목소리가 뒤따랐다.

"왕자 전하, 오늘의 수업은 여기에서 마치도록 하겠습니
다. 내일은 '제국 제2기' 에 대해 공부를 할 테니 미리 책을 읽
어오시길 바랍니다."

"네, 스승님. 수고하셨습니다."
어린 라시드의 스승인 사이너스는 따분한 역사 공부에 지
루한 기색없이 응해주는 제자를 보며 흐뭇한 얼굴을 하였다.
하지만 라시드의 눈빛에서 한줄기의 궁금증을 잡아낸 사이너
스는 은근한 목소리로 물었다.

"왕자 전하, 무엇인가 묻고 싶으신 것이 있으십니까?"

그의 말을 기다리기라도 한 듯 라시드는 발그스름하게 상기된 볼을 우물거리며 고개를 끄덕였다.

"다른 것이 아니라, 언제까지 제가 바이올렛의 능력을 숨기고 살아야 하는지 알고 싶습니다."

그의 물음을 어느 정도 짐작했던 사이너스는 씁쓸한 미소를 눈가에 걸었고, 주변의 인기척을 확인하며 조심스럽게 입술을 떼었다.

"흐음… 역시 그 점이 불만이셨군요. 왕자 전하께선 아직 나이가 어려 이해하기 힘든 일들이 세상에 많답니다. 물론 황궁의 그 어떤 이보다 영특하시지만 아직 경험해 보지 못한 일이 너무나 많기에 어쩔 수 없는 것이지요. 왕자 전하께서 바이올렛 능력을 가지셨음에도 불구하고 언바이올렛으로 위장하는 일 또한 아주 복잡한 문제에 기인한답니다."

"……."

"쉽게 말씀드리자면 황실의 사람들 간의 이해관계가 왕자 전하를 괴롭히게 될지도 모르는 것입니다. 이종(異種)의 바이올렛 능력. 왕자 전하의 그 대단한 능력을 질시(嫉視)하는 이들이 황궁에 있다는 점이 문제가 된다는 것이지요. 그러니 만일을 대비하는 차원에서라도 왕자 전하께서 장성(長成)하시어 그 누구도 넘보지 못할 힘을 갖추시기 전까지는 왕자 전하의 능력을 숨기시는 것이 좋을 것이라는 결정을 내리게 된 것이고, 황제 폐하께서도 제 소견을 받아들여 주신 것입니다.

비록 왕자 전하께서 이종의 바이올렛을 다룰 수 있다고는 하지만 고작 2큐빅 수준의 바이올렛. 그것으로 왕자 전하의 주변에 도사리고 있는 위협으로부터 몸을 보호하기에는 무리가 있답니다."

라시드는 우려 섞인 얼굴로 되물었다.

"그렇군요. 혹시라도 제가 금지된 능력을 가지고 있는 것입니까? 그렇기에 사람들이 저를 해치려 하는 것입니까?"

라시드의 조심스러운 물음에 사이너스는 서슴없이 고개를 내저었다.

"잘못된 능력이라니요! 전혀 그렇지 않습니다. 왕자 전하께서는 카젠틴 제국 역사상 그 어떠한 바이올렛보다 위대한 능력을 가지고 계시는 것이니 그러한 걱정은 일찌감치 버리도록 하십시오."

"네에……."

라시드는 나직한 목소리로 대답하며 버릇처럼 자신의 왼쪽 귀에 걸려 있는 귀고리를 매만졌다. 밀알만 한 크기의 진붉은 보석에 은색의 금속 실이 휘감긴 모양이었는데, 장신구에 관심없는 이의 눈에도 아름답게 보이기에 충분한 세공품이었다.

'스피릿 커버(Spirit Cover)'라는 이름의 귀고리. 가운데의 붉은 보석에 사이너스가 직접 바이올렛의 능력을 제어하는 마법을 걸어놓은 물건이었다. 바이올렛 능력에 익숙지 않은 라시드가 실수로라도 바이올렛의 능력을 끌어올리게 된다면, 여타 바이올렛들이 눈치를 챌 수 있었기에 스피릿 커버를 이용해 미연에 방지했던 것이다.

황궁의 다른 바이올렛들처럼 보란 듯이 바이올렛의 능력을 내보이고, 한 명의 바이올렛으로 대접받고 싶은 마음이 간절했던 라시드는 적지 않은 실망감을 느끼고 있었다. 하지만 세상의 그 무엇보다 지엄한 자신의 스승과 그리고 아버지의 뜻이었기에 라시드는 오늘도 그러한 감정을 누르며 묵묵히 귀고리에서 손을 떼었다.

"그럼 이만 돌아가도록 하겠습니다. 스승님."

힘없는 발걸음으로 방을 나서는 라시드의 뒷모습을 바라보던 사이너스의 얼굴에는 그에 비할 수 없는 무거운 그림자가 드리워지고 있었다.

한여름의 날카로운 햇살을 피해 있던 황궁의 사람들이 저녁이 되자 하나둘씩 야외를 거닐기 시작했다. 달구어져 있던 바닥의 포장석(包裝石)은 천천히 식어갔고, 건물의 그림자들은 길게 늘어지고 있었다.

짧게 다듬어진 잔디가 덮여 있는 넓은 공터에 십여 명의 소년, 소녀들이 모여 이야기를 나누는 중이었다. 한여름임에도 불구하고 햇살에 그을리지 않은 하얀 얼굴색과 고급스러운 옷차림새는 그들의 지위가 평범하지 않음을 말해주었다.

여러 아이 중 유독 눈에 띄는 한 소년이 있었다. 진한 눈썹에 서글서글한 눈매, 짧게 자른 갈색 머리를 가진 미소년. 운명은 그의 어깨에 '그라드 레알 바이올렛 듀나힘'이라는 무거운 이름을 얹어주었다. 주변의 아이들은 선망의 눈빛으로 그를 바라보았고, 그의 눈에 들기 위해 애쓰는 모습이 역력했다.

그라드와 비슷한 또래의 분홍 드레스를 입은 소녀가 기대감에 찬 듯한 얼굴로 물었다.

"그라드 태자 전하, 내일 쥬어드 백작의 연회에 참석하실 예정이십니까? 듣자 하니 제국 전역의 유명한 악사들이 초청되어 연회의 흥을 돋운다고 하더군요."

"아닙니다. 솔직히 연회는 그리 큰 관심이 없습니다. 본인은 침소에서 책이니 읽으며 보낼 생각입니다."

별다른 감흥이 없는 듯한 대답이었지만, 상대의 기분을 거슬리게 할 만한 대답도 아니었다. 질문을 던진 소녀는 아쉬워하며 그의 대답을 받아들이고 있었다.

의식적으로 그들의 시선을 외면한 그라드는 자리를 피해 흰 천이 깔린 잔디밭에 앉았다. 이미 황실의 생활에 물든 아이들은 재빠른 눈치로 그가 혼자 있고 싶어함을 알았고, 더 이상 그의 시간을 방해하지 않았다.

"이러한 분위기, 정말 숨이 막히는군."

표정의 변화가 없었지만 주변의 아이들을 응시하던 그라

드는 짜증이 치밀어 오름을 느꼈다. 웃고 떠드는 기름진 얼굴 내면에 숨겨진 시기와 야욕, 그리고 심장에 감추고 있는 날카로운 화살이 그대로 전해지는 듯했다.

힘없는 자에게 날아갈 독기 머금은 화살은 상대를 향해 겨누어지고, 시위를 놓을 틈을 가늠하고 있는 것이다. 혈족이라는 미명에 가려져 있지만, 이곳에 있는 그 누구도 그것을 모르는 이는 없었다. 그것이 바로 그들이 세상의 첫 공기를 들이마셨을 그때부터 주입받아 온 삶의 방식이었다.

문득 아이들의 시선이 한곳으로 옮겨지고 있었다. 그라드는 하나같이 닮아 있는 그들의 보라색 눈동자에서 경멸의 감정을 읽었다. 그라드는 자신의 귓가에 와 닿기조차 힘든 작은 목소리로 중얼거리며 그들과 시선을 같이하였다.

“군중에서 도태된 또 하나의 먹이를 찾은 것인가?”

그렇게 남의 일처럼 중얼거리던 그라드는 그 ‘경멸의 대상’을 발견하고는 급히 몸을 일으켰다. 다름 아닌 자신의 하나뿐인 형제인 라시드 바이올렛 듀나힘이 그곳에 있었던 것이다.

한 권의 두터운 책을 가슴에 고이 든 검은 머리카락의 언바이올렛. 대 카젠틴 제국의 제2왕자라는 고귀한 신분임을 가졌음에도 불구하고 언바이올렛으로 낙인찍히며 멸시와 조롱의 대상이 되어버린 동생. 그의 모습을 발견한 그라드는 지금까지 찾아보지 못했던 온순한 얼굴로 다가갔다.

"라시드!"

나이에 비해 작은 몸집은 아니었지만 유독 왜소해 보이는 외모를 가진 라시드는 형의 목소리에 고개를 돌렸다. 어려서부터 작은 일 하나하나까지 신경을 써주던 형의 모습을 시야에 담은 라시드는 빙그레 웃음을 지었다.

"그라드 형님, 바람 쐬러 나오셨나 보군요?"

"뭐, 그렇지. 사이너스 선생님께 수업 듣고 오는 길이야?"

"예. 하지만 수업 내내 딴생각하느라 내용을 잘 모르겠습니다."

그라드는 믿지 못하겠다는 표정으로 어깨를 으쓱거렸다.

"이런! 국사(國師)이신 사이너스 선생님이 지목한 천재인 네가 그럴 리가 있겠어? 아무도 믿지 않을 거라고. 대체 무슨 생각이 그렇게 네 수업을 방해한 거야?"

"으음… 그것이라면……."

입을 오물거리며 무엇인가를 말하려던 라시드는 자신의 귀에 걸려 있는 귀고리를 떠올리며 들릴 듯 말 듯한 한숨을 내쉬었다.

"아무것도 아닙니다. 그냥 잡다한 생각들일 뿐이니까요. 그보다 일행과 함께 있었던 거 아니셨습니까?"

자신들을 바라보고 있는 소년, 소녀들을 한번 뒤돌아본 그라드는 고개를 내저었다.

"일행은 무슨, 그냥 바람 쐬러 나온 사람들일 뿐이야. 그건 그렇고, 저녁이라 날도 선선해질 텐데 오랜만에 검술(劍術) 연습 어때?”

“뭐… 나쁘진 않지만, 형님께 검술 연습 따위는 필요없지 않습니까? 이미 5큐빅 수준에 달하는 대지의 바이올렛 능력을 가지셨는데…….”

“하지만… 네게는 꼭 필요해. 저런 녀석들이 주변에 얼쩡거리는 이상 말이야. 어서 가자고!”

라시드는 그라드의 말뜻을 잘 알았기에 등을 떠미는 그라드의 손길을 저항하지 않았다.

＊　　　＊　　　＊

가장 짧았던 나무 그림자가 조금 길어질 때쯤, 점심 식사를 마친 가르시너 가문의 사람들은 신분의 고하를 막론하고 나른한 봄바람이 몰고 오는 잠기운에 몸을 맡긴 채 오침을 즐기고 있었다. 하지만 그러한 이들 중에 낄 수 없었던 불운한 인물이 있었으니 가르시너 가의 수석 주방장인 로베르토였다. 무려 백여 명에 육박하는 가문 사람들의 식사를 책임지고 있다 보니 매 식사가 끝나는 대로 그다음 식사를 준비해야 할 처지였다. 쉬는 날조차 없이 식 재료와 전쟁을 벌이는 판국이었는데, 제국에서 지정한 휴일이라 해도 끼니를 거르는 날은 없으니 말이다.

주방의 식 재료 저장고를 열어보고 있던 불운의 로베르토는 두둑이 살집 잡힌 얼굴에 은근한 노기를 띠고 있었다.

"어떤 녀석이 식 재료에 손을 댄 거야?!"

마치 흰색의 연기라도 뿜어내려는 듯 거친 콧바람을 씩씩거리던 그는 어수선한 주방을 둘러보았다. 주방의 뒷정리조차 하지 않은 게으른 하녀들이 달콤한 오침을 즐기고 있을 것이라 생각하니 로베르토의 속은 더욱 편안할 리 없었다.

"요즘 잔소리를 조금 안 했더니 나를 우습게보고 있는 것 같은데……!"

마음먹고 하녀들을 나무라기 위해 또 다른 꼬투리를 잡던 로베르토는 주방 테이블 위에 없혀진 접시를 보았다. 사용한 식기는 깨끗하게 설거지하여 물기를 재거한 후 보관한다는 엄연한 원칙이 있음에도 불구하고 눈앞의 건빙진 접시는 청결 유지의 사명을 어기고 아직도 상당량의 음식을 보란 듯이 배에 없은 채 느긋하게 누워 있는 것이었다.

"이, 이것들이!"

유독 깔끔한 성격이던 로베르토의 몸은 분노에 푸들푸들 떨리고 있었다. 하지만 접시 위에 없힌 음식 몇 조각이 그의 시선을 잡아끌고 있었다.

"웅? 그런데 이건 누가 만든 거지? 분명 오늘 식단에는 없는 요리인데……."

의심스러운 눈으로 접시 위의 음식 몇 조각을 내려다보던 로베르토는 포크를 조심스럽게 들어 닭고기로 짐작되는 살점 하나를 찍어 입에 넣었다. 잠시 입을 우물거리던 그는 두텁게 덮여 있던 눈꺼풀을 최대한 부릅뜨며 외쳤다.

"이, 이건 '로열 허니 휜헨!' 황실의 닭 가슴살 요리인데! 그것도 대충 흉내를 낸 것이 아니라 제대로 된 요리법을 알고 있는 사람이 만든 거야!"

복잡한 표정으로 입 안에 남은 음식의 여운을 마저 갈무리 한 로베르토는 탄성에 가까운 감탄사를 짧게 터뜨렸다.

"하! 대체 이 집 안에서 누가 이 요리를 할 수 있는 것이지?"

깊은 의문과 함께 포크를 내려놓은 그는 살찐 엉덩이를 좌우로 흔들며 어디론가 바쁜 발걸음을 옮기기 시작했다. 이미 그의 머릿속에 충만하던 저녁 식사 준비에 대한 생각은 증발해 버린 지 오래였다.

*　　　*　　　*

겨울의 두터운 옷가지를 벗고 가벼운 옷차림을 한 사람들이 활기차게 오가는 '쿼러럴' 거리. 수많은 상점들이 양옆으로 즐비한 이 거리는 그레엄에서 사람들의 왕래가 가장 활발한 곳이다. 함께 시간을 나누기 위해 걸음을 한 젊은 연인에서부터 장바구니를 든 노년의 부부에 이르기까지 다양한 목적을 가진 사람들이 오가는 거리였다.

어깨를 피하기 힘들 만큼 북적이는 사람들의 틈바구니 사이로 세 남녀의 모습이 보였다. 훤칠한 키의 남자는 앞을 보지 못하는 듯 눈을 가린 채 나무 막대를 길잡이 삼아 걷는 중이었고, 그 옆으로 갈색 머리의 주근깨 소녀와 유독 하얀 얼굴의 금발 소년이 동행하고 있었는데, 다름 아닌 라드와 리키, 그리고 가르시너 백작가의 하녀 중 한 명인 쵸슈아였다.

오후의 단잠을 즐기고 있던 쵸슈아는 잠이 덜 깬 멍한 얼굴로 로베르토의 잔소리와 로열 허니 휜헨을 만든 이에 대한 추궁을 들어야만 했다. 하지만 잠의 여운에서 벗어나지 못한 쵸슈아는 '로열 허니 어쩌고'에 대한 이야기는 알아듣기조차 힘들었고, 어쨌건 고자질쟁이가 되기 싫었던 쵸슈아는 끝까지 리드의 범행 사실(?)을 밝히지 않았다. 결국 건방지다는 이유로 3일 동안 식 재료 준비와 주방 청소라는 벌칙을 받아야만 했던 것이다.

남다르게 소문에 귀가 밝은 라드가 이 소식을 놓칠 리가 없었다. 쵸슈아를 찾아가 미안함을 표한 라드는 그녀를 돕기로 나섰고, 지금은 자신이 사용해 버린 저장고의 식 재료를 채워넣기 위해 식료품점으로 향하는 중이었다.

한데, 이 자리와 어울리지 않는 존재가 있었으니 바로 리카오즈 볼라르도 가르시너였다. 약속 시간에 늦은 라드에게 불만을 늘어놓던 리키는 막무가내로 라드와 붙어 다니기 시작했는데, 지고한 백작가의 귀하디 귀한 외동아들은 자신의 신분을 자각하지 못한 채 장을 보기 위해 하녀 등과 함께 저잣거리를 돌아다니고 있는 중인 것이었다.

로베르토에게 꾸중을 들은 죠슈아였지만, 표정은 맑은 하늘로부터 쪼개져 떨어지는 햇살만큼이나 밝았다. 평소 바깥출입을 자주 할 수 없었던 그녀로서는 이번 벌칙이 오히려 반가울 지경이었는데, 신이 난 모습의 그녀는 팔을 넓게 뻗은 채로 핑그르르 돌며 말했다.

"화아! 이제 좀 살 것 같네! 정말 백작가는 숨이 턱! 하고 막힌다니까."

자신도 모르게 속마음을 털어놓던 죠슈아는 동행중인 리키의 존재를 뒤늦게 깨달으며 손으로 입으로 막았다. 하지만 리키 역시 죠슈아의 말에 귀를 기울일 여유가 없는 듯했다. 아버지인 가르시너 백작이나 쟈미르와 함께 몇 번인가 번화가에 나와 본 적이 있긴 하지만, 이렇게 자유롭게 구경을 다녀본 적은 없었던 것이다. 궁벽한 산촌에서 막 올라온 아이마냥 주변을 두리번거리고 있는 리키를 보며 안도의 한숨을 내쉰 죠슈아는 허리를 숙여 눈을 맞추며 물었다.

"도련님, 뭐 드시고 싶은 것은 없으세요? 식사하신 지도 꽤 된 것 같은데……."

생각해 보니 배가 조금 출출한 듯했지만, 리키의 머리에 딱히 떠오르는 것은 없었다. 이런 곳에서 무엇을 사먹어 본 적이 없었으니 말이다.

"글쎄, 배가 조금 고프긴 한데 뭘 먹어야 할지 모르겠어, 죠슈아."

신분의 차이가 있긴 하지만, 남동생처럼 귀여운 모습으로 우물쭈물하고 있는 리키를 바라보던 죠슈아는 빙긋 웃으며 말했다.

"이 근처에 어렸을 때 부모님과 자주 들르던 가게가 있었는데, 그곳의 '반즈' 맛이 기막히다구요! 괜찮겠죠?"

반즈는 자이언트 윗의 반죽을 적당한 크기로 잘라 기름에 튀긴 후, 각종 시럽을 곁들여 먹는 일종의 간식거리로서, 자이언트 윗의 생산지인 그레엄 근방에서는 가장 흔하면서 일반적인 간식거리 중 하나였다.

"으응!"

"라드 오빠도 함께 드실 거예요?"

이번 일로 여러 이야기를 나누게 된 라드와 죠슈아는 편안하게 말을 주고받는 사이가 되어 있었다. 죠슈아의 성격이 워낙 활달했고, 라드 역시 사람을 잘 사귀는 성격이었기에 친해지는 데 별 어려움이 없었던 것이다. 죠슈아의 물음에 라드는 멋쩍은 웃음을 지었다.

"알고 있다시피 짐을 모두 사기꾼에게 털려서 1브렌(구리 동전)짜리 동전 몇 개밖에 가지고 있지 않다고. 혹시라도 죠슈아가 내 것까지 사준다면 사양하지는 않겠지만 말야."

"피~! 이렇게 고생하고 있는 게 누구 때문인데 얻어먹기까지 하려는 거예요? 나이도 네 살이나 많으면서 사주지는 못할망정……."

"하핫! 그럼 잠시만 기다려 봐! 구걸이라도 하고 올 테니까. 앞을 못 보니 구걸하는 데 남들보다 조금 더 유리하다구. 많이는 못 벌겠지만 요깃거리 사먹을 만큼은 얻을 수 있을 거야."

라드가 그 말이 진심인 듯 사람들 앞에 나서려 하자 죠슈아가 급히 그의 옷자락을 잡았다.

"그만두라구요! 내가 사줄 테니까 그만 해요! 어떻게 남자가 자존심도 없이 구걸을 하려고 해요?"

어깨를 으쓱거린 라드는 별일 아니라는 듯 대답했다.

"하하! 자존심? 남자는 큰일을 위해서라면 자존심 따위 잠시 접어놓을 수도 있는 것이거든."

"나 참, 고작 군것질하는 게 그렇게 큰일이라고 자존심까지 접어놓는다는 말이에요? 말이나 못하면……."

"사람이 먹고사는 일이 얼마나 중요한데 그래."

속상한 듯 말하는 죠슈아의 투덜거림에 라드는 괜한 머리를 긁적일 뿐이었다.

라드와 일행의 발걸음이 멈춘 곳은 좁다란 골목길의 건물과 건물 사이의 틈에 자리 잡은 아주 작은 가게였다. 알고서 찾아오지 않는다면 찾기조차 힘들 만한 좁은 골목. 휑한 골목을 바라보던 죠슈아는 고개를 갸웃거리며 의아한 표정을 지었다.

"으음? 이상하네."

"왜, 잘못 찾아오기라도 한 거야?"

라드의 물음에 죠슈아는 고개를 내저었다.

"그게 아니라, 여기가 이 근방에서 반즈 맛으로 가장 유명한 곳이라 항상 손님들이 줄지어 서 있거든요. 그런데 오늘따라 이상하게 한산한 걸요?"

"가게 문이라도 닫은 게 아닐까?"

"아뇨, 문은 열려 있어요."

건성으로 대답한 죠슈아는 문을 열고 가게 안으로 들어서며 반가운 표정으로 누군가의 이름을 불렀다.

"마르코 아저씨!"

죠슈아의 부름에 한가한 표정으로 작은 테이블 앞에 앉아 있던 중년의 인물이 자리에서 벌떡 일어서며 그녀를 맞아주었다.

"아니, 죠슈아 아니냐? 가르시너 백작가에 들어갔다는 소문이 들리더니 정말인 모양이군. 이거 귀티가 좔좔 흐르는걸?"

반달 모양으로 휘어진 마르코의 눈웃음에 죠슈아는 쑥스러운 듯 손을 내저었다.

"에이! 마음에도 없는 말씀 마세요! 그런데 손님이 왜 이렇게 없죠? 예전 같았으면 앉을 자리도 없이 바쁠 시간인데……."

죠슈아의 말에 마르코의 안색은 잠시나마 어두워지고 있었다.

"말도 말거라. 얼마 전부터 들여오는 자이언트 윗의 질이 너무 떨어져서 예전 같은 맛을 낼 수가 없어서 그런 것이지."

"자이언트 윗요?"

"그렇단다. 어쩐 일인지 요즘 이 근방에서 유통되는 자이언트 윗의 품질이 말이 아니란다. 그러니 자연 자이언트 윗으로 만드는 반즈의 맛이 예전 같지가 않은 거지. 솔직히 나도 못 먹을 정도라서 반즈는 양심상 팔지 않고 있는 중이야."

죠슈아는 그의 말이 믿기지 않는 얼굴이었다.

"에? 그럴 리가 없잖아요? 분명 이 근방의 자이언트 윗의 품질은 가르시너 백작가에서 철저하게 관리하고 있는데."

잠시 헛기침을 한 마르코는 무슨 비밀이라도 되는 듯 속삭이며 말했다.

"흠, 사실 요즘 시장에서 이상한 소문이 퍼지고 있단다. 가르시너 백작가의 눈을 피해 타지방에서 엄청난 양의 저급 자이언트 윗이 들어와 시장에서 섞여 팔리고 있다는 것이지. 뜨내기 상인들에게 들은 이야기라 신빙성이 얼마나 있는지는 모르지만, 이런 이야기가 나도는 데에는 다 그만한 이유가 있지 않겠어? 나뿐만 아니라 도매상들도 자이언트 윗의 품질도 떨어지고 가격도 바닥을 치는 바람에 고민이 이만저만 아니

라고 하더군. 농민들은 말할 것도 없고 말이야. 휴우! 가르시
너 백작가에서 무슨 조치를 취해주든지 해야 할 텐데……."

근심 어린 마르코의 말에 급히 끼어드는 목소리가 있었다.

"당연히 우리 가르시너 가문에서 모든 일을 처리하도록 할
거예요! 그것이야말로 한 지방을 총괄하는 귀족이 해야 하는
일이니까요!"

리키였다. 눈을 크게 부릅뜨며 어른스러운 척하려 노력하
는 모습이 역력했지만, 어린아이의 모습이라는 사실은 달라
지지 않았다.

리키의 옷자락에 새겨진 은빛의 '새싹 문장'으로 그 신분
을 대충 짐작한 마르코는 아주 우습게 여길 수도 없었기에 장
난 반 진담 반으로 부탁했다.

"오! 가르시너 백작가의 도련님이신가 보군요? 부디 도련
님의 말씀대로 이번 일을 잘 해결해 주셨으면 감사하겠습니
다. 그렇게만 해주신다면 도련님께는 저희 가게의 반즈를 얼
마든지 공짜로 드리도록 하죠."

"예, 물론이에요!"

그들의 대화를 곰곰이 듣고 있던 라드는 들떠 있는 리키의
어깨를 지그시 누르며 대화에 참여했다.

"흠, 질 나쁜 자이언트 윗이라고요? 괜찮다면 제가 한번 살
펴봐도 될까요?"

어깨를 으쓱인 마르코는 가게 한편에 놓여 있던 자루에서

자이언트 윗 한 움큼을 쥐어 건네주었다. 보통의 밀알보다 서너 배는 큼직한 알갱이들. 손바닥 위에 놓인 자이언트 윗 알갱이를 매만지고 냄새를 맡아보던 라드는 답답한 한숨을 내쉬었다.

"수분이 많이 빠져나가 있는 상태의 자이언트 윗이로군요. 게다가 우기(雨期)를 몇 번 거쳤는지 눅눅한 냄새까지 배어 있습니다. 햅밀이 아니라 수확한지 최소 3, 4년쯤은 되어보이는 묵은 밀이 틀림없군요. 그러니 당연히 품질이 떨어지고 맛이 없을 수밖에요. 이런 자이언트 윗으로는 어떠한 빵을 굽더라도 맛이 없죠."

마르코는 그의 말이 쉽사리 이해가 가지 않는 듯 되물었다.

"그럴 리가……. 자이언트 윗은 수확량이 많고 알이 굵은 반면, 쉽게 썩기 때문에 보관이 용이치 않아 2년 이상 보관이 안 되는 것으로 알고 있는데 3년이나 묵었다니요?"

"물론 맞는 말씀입니다. 하지만 그것은 어디까지나 통상적인 개념이고, 분명 2년 이상 보관할 수 있는 장소가 있기도 하죠."

"엥, 그런 곳이 있다는 말입니까?"

"한 번쯤은 들어본 적이 있을 겁니다. 제국을 통 털어 다섯 곳밖에 없는 '저온저장창고'가 바로 그곳이죠."

비록 길모퉁이의 작은 가게를 운영하고 있는 마르코였지만, 수많은 상인들과 교류를 해온 그는 저온저장창고가 무엇인지 대충이나마 알고 있었다.

"저온저장창고라면 황실 수곡부의 양곡을 보관하는 곳이 아닙니까? 그렇다면 젊은이의 말은 이 자이언트 윗이 그곳에서 흘러나왔다는 것인데……."

라드는 길어질 것 같은 그의 이야기를 제지하며 말을 이었다.

"쉬잇! 억지스러운 추측일 뿐이니 이렇다 할 단정을 내릴 수는 없어요. 하지만 이 사실을 가르시너 백작가에 전해보기는 해야겠죠. 그리고 그보다 더 중요한 일이……."

"또 무슨 다른 추측이……?"

마르코의 조심스러운 질문에 라드는 쑥스럽게 웃으며 자신의 배를 매만졌다.

"뭐 별것은 아니고, 이야기를 많이 했더니 지금 배가 고프다는 것이죠. 아무거나 좋으니 뭐 먹을 만한 것이 없을까요?"

"하하! 반즈는 어렵겠지만 다른 메뉴도 있으니 잠시만 기다려 보세요."

대화와 동떨어진 대답에 마르코는 웃음을 터뜨리며 주방으로 들어갔고, 한참 긴장감을 느끼며 대화에 귀를 기울이고 있던 죠슈아는 김이 새는지 한숨을 내쉬었다.

"에휴. 듣자 하니 보통 일이 아닌 것 같은데 이 상황에 배가 고파요?"

"그렇게 심각하게 생각할 것 없어. 내가 말했다시피 추측

일 뿐이라고. 그리고 설령 내 추측이 맞다 해도 다 먹고살자
고 하는 짓인데 꼬르륵거리는 배는 달래고 봐야지."

라드는 자신의 신념에 한 치의 흔들림도 없다는 듯 팔짱을
끼며 자리를 차지하고 앉았고, 리키 역시 라드의 의견에 동의
하듯 그의 행동을 따랐다. 결국 죠슈아는 자신의 용돈이 깨진
독의 물마냥 새어나가는 모습을 보아야만 했다.

분홍빛의 구슬을 촘촘하게 엮어만든 깜찍한 손지갑을 내
려다보고 있는 두 눈동자에는 절망감이 감돌고 있었다. 비교
적 싼 가격에 먹을 수 있는 반즈를 라드와 리키에게 사주려던
계획은 헝클어져 버렸고, 마르코의 가게에서 제법 값이 나가
는 메뉴들만 골라 먹어버린 두 염치없는 인물 덕에 지금껏 사
랑스럽게 느껴지던 손지갑은 한순간에 가치없는 헝겊 조각이
되어버린 것이었다.

터벅걸음으로 씩씩거리며 앞서 걷던 죠슈아는 분을 못 이
겼는지 도끼눈을 뜬 채 뒤따라오는 라드와 리키를 흘겼다.

"이잉! 이번 주 용돈을 다 써버렸잖아요! 어떻게 할 거에
요?"

날카로운 목소리로 쏘아오는 죠슈아의 목소리에 라드는
넉살 좋은 웃음을 터뜨렸다.

"하하! 화 풀어, 죠슈아. 음식들이 너무 맛있어서 계속 입
으로 들어가는 걸 어쩔 수 없잖아? 그리고 어차피 용돈은 쓰

라고 있는 거잖아? 급료도 따로 받을 거면서.”

“급료는 전부 부모님께 돌아간다고요! 용돈이라도 모아서 머리핀을 살려고 했는데, 오빠 때문에 망해 버렸어요! 앞으로도 많이 모아야 하는데…….”

울먹거리려는 죠슈아의 목소리에 미안함을 느낀 라드는 자신의 주머니를 만지작거렸다. 하지만 예상대로 브렌 단위의 동전 몇 개만 만져질 뿐이었다. 입맛을 다신 라드는 어깨를 으쓱거리며 말했다.

“미안해, 죠슈아. 대신 내가 처음 급료를 받으면 꼭 머리핀을 사줄 테니까 그만 울먹거리라고. 내가 약속할게. 알았지?”

라드의 말이 어느 정도 위안이 되었는지 죠슈아는 고개를 끄덕였다.

“꼭이에요?”

“하핫! 알았다니까!”

머리를 긁적이며 웃고 있을 때, 100큐브릿(약 98m) 정도 떨어진 곳으로부터 부산한 움직임이 느껴지고 있었다. 십여 필의 말발굽 소리, 그리고 비명을 지르며 우왕좌왕하는 소리. 그리 좁지 않은 길이었지만, 말을 타고 달리기에는 위험천만한 장소였다. 그러나 말을 탄 무리는 타인의 안전 따위는 염두에 두지 않는다는 듯 속도를 줄일 기미도 없이 말을 달리고 있었다.

타가닥! 타가닥! 히이이잉!

점차 말을 탄 무리가 가까워져 오자 말발굽을 피하려는 사람들로 인해 거리는 온통 아수라장이 되어버렸다.

"으아아악!"

"꺄악!"

라드 일행 역시 사람들 틈바구니에 끼어 이리저리 떠밀리기 시작하자, 라드는 그 두 사람의 팔을 끌어당기며 건물 사이의 좁다란 틈으로 뛰어들었다. 급박한 상황이었기에 리키와 죠슈아는 라드의 자연스러운 움직임에 신경을 쓰지 못하였고, 그저 숨을 할딱이며 놀란 가슴을 진정시킬 뿐이었다. 금세 안정을 되찾은 죠슈아는 말을 달리는 무리의 뒷모습을 향해 손가락질을 해가며 소리를 지르기 시작했다.

"에이, 나쁜 놈들아! 이런 시내에서 말을 달리다니! 생각이라고는 눈곱만큼도 없는 녀석들!"

리키 역시 그러한 죠슈아의 행동이 재미있어 보였는지 함께 손가락질을 해가며 그녀가 내뱉는 말 한마디, 한마디를 따라 하고 있었다.

"말미잘 같은 녀석들! 벽에 똥칠하면서 100년 살아라!"

몇 분 동안 상상력이 허용하는 한도 내의 모든 욕을 다한 리키와 죠슈아는 속이 후련해짐을 느꼈다. 그리고 서로의 얼굴을 바라본 리키와 죠슈아는 시원하게 웃으며 말했다.

"호홋! 도련님의 욕도 제법이신 걸요?"

"하하하! 다 죠슈아 덕분이지, 뭐. 처음 듣는 말들이 이렇게 많은 줄은 몰랐어!"

신이 나 이야기를 하던 리키와 죠슈아는 문득 등 뒤가 허전해져 있음을 느꼈다. 주변을 두리번거려 본 그들은 라드의 모습이 보이지 않음을 깨달았다.

"어라? 방금 전까지만 해도 라드 오빠가 있었는데?"

"대체 어디 간 거지? 라드 형! 라드 형!"

"쳇! 앞도 못 보는 사람이 또 어디로 가버린 거야?!"

목소리 높여 몇 번을 불러봐도 라드의 모습이 보이지 않자 난감해하던 리키와 죠슈아는 사라져 버린 라드를 찾기 위해 거리로 나서기 시작했다.

같은 시간, 라드는 분주히 움직이는 사람들 사이를 빠른 속도로 누비며 어디론가 향하고 있었다. 한 가지 주목할 점이 있다면 눈 주변을 묶었던 천은 이미 풀어버린 모습으로, 윤기 없는 회색 눈동자가 자리하던 그의 눈은 맑고 투명한 보라색의 눈동자가 대신하고 있다는 점이었다. 그렇게 움직이던 라드는 마차가 오고 가는 사거리에서 멈춰 섰다.

"분명 이 주변인데……."

잠시 눈을 감고 무엇이라 중얼거린 라드는 다시금 눈을 뜨며 좁은 골목 사이로 몸을 날리기 시작했다.

타다닥!

몇 개의 골목을 돌아 마차 길을 따라 몇 분 정도를 달리던 라드는 고급스러운 건물들이 줄지어 늘어선 거리에 닿을 수 있었다.

길 건너편의 건물 입구에는 검은 여행자용 망토를 통일해 입은 십여 명의 남성들이 말에서 내리는 모습이 보이고 있었다. 낮은 담장에 몸을 숨기며 그들의 움직임을 세세히 살피던 라드는 불꽃이 타오르듯 사방으로 흩어져 뻗은 붉은 머리카락의 남성을 발견하고 얼굴을 딱딱하게 굳혔다.

"제기랄! 이제 서열 13위의 '아스트랄'이 직접 나타나다니……. 위험하게 되었군. 잘못 걸렸다가는 손해가 이만저만이 아니겠어."

그러다 말고 기억 속의 한 인물을 떠올린 라드는 적지 않은 불만을 내비쳤다.

"대체 슈미드 이 녀석은 이런 중요한 정보는 안 보내 주고 뭘 하고 있는 거야? 또 어디서 여자랑 나뒹굴고 있는 건가?"

라드가 인상을 찡그리며 투덜거리고 있을 때 콧등을 간질이는 바람을 느꼈다.

"마스터, 그렇게 말씀하시면 섭섭합니다. 여자랑 나뒹굴다니요."

갑작스레 등 뒤로부터 목소리가 들려오자 라드는 가슴이 철렁 내려앉음을 느꼈다.

"헉! 슈, 슈미드! 언제부터 이곳에 있었던 거야?!"

"마스터께서 오시기 전부터 이곳에 있었습니다."

짧은 대답과 함께 낮은 담장의 그림자가 일렁이더니 검은

연기가 뭉실뭉실 솟아나기 시작했고, 곧 사람의 형상으로 변
했다. 한 마리의 까마귀를 연상시킬 정도로 검은색 일색의 복
장을 한 젊은 남성으로, 치렁하게 흘러내린 진청색 머리카락
에 하얀 얼굴, 얇은 콧날과 날카로운 눈매가 잘 어울리는 이
였다.

"이제는 내 이목까지 속이는군."

라드의 중얼거림에 슈미드는 차가워 보이는 미소를 지으
며 말했다.

"6큐빅에 근접한 불의 바이올렛의 이목을 속이고 뒤를 밟
는 건 쉬운 일이 아니니까요. 누구와는 다르게 능력이 뛰어난
자라……."

기묘하게 뒤틀린 슈미드의 끝말에 라드는 미간에 깊은 주
름을 만들었다.

"그 '누구' 는 누구를 말하는 거야?"

"뭐, 편하실 대로 생각하십시오."

"쳇! 그 예쁜 구석 없는 혓바닥은 변할 기미를 보이지 않는
군. 어릴 때부터 너와 대화를 하면 괜히 손해를 보는 기분이
야. 그건 그렇고, 그 귀에 거슬리는 '마스터' 호칭은 뭐야?"

어느새 무표정한 얼굴로 바꾼 슈미드는 굴곡없이 단조로
운 억양으로 말했다.

"다른 호칭을 생각해 보라 하셔서 그렇게 했을 뿐입니다.
마음에 들지 않으십니까?"

"딱히 마음에 들지 않는다기 보다 어색해서 말이야."

"그럼 익숙해지도록 하십시오."

"말하는 꼬락서니 하고는. 상하 관계까지 헷갈리는군."

불만 섞인 라드의 말에도 아무런 신경 쓰지 않은 슈미드는 품에서 두툼한 서류 뭉치를 꺼내어 내밀었다.

"여기 적힌 내용을 알아두시는 것이 좋으실 겁니다."

라드는 고개를 끄덕이며 겉장을 넘겨보았다. 그리곤 몇 줄을 훑어보던 라드는 얼굴을 석고상마냥 굳히며 식은땀을 흘렸다.

"제버린 하이제너, 22세. 가슴 특급, 허리의 살집이 감점 요소. 로랑 퀴세느, 24세. 각선미 특급, 가슴이 빈약함, 차가운 인상이 감점 요소. 로페즈 가브라스……."

라드가 서류의 내용을 죽 읊어 내려가자 슈미드는 그것을 재빨리 가로채더니 아무 일도 없다는 듯 다른 서류 뭉치를 내밀었다.

"서류가 바뀐 모양입니다. 잠깐이나마 제 기밀문서를 보신 것을 행운이라 생각하십시오."

"그따위 여성 신상명세서가 무슨 기밀문서라는 거냐? 대체 뭘 하고 돌아다니는 거야?"

다그침에도 불구하고 아무런 표정 변화를 보이지 않은 슈미드는 예의 억양없는 목소리로 대답했다.

"근무 외의 시간은 보장해 주시는 줄로 알았는데요? 저의 고상한 취미 활동을 비난하시는 것은 자제해 주십시오."

"하아, 고상한 취미 활동이라……."

라드가 잠시 할 말을 잃자 슈미드는 기다렸다는 듯 작별을 고하려 했다.

"그래도 아직은 일과 시간 중이니 저는 일을 하러 가봐야겠습니다. 근방으로 사냥개들이 깔려 있는 만큼 조심하는 것이 좋을 겁니다. 미친개에게 물리면 약도 없으니……."

"너, 진심으로 내 걱정을 해주는 거야?"

"뭐, 일단은 그렇습니다. 고용주가 죽어 젊은 나이에 직업을 잃을 수는 없으니 말이죠. 그럼 이만."

슈미드는 하체에서부터 검은 연기로 변하기 시작하더니 이내 본래의 모습을 찾아볼 수 없었다. 빨려드는 듯 그림자 속으로 스며든 슈미드는 그렇게 기척없이 사라져 버렸다.

"저 녀석은 정말 나를 상관이라고 생각하기는 하는 것일까? 이게 모두 인복(人福)이 없는 내 탓이지. 쯔쯧……."

라드가 자신의 신세에 한탄하며 깊은 한숨을 내쉬고 있을 때, 아스트랄이라 불리운 남성과 그의 일행은 이미 건물 속으로 들어가 버렸는지 거리에는 적막감만이 휘감고 있었다.

*　　　*　　　*

탁한 공기가 감도는 실내. 태양의 성스러운 은총을 거부하

려는 듯 대낮임에도 불구하고 모든 창은 검고 두터운 커튼에
가려져 있었다. 한 올의 빛줄기조차 허용하지 않은 철저한 어
두움을 가르며 묵직한 소리와 함께 방문이 양옆으로 열렸다.
날카로운 빛의 자취가 실내를 반으로 나누었을 때 철컥이는
발걸음 소리가 들렸다.

“안으로 드십시오. 클라로드 백작께서 기다리고 계십니
다.”

안내를 받은 인물은 실내로 들어섰다. 내부로 스며드는 빛
을 가로막으며 기다란 그림자를 만들어내고 선 그는 어두운
실내를 한번 둘러보며 코웃음을 쳤다.

“후훗! 클라로드 백작께서는 안 본 사이 취향이 많이 독특
해지셨군. 황궁에서 한동안 보이시지 않아 영지로 돌아가셨
나 했더니 이런 곳에 몸을 숨기고 계시고…….”

쿵!

다시금 문이 닫히며 실내는 어둠에 휩싸였다.

탁탁!

부싯깃 통 두들기는 소리가 나며 촛불이 타 들어갔고, 한
중년 남성의 얼굴 일면이 드러났다. 반 대머리에 약간 처진
볼살, 입 주변을 둘러싼 수염을 기른 모습. 그는 어른 손가락
굵기의 권련을 촛불에 가져다 대며 빨아들이더니 뭉텅이의
연기를 몇 번에 걸쳐 뱉어내었다. 그리곤 느긋하게 의자의 등
받이에 등을 기대며 두툼한 입술을 움직였다.

"후우우우. 오랜만이구려, 아스트랄 백작. 이 모두 루벤스턴 공작 각하를 위한 일이니 취향에 맞지 않는다 해도 묵묵히 따를 수밖에 없지 않겠소. 그렇게 서 있지 말고 앉으시오."

타오르는 듯한 붉은 머리의 아스트랄은 망토를 젖히며 의자에 앉았다. 희뿌연 권련의 연기가 실내를 잠식하는 모습을 바라보며 눈살을 찌푸린 그는 단조롭고 무성의한 목소리로 말했다.

"백작 호칭보다는 아스트랄 단장이라고 불러줬으면 하는데…… . 나는 그 편이 더욱 마음에 드니까."

"뭐, 호칭은 편할 대로 합시다. 그보다 언바이올렛 사냥은 잘돼기고 있소? 듣자 하니 라시드 제2왕자, 아니지. 이제 그냥 라시드인가? 뭐, 아무튼 그의 종적을 놓치셨다고 하던데. 꽤나 속을 썩고 계시는 듯하외다? 공작 각하께서도 이번만큼은 주목하고 있으니 서둘러 처리하시는 편이 좋을 것입니다. 비록 언바이올렛이라 할지라도 선황의 핏줄에 대해 크게 민감해하시는 분이시니 말이오."

아스트랄은 상대의 비아냥거리는 말투에 노기가 치밀었는지 의자의 팔걸이를 부서질 듯 때리며 외쳤다.

"흥! 당신이 상관할 바가 아니오! 운 좋게 이곳까지 흘러들어 왔으나 곧 꼬리가 잡힐 테니 두고 보시오! 그레엄 밖으로 통하는 모든 관문은 이미 막혀 있는 상태이니 제 놈이 뛰어봤

자지."

여실히 드러나는 아스트랄의 불같은 성격에 클라로드 백작은 손을 들어 올리며 그를 진정시켰다.

"이런, 이런! 내가 상관할 바가 아니었군요. 사과드리겠소. 후훗!"

"그러는 백작의 일은 어떻게 되어가고 있소? 하긴 실리에 눈이 밝고 간계에 능하기로 유명하니 어렵지 않게 가르시너 가의 일을 처리하고 있는 듯한데……."

빈정이 묻어났지만 클라로드 백작은 그 사실에 대해 스스로 인정하는 듯했고, 오히려 자랑스러운 듯 대답했다.

"크큭, 그렇게 높이 평가해 주다니 몸 둘 바를 모르겠소. 하지만 운이 따르는지 어렵지 않게 그레엄의 자이언트 윗 시장을 조금 손볼 수 있었다오. 모르긴 해도 가르시너 백작의 얼굴에 미소가 떠난 지 오래일 것이오. 그 시류(時流)를 모르던 고집쟁이 늙은이는 손 한 번 제대로 써보지 못한 채 가문의 몰락을 지켜보게 될 것이외다. 결국은 황인을 내놓을 수밖에 없는 상황에 처하게 되겠지. 크하하하!"

눈을 번들거리며 웃던 클라로드 백작은 평소의 신색을 되찾으며 다시금 말을 이었다.

"서로에 대한 소식은 이 정도로 나누고, 본론으로 들어갑시다. 이 몸이 무엇을 도와드리면 되겠소?"

직접적인 물음이었지만, 아스트랄 역시 그것을 원했기에

거리낌 없이 자신의 요구 사항을 꺼내었다.

"백작께 크게 부담되지 않는 요구 사항일 것이외다. 황실을 떠나온 이후 시간이 생각보다 지체되어 물자의 보급이 원활치가 않소. 곧 개선될 것이니 그동안 귀하의 도움을 받고자 하는 것이오."

짙은 회색으로 변해 버린 궐련의 재를 털어낸 클라로드 백작은 가볍게 고개를 숙여 보이며 약간의 조롱이 섞인 목소리로 대답했다.

"이곳은 그레엄인데 영주인 가르시너 백작을 찾아가시지 않고 이렇게 숨어 있는 내게 찾아와 도움을 청하시는 이유는 대체 무엇이오?"

아스트랄은 무뚝뚝한 음성으로 대답했다.

"그렇지 않아도 가르시너 백작가에 들렀다 오는 길이오. 하지만 가르시너 백작의 몸이 좋지 않아 접견을 할 수 없다고 하더군. 해서 더 기다릴 것 없이 귀하를 찾아온 것이오. 최대한 빠른 길을 택해야만 했으니 말이오. 어떻게, 제 요구 사항을 받아들일 수 있겠소?"

"후훗! 감히 위대한 바이올렛 혈통을 지니신 분의 요구 사항을 거절할 수는 없지 않겠소? 게다가 루벤스턴 공작 각하의 총애를 받는 분의 요구이니 더더욱. 후훗! 내 미천한 도움을 조금이나마 기억해 주시길 바랍니다."

"어쨌든 감사하다는 말을 드리도록 하겠소."

　원하는 바를 이루었으니 더 이상의 미련이 남지 않은 아스트랄은 그대로 자리에서 일어나 돌아섰다. 자신의 등을 바라보며 간악한 독사처럼 조소를 흘리고 있을 이 인물이 늘 마음에 들지 않았지만, 그를 통해 얻고자 하는 것을 얻었으니 애써 속내를 감추며 걸음을 옮겨 밖으로 나섰다.

　실내에 홀로 남은 클라로드 백작은 재떨이에 시가를 눌러 끄며 아스트랄이 앉아 있던 의자를 바라보았다.

　"황실이라는 굴레로 인해 제법 온순해진 듯하지만, 그 속의 불같은 마음을 감추지 못하는군. 후훗, 하지만 단순한 만큼 오히려 다루기도 쉽지. 언젠가는 그를 이용할 수 있는 날이 올 것이다."

　장미목에 가죽을 덧대어 만든 고급스러운 의자는 새까맣게 그을려 있는 모습이었다.

　그레엄은 특이하게도 적갈색의 모래가 많이 나는 곳이라 대부분의 건물들은 그와 같은 색의 벽돌을 사용하여 지어졌다. 덕분에 높은 곳에서 바라본 그레엄 시가지의 모습은 석양빛을 머금은 숲의 모습과 같았다.

　따뜻하게 데워진 지붕에 누워 무심하게 흘러가는 구름을 올려다보던 라드는 손에 들려진 서류 뭉치들을 움켜쥐었다. 그러자 붉은빛의 불꽃이 일렁이는가 싶더니 곧 재로 화하여 바람에 흩어졌다.

"감히 국민의 젖줄인 자이언트 윗을 가지고 수작을 부리다니. 가르시너 백작은 이러지도 저러지도 못할 입장이 되어버렸군. 분명 루벤스턴 공작이 직접 나서서 계획한 일은 아닐 것이다. 그 집요한 너구리가 밟힐 만한 꼬리를 흘리고 다닐 리는 없지. 그렇다면 누군가 하수인 노릇을 하고 있다는 말인데……."

이렇다 할 해답이 나오지 않자 입술을 살짝 깨문 라드는 몸을 일으켰다.

문득 바람이 불어오는 방향을 지그시 응시하던 그는 바람을 타고 귓가로 실려오는 소음들을 느낄 수 있었다. 그중 익숙한 목소리가 섞여 있음을 깨달은 라드는 미간을 좁혔다.

"라드 오빠! 라드 오빠! 라드 이 빌어먹을 녀석아!"

"라드 형! 멍청이 라드 형! 어디 있어요?!"

바로 자신을 찾고 있는 죠슈아와 리키의 신경질적인 목소리였다.

"쩝! 말투 한번 상냥하군. 이대로 간다면 좋은 소리 듣기 힘들겠는걸?"

피식 웃으며 엉덩이를 털고 일어선 라드는 허리에 걸어두었던 천을 꺼내어 다시금 눈을 가렸다. 그리곤 4층 높이의 건물 지붕에서 한 점의 거리낌 없이 뛰어내렸는데, 자살이라도 하려는 듯 무모하기 짝이 없는 모습이었다.

화악!

빠르게 낙하하던 라드의 몸이 지면에 닿을 찰나, 라드는 두 손을 펼쳐 허공을 쓸어내는 시늉을 했다. 그러자 환상처럼 지면이 일렁이는가 싶더니, 늪에 빠져들 듯 그의 몸이 땅속으로 푹 파고드는 것이었다. 그것도 잠시, 가슴께까지 땅속에 파묻혔던 라드의 몸은 천천히 떠밀려 올라왔고, 이내 딱딱해진 바닥을 딛고 서 있었다. 별일 아니라는 듯 옷에 묻은 먼지를 툭툭 털어낸 라드는 평소처럼 나무 막대로 땅을 두들기며 걸음을 옮겨놓기 시작했다.

죠슈아는 울상이 되어 있었다. 오랜만에 시내 구경을 나왔다는 흥분은 이미 멀찌감치 달아난 지 오래였고, 그저 철없는 도련님을 떠맡고 실종자 한 명을 찾아야 하는 처량한 입장의 소녀가 되어버린 것이었다. 밥 한 끼 먹을 시간 동안 찾아보았지만, 라드의 모습을 찾지 못하자 자연스레 다리에 힘이 빠짐을 느꼈다.

"칫! 잡히기만 해보라고! 틀림없이 점심만 얻어먹고 도망간 게 틀림없어! 흥!"

허리에 손을 얹고서 콧바람을 내쉬던 죠슈아는 등 뒤로 무엇인가 부딪침을 느끼고는 몸을 휘청거렸다.

털썩!

"뭐예욧!"

신경질적인 눈초리로 등 뒤를 획하고 돌아보던 죠슈아는

익숙한 남성의 목소리를 들을 수 있었다.

"이런, 또 부딪치고 말았네! 정말 죄송합니다. 하핫! 제가 앞을 보지 못해서 말이죠. 괜찮으십니까?"

미안한 표정으로 손을 모으며 사과를 하는 인물은 바로 라드였다. 이에 죠슈아의 옆에 서서 주변을 두리번거리던 리키가 반가운 얼굴로 외쳤다.

"라드 형! 대체 지금까지 뭘 하다가 이제야 나타난 거예요?!"

리키의 목소리에 기쁜 기색을 보인 라드는 머리를 긁적이며 대답했다.

"어라, 이건 리키 목소리인데? 휴우, 이제 겨우 찾았네. 뭘 하긴, 사람들한테 등 떠밀려서 이리저리 치여 다니다가 너희들을 잃어버려서 한참 동안이나 찾아다녔지. 장님이 시내에서 사람 찾는 게 쉽지 않거든."

무엇이라 쏘아붙이려던 죠슈아는 라드가 앞을 못 본다는 사실을 다시 한 번 상기하며 치밀어 오르던 화를 억눌렀다.

"에휴! 아무튼 다시 찾았으니까 됐어요. 시간이 많이 늦었으니까 서두르자고요. 이번에는 잘 잡고 따라다녀요!"

"하핫! 미안해, 죠슈아."

"칫! 됐어요! 어서 가요!"

그렇게 몇 마디를 주고받은 라드와 죠슈아 일행은 늦은 시간을 만회하기 위해 걸음을 빨리하여 움직이기 시작했다. 죠

슈아와 리키는 이 거대한 도시에서 우연으로 아는 사람과 부
딪친다는 것이 결코 자연스럽지 않다는 사실을 전혀 깨닫지
못하고 있었다.

CHAPTER 4
마르쉬

The
House Keeper

저녁 무렵부터 서쪽의 먼 하늘에서 양떼구름이 몰려들더니 해가 떨어짐과 동시에 빗방울이 내리기 시작했다. 이제 곧 따스한 바람 소식을 몰고 올 봄비였기에 칙칙함보다는 상쾌함에 가까운 비였다.

라드는 레놀드의 숙소 한쪽 귀퉁이를 얻어 침대를 두고 누워 있었다. 같은 크기의 나무 상자 몇 개에 얇은 솜 매트를 얹은 단출한 침대였지만, 앞으로 얼마간 자신에게 휴식을 줄 보금자리였기에 고마운 마음이 먼저였다.

어제와는 달리 쉽게 잠을 청하지 못한 라드는 멍하니 천장을 향해 누워 나름대로 봄비가 내리는 새벽을 즐기는 중이었다. 창을 두들기는 빗방울 소리가 흥겹게 들렸고, 처마 끝에서 떨어지는 물소리가 시원스러웠다.

라드는 미소를 지으며 감각을 더욱 곤두세웠다. 실내를 가득 채우고 있는 푸근한 공기의 움직임과 창밖의 냉각된 공기의 움직임, 또 빗방울이 스치고 흐르는 모든 사물이 라드의 전신 감각을 통해 느껴졌다. 맞은편 탁자 주변에서부터 레놀드가 잠들어 있는 침대, 그리고 집밖의 아름드리 나무의 잎사귀 사이사이까지 바람과 수분이 존재하지 않는 곳이 없었다. 이것이 바로 라드가 눈을 가리고도 남들보다 민감하게 세상을 살필 수 있는 이유였다. 세인들이 바이올렛이라 칭하며 경외시하는 능력.

비가 내림으로써 변화하는 자연의 모습은 라드에게 매번 즐거움을 주었다. 빗방울에 의해 변화하는 공기의 온도와 움직임, 물기를 머금은 대지의 변신, 그리고 투명한 빛 방울에 반사되는 빛의 산란이 격동적이면서 화려했다.

차락!

침대에 누워 대자연의 합주를 즐기던 라드는 불협화음이 끼어듦으로 인해 무르익던 흥이 깨짐을 느꼈다. 대지의 흙을 밟고, 떨어지는 빗방울을 흩트러뜨리며 움직이는 두 명의 사람. 이들의 등장에 라드는 자리에서 몸을 일으켰다.

"이런 새벽에 대체 누가 돌아다니는 거지? 한 명은 몸이 가볍고 보통 키인 여성, 그리고 다른 한 명은 다리에 힘이 좋고

키가 큰 편에 드는 남성……. 흐음."

호기심을 느낀 라드는 레놀드가 깨지 않도록 조심스럽게 나무 막대와 자신의 후드 망토를 챙겨 조용히 문을 열고 나섰다. 망토에 달린 후드로 머리를 덮은 라드는 거리낌 없이 처마를 떠나 빗줄기 속으로 뛰어들었다. 떨어지던 빗줄기들은 라드의 몸을 타고 흐를 뿐, 그의 몸을 적시지는 못했다.

차박! 차박!

얇은 천에 기름을 먹여 만든 우의를 걸친 두 명의 그림자가 빗속을 걷고 있었다. 그중 키가 큰 인물은 진흙땅이 개의치 않는 듯 철벅이며 걸었고, 다른 키 작은 인물은 흙탕물이 튀지 않도록 조심스럽게 발걸음을 내려놓는 중이었다.

가르시너 백작가의 뒷 정원을 지난 그들은 철 살로 만든 문 앞에 섰다. 모자를 깊게 눌러쓴 채 경비를 서고 있는 가르시너 백작가의 문지기는 그들을 향해 예를 취하며 철살 문을 열어주었다.

"안녕하십니까, 글로렌 아가씨, 그리고 쟈미르님. 비가 한동안 그칠 것 같지가 않습니다. 조심해서 다녀오십시오."

문지기의 말에 키 작은 인물이 고개를 끄덕이며 대답했다.

"네, 고마워요."

얇은 톤의 여자 목소리였다. 그녀는 열린 문 사이로 호리한 몸을 빼내었고, 동행하던 사내 역시 그녀의 뒤를 따랐다.

문지기가 다시금 문을 닫으려 할 찰나, 한 가닥의 바람이 모자챙을 흔들며 빗물이 얼굴로 튀어들었다. 눈에 보이지 않는 무엇인가 자신의 눈앞을 지나 간 듯한 느낌이었다.

"으음, 뭐지? 기분 탓인가?"

하지만 두 눈에 보이는 것이 없었던 문지기는 그저 고개만 갸웃거리며 문단속을 했다.

문지기가 떠난 철살 문의 바깥쪽을 유심히 본다면 빗줄기가 자연스럽지 못하게 흐른다는 것을 발견할 수 있었다. 무엇인가에 가로막힌 듯 빗물이 좌우로 갈라지는 그곳은 조금씩 불투명해지더니 검은 후드 망토를 걸친 인물이 모습을 드러냈다.

"글로렌 아가씨와 쟈미르 씨였군. 비가 오는 야심한 새벽에 마차를 타지도 않고 어디를 가는 거지?"

한눈에 그들의 정체를 알아본 라드였다. 눈을 묶고 있던 천을 풀어낸 라드는 입을 다물며 어둠 속으로 사라져 가는 글로렌과 쟈미르의 뒤를 따라 움직이기 시작했다.

*　　　*　　　*

여덟 개의 첨탑이 솟아 있는 두 개의 건물이 육중한 크기를 자랑하며 평행선 모양으로 길게 자리하고 있었다. '마르쉬'라는 이름으로 그레엄 사람들의 입을 오르내리며 첫 번째 벽돌이 놓였던 그때로부터 120년이나 지난 지금까지 변함없는 모습이었다. 쌍둥이와 같이 똑 닮은 두 개의 건물 사이로 수십 개의 간판이 내걸렸고, 상점마다 수십에서 수백 가마의 자이언트 윗이 어른 키 높이로 쌓여 있는 장관이 사람들의 시선을 사로잡을 만했다.

이곳 마르쉬는 카젠틴 제국에서 손꼽는 자이언트 윗 도매 시장으로, 그레엄에서 수확된 자이언트 윗을 타 도시의 상인에게 판매하거나 타 도시의 자이언트 윗을 그레엄의 상인들에게 판매하는 역할을 맡은 곳이었다. 게다가 그레엄 근방 중소 도시에서 생산된 자이언트 윗의 위탁판매까지 이루어졌기에 사람들의 왕래는 많을 수밖에 없었다.

다양한 복식을 한 사람들은 졸음을 잃은 듯 새벽부터 이 거리를 오고 가며 흥정을 하고 있었다. 새벽 동안 거래를 마쳐야만 오전 중에 물건을 옮길 수 있었고, 그만큼 운송에 소요되는 시간이 줄어들었기에 도매상들은 새벽 시장을 선호하였다.

마르쉬를 드나드는 수백 명의 사람들 사이에 자연스럽게 섞여들어 내부를 살피는 두 명의 인물이 있었다. 건물과 건물 사이에 거대한 천막이 쳐져 있어 빗물이 떨어지지 않음에도 우의의 후드를 벗지 않고 있었지만 요즘 들어 그러한 사람들이 많아졌음을 알고 있는 상인들은 별달리 신경을 쓰지 않고 있었다.

'로마드 홀' 이라는 이름을 새긴 간판 아래 날카로운 눈초리로 오고 가는 사람들을 살피는 남성이 있었다. 가슴에 '로마드 지라트'라는 명찰을 달고서 숱이 많지 않은 콧수염을 매만지며 눈동자를 굴리던 그는 자신이 찾는 기준에 부합하는 사람들이 다가오는 것을 발견하고는 그들을 향해 외쳤다.

"손님! 여기가 바로 손님들께서 찾으시는 곳입니다! 물건이나 한번 보고 가시죠!"

로마드는 사람들의 눈을 피하듯 우의를 머리까지 덮고 있는 두 명의 손님을 향해 '당신들이 원하는 것이 무엇인지 잘 알고 있다'라는 표정을 지어보였다. 그리고 기대에 부흥하듯 손님들 역시 순순히 부름에 응해왔다.

"괜찮은 물건이 있나?"

꽤나 굵직하고 절도있는 중년인의 목소리에 로마드는 잠시 갈등하며 머리를 굴리기 시작했다.

'백작가의 단속원들인가? 아니면 고객인가?'

로마드는 두 가지의 가정을 놓고 뇌세포를 활성화시키며 또 다른 인물을 유심히 살폈다. 얼굴의 반 이상을 후드로 가리고 있었지만, 분홍빛의 입술과 얇은 턱 선, 그리고 보드라운 살결이 분명 여자임이 틀림없었다.

'단속원 중에 여자는 없다!'

결국 고객이라 단정 지은 로마드는 본격적으로 자신의 사업 수완을 펼치기 시작했다.

"헤헤, 어떤 물건을 찾으시는지 말씀해 보십시오. 질 좋고 비싼 물건, 질 나쁘고 싼 물건, 질 좋고 싼 물건, 질 나쁘고 비싼 물건 모두 있습니다! 아무거나 말씀만 하시죠. 찾으시는 조건에 적당한 물건으로 보여드리겠습니다."

로마드의 말에 잠시 생각을 해보던 우의의 사내는 얼굴을 덮고 있던 후드를 살짝 들어 올리며 말했다.

"될 수 있으면 값싼 물건을 찾고 있네. 품질은 상관없이 가장 싼 물건으로."

로마드는 상대가 단도직입적으로 나오자 잠시 움찔했다. 하지만 장사에 이골이 날 대로 난 로마드는 표정을 숨기며 고개를 끄덕였다.

"헤헷! 처음부터 그런 목적을 가지고 오신 분이라 생각하고 있있습니다. 아무래도 그러한 이야기를 하기에는 자리가 조금 좋지 않은 듯하니 안으로 들어오시죠."

주변을 살피던 로마드는 먼저 상점 안으로 들어섰고, 우의를 걸친 두 인물 역시 아무런 말 없이 뒤를 따랐다.

양쪽 벽으로 빽빽하게 쌓여 있는 자이언트 윗 가마니를 지나친 로마드는 안쪽에서 잡일을 하고 있던 사내들에게 손짓을 했다. 그들은 이러한 일이 여러 번 있었다는 듯 자연스럽게 상점 밖으로 나가 주변을 살피기 시작했다.

분진이 쌓인 테이블을 툭툭 털어낸 로마드는 의자 두 개를 꺼내주며 자리를 청했다.

"우선 앉으시죠. 차라도 한잔하시겠습니까?"

의례적으로 차를 권했지만, 자이언트 윗의 분진이 풀풀 날리는 곳에 앉아 차를 음미하고자 하려는 사람은 거의 없었다. 눈앞의 고객들 역시 고개를 내저었다.

"괜찮네. 하던 이야기나 계속해 보게."

"뭐, 그렇게 하도록 하겠습니다. 일단 요즈음 그레엄에서 생산되는 상급품(上級品)의 자이언트 윗은 가마니당 5골렌가량 하는 것이 시세입니다. 그리고 중급품(中級品)은 3골렌 정도죠. 예전에는 상급품의 경우 10골렌 가까이 했었는데 요즘은 그 가격이 엄청나게 폭락해 버렸답니다."

"그 정도는 나 역시 잘 알고 있지. 하지만 이곳에서 가마니당 1골렌 정도의 자이언트 윗을 구할 수도 있다는 소문을 듣고 왔네. 이곳 역시 그러한 물건을 취급하는가?"

몇 가닥 되지 않는 콧수염을 쓰다듬으며 잠시 뜸을 들이던 로마드는 비릿한 웃음을 진하게 그렸다.

"흐음, 제대로 찾아오신 것입니다. 사실 이곳 마르쉬에서도 몇 군데 되지 않는 상점에서만 그 물건을 취급하고 있지요. 헤헷! 그래, 물건은 얼마나 필요하신 것입니까?"

"대략 500가마니 정도 구입하고 싶은데……."

500가마니라는 말을 듣자 로마드는 입이 귀에 걸릴 뻔했다.

'거물이다!'

하지만 초인적인 인내심을 발휘하여 표정의 변화를 참아

낸 로마드는 신음 소리처럼 말을 내뱉었다.

"끄응, 상당한 양이로군요."

"왜, 그만큼의 물건은 없는 건가?"

"아, 아닙니다. 하지만 양이 양인지라 이틀 정도의 말미를 주셔야 될 것 같습니다."

"뭐, 그 정도면 괜찮겠군. 계약은 물건을 본 후에 하도록 하지."

"자, 잠시만 기다려 주십시오."

로마드는 상대가 제시한 엄청난 주문량에 놀란 나머지 처음의 냉철함을 잃고 있었다. 허겁지겁 자리에서 일어난 로마드는 서슴없이 자신의 주변에 쌓여 있던 자이언트 윗 가마니를 하나 직접 끌어내려 끈을 풀었다. 가마니 안에서 자이언트 윗 한 줌을 움겨쥔 그는 손을 내밀어 보이며 말했다.

"바로 이 물건입니다. 맛은 떨어지지만 겉으로 보기에는 중급품에 비해 전혀 손색이 없죠. 헤헷!"

하지만 우의를 걸친 사내는 로마드의 손을 바라보지 않고 주변에 쌓인 자이언트 윗 가마니를 응시하고 있었다. 푸른색의 새싹 인장이 짙게 찍힌 가마니. 가르시너 백작가의 중급 자이언트 윗 인증용 인장이었다.

"흐음, 가마니에는 중급의 인장이 찍혀 있는데 어떻게 된 것인가?"

아직까지 사뭇 달라진 사내의 분위기를 전혀 눈치 채지 못한 로마드는 번들거리는 웃음을 지으며 말했다.

"헤헤헷! 가르시너 백작가의 단속을 피하려면 어쩔 수 없죠. 백작가의 인장이 찍힌 가마니쯤이야 얼마든지 구할 수 있으니 이런 것쯤은 일도 아닙니다. 그렇다고 해서 손님들에게 품질을 속이고 판매하지는 않습니다. 신용 하나로 살아가는 사람들이니까요. 헤헤!"

자랑스러운 듯 말하던 로마드는 웃음을 내뱉지 못한 채 멈추어야만 했다.

"허억!"

매번 영양가 풍부한 음식물들을 뱃속으로 안내해 주던 고마운 목 줄기에 차가운 금속이 닿아 있었던 것이다. 언제 빼들었는지 알지도 못할 단도가 사내의 손에 들려 있었고, 칼날은 로마드의 연약한 목 줄기를 쓰다듬었다. 로마드는 침이라도 한 번 잘못 삼키는 날엔 핏줄기가 솟아난다는 점을 잘 알았는지 숨만 간신히 쉬며 식은땀을 흘렸다. 단검을 든 사내는 후드를 걷어내었다. 강인해 보이는 턱을 가진 중년인, 쟈미르의 모습이 드러났다. 분노가 일렁이는 그의 눈빛을 직시한 로마드는 가슴이 철렁 내려앉는 것을 느꼈다.

'젠장! 잘못 걸렸다!'

로마드가 속으로 열렬히 자신의 실수를 한탄하고 있을 때 쟈미르의 냉막한 목소리가 귓속으로 파고들었다.

"너는 지금 공문서 위조죄와 함께 가르시너 백작령 그레엄의 자이언트 윗 도매 규율을 위반했다. 이대로 가르시너 백작가까지 이송될 것이다. 이의 있는가?"

이미 범법 행위가 모두 드러났기에 쟈미르의 물음은 형식적인 것에 불과했다. 로마드는 아무런 대답도 하지 못한 채 쟈미르가 하는 대로 순순히 손을 결박당했다.

"끄응!"

별다른 저항 없이 상대를 잡은 쟈미르는 고개를 돌려 글로렌을 향해 말했다.

"아가씨 덕분에 이자가 의심을 하지 않았나 봅니다. 운 좋게도 손쉽게 꼬리를 잡을 수 있었군요."

쟈미르의 말에 글로렌 역시 후드를 걷었다. 빗물이 묻어서인지 더욱 청초해 보이는 외모의 글로렌은 나직한 한숨을 내쉬며 말했다.

"이런 식으로 자이언트 윗 시장에 혼란을 야기시키고 있었던 것이군요. 듣자 하니 이곳 말고도 몇 군데 더 있는 듯한데 그들은 어떻게 찾을 수 있을까요?"

그들의 대화에 로마드가 키킥거리며 웃었다.

"크크큭! 저는 실수로 이렇게 잡혔을지 몰라도 다른 친구들은 찾기 힘들 겁니다. 제가 잡혔다는 소식이 전해진다면 더욱 조심을 하게 될 테니까요. 그리고 하나 더 귀띔해 드린다면, 두 분 모두 몸조심하시는 것이 좋을 겁니다. 특히 저 아름다우신 아가씨는 더더욱 말이죠. 크크크큭!"

신경을 건드리는 로마드의 말에 쟈미르는 이빨을 꽉 깨물며 그의 허리를 걷어차 버렸다.

퍼억!

로마드의 몸은 육중한 소리를 내며 상점의 좁은 통로를 몇 바퀴나 구르며 나가떨어졌고, 처참한 모습으로 바닥에 처박혀 버렸다. 상점 안에서 요란한 소음이 들리자 상점 밖에서 주변을 살피던 세 명의 사내가 뛰어들어 왔다.

"뭐야?"

"무슨 일입니까?!"

"저놈이다!"

각자 품에서 단도를 꺼내는 사내들의 모습을 본 쟈미르는 쓰러져 있는 로마드의 등을 밟고 몸을 날렸다.

파앗!

생각할 틈조차 없이 사내들의 앞으로 뛰어든 쟈미르는 상체를 노리며 휘두르는 단도를 옆으로 피하며 앞선 사내의 복부에 무릎을 박아 넣었다.

"커억!"

이어 뒤따라오는 사내의 팔을 끌어당겨 균형을 빼앗은 쟈미르는 그의 뒷덜미를 손날로 내려쳤다.

퍼억!

동맥이 압박됨에 따라 순간적으로 정신을 잃은 사내의 신형은 로마드의 등을 덮으며 쓰러졌다. 순식간에 두 명의 동료가 땅에 몸을 눕히는 모습을 본 마지막 사내는 자신의 몸에 작용하는 관성을 거부하려 애썼다.

"히익!"

하지만 앞으로 나아가던 몸은 멈출 수 없었고, 몸을 낮게 내리깐 채 다리를 휘둘러 오는 쟈미르의 모습을 보고만 있을 수밖에 없었다.

부웅!

허공으로 떠오른 마지막 사내는 기름등이 걸린 천장이 보이는가 싶더니 아찔한 충격이 등에 전해짐을 느끼며 정신이 혼미해지고 있었다.

쿠쿵!

깔끔한 실력을 내보인 쟈미르는 생각할 것도 없다는 듯 그들의 목덜미를 잡아 상점 밖으로 끌어내었다. 쟈미르의 익센 손에 쥐여진 로마드와 세 명의 사내는 자이언트 윗 자루마냥 상점 밖에 쌓였다.

뜻밖의 소란에 구경하려 몰려든 사람들은 순식간에 주변을 둘러싸고 있었다. 무심한 눈으로 주변을 둘러보던 쟈미르는 저 멀리서 달려오고 있는 붉은 복식의 단속원들을 발견하고는 냉랭한 어조로 불렀다.

"여기로 오게!"

허겁지겁 달려온 그들은 가쁜 숨을 고르기도 전에 쟈미르를 향해 예를 취하며 말했다.

"쟈, 쟈미르님이셨군요. 이곳에서 무슨 일이라도 있으셨습니까?"

경멸의 눈초리로 로마드 일당을 내려다본 그는 상점을 가리키며 말했다.

"불법으로 자이언트 윗을 유통하던 자들일세. 가르시너 백작님께서 직접 취조하실 테니 가르시너 백작가까지 압송하고, 이 상점 안의 자이언트 윗을 모두 압수하게나. 사건을 조사하는 데 중요한 증거가 될 테니 주의해 주게."

"그런 일이! 예, 알겠습니다!"

짤막하게 대답한 단속원들은 주변의 근무 중인 단속원들을 불러들이기 시작했다.

빠르게 뒷수습이 되어가는 모습을 지켜보고 있던 쟈미르가 글로렌을 향해 말했다.

"흐음, 저자의 말을 들어보자면 아무래도 어떠한 배후 세력이 있는 듯합니다. 이러한 일을 꾸밀 정도라면 만만치 않은 힘을 가지고 있는 자들인 듯한데……."

글로렌 역시 그의 말에 동의하는 듯 고개를 끄덕였다.

"그렇다면 걱정이에요. 아직 아버님께서 기력을 회복하시지 못하고 계신데. 만약 무력적 싸움으로 번지게 된다면 어떻게 하죠?"

글로렌의 근심 어린 질문에 쟈미르는 듬직한 얼굴로 대답했다.

"저 쟈미르만 믿으십시오. 그리고 본가의 병사들 역시 뜨내기 사기꾼들이 넘볼 만큼 녹록지 않습니다."

"네, 쟈미르님."

쟈미르와 글로렌의 대화가 오고 가는 사이, 몇 대의 수레가 동원되어 상점의 자이언트 윗이 옮겨지기 시작했다.

사람들의 시선이 그곳에 모아져 있는 사이, 그 자리를 급히 떠나는 서너 명의 인물이 있음은 아무도 알지 못하고 있었다.

*　　　*　　　*

막 태양이 떠오르기 시작한 이른 아침. 새벽 동안 내린 비로 인해 세상은 말끔하게 정화되어 있었다. 도로의 포장석을 더럽히던 이물질은 모두 씻겨 내려가 있었고, 기로등의 불빛을 뿌옇게 만들던 먼지 역시 말끔하게 사라졌다. 건물의 붉은색 벽돌은 수분을 머금어서인지 짙은 자주색으로 변해 있었다.

일련의 사건이 있은 이후 쟈미르와 글로렌은 마르쉬를 몇 번 더 둘러보았지만, 로마드의 일이 알려져서인지 더 이상의 꼬리는 잡을 수 없었다. 그러나 생각지도 않은 수확에 만족할 수 있었던 쟈미르와 글로렌은 가르시너 백작가로 돌아가고 있었다.

잠을 제대로 자지 못해 피부가 까칠해진 글로렌은 손으로 입을 가리며 하품을 했다.

"하암~"

옆에서 걸으며 그 모습을 본 쟈미르는 측은한 표정을 지었다.

"피곤하신 모양입니다. 함께 오지 않으셔도 되었을 텐데……."

쟈미르의 말에 얼른 손을 치운 글로렌은 가볍게 웃으며 고개를 내저었다.

"아니에요. 저도 직접 이번 일에 나서고 싶었어요. 쟈미르님 혼자 수고하시는 모습을 보고 있을 수만은 없죠."

"위험할 수도 있는 일입니다."

"쟈미르님이 계시잖아요. 그래서인지 전혀 걱정되지 않던걸요?"

글로렌의 칭찬에 쟈미르는 흐뭇한 웃음을 지었다. 평소 냉막한 분위기의 쟈미르였지만, 미소만큼은 어색하지 않았다. 글로렌이 마주 웃고 있을 때, 쟈미르의 표정은 다시금 원래의 모습을 되찾고 있었다.

"으음?"

의도적으로 전방을 응시한 쟈미르는 글로렌의 손목을 잡아끌며 조용한 목소리로 말했다.

"아가씨, 지금 누군가가 우리 뒤를 밟고 있는 듯합니다."

"예? 지금요?"

“뒤를 돌아보지 마시고 천천히 따라오십시오.”

“예.”

쟈미르와 글로렌의 발걸음은 여전히 여유로웠다. 그리고 과연 그들의 발자국 소리에 맞춰 따라오는 이들이 있었다. 겉으로 표현은 하지 않았지만, 처음 겪는 긴장감으로 인해 글로렌의 심장은 거칠게 뛰고 있었다.

쟈미르는 몇 개의 블록을 지나쳐 좁은 골목으로 들어섰다. 골목 안쪽은 두툼한 담장으로 막혀 있었기에 입구 쪽이 아니면 빠져나갈 곳이 없었다. 반대로 생각한다면 입구 쪽이 아니면 안으로 들어올 곳이 없었기에 등 뒤에 글로렌을 두고 싸움을 벌인다면 그녀를 안전하게 지킬 수 있다는 쟈미르의 계산이었다. 원래 계획대로 글로렌을 등지고 입구 쪽을 바라본 쟈미르는 좌측 허리에 걸려 있는 장검에 손을 가져가며 말했다.

“앞으로 절대 나오지 마십시오. 동네 건달들 정도라면 저 혼자서도 충분하니 걱정하지 않으셔도 될 것입니다.”

몇 마디의 말로 글로렌을 진정시키고 있을 때, 골목의 입구 쪽에 대여섯 명의 사내가 모습을 드러냈다. 흔히 볼 수 있는 평범한 옷차림새였지만 어디서 구했는지 정규군들이나 씀직한 장검을 허리춤에 차고 있었다. 그들을 주시하며 눈을 얇게 뜬 쟈미르는 낮은 음성으로 입을 열었다.

“네놈들은 누구냐?”

쟈미르의 물음에 가장 앞서 있던 30대 초반의 사내 한 명이 무뚝뚝한 음성으로 대답했다.

"그런 것까지 알 필요는 없소. 우리는 그저 명에 의해 움직이는 것뿐이오."

사내의 목소리에서 절도가 느껴졌다. 옷차림새에 가려져 있었지만, 평범한 건달은 아니라고 생각한 쟈미르는 눈살을 찌푸렸다.

"누구의 사주를 받은 것이지?"

"당신의 말에 대답할 필요는 없다고 생각하오."

예상하고 있는 대답이었기에 쟈미르는 입을 다물며 검을 뽑아 들었다.

샤아앙!

손질이 잘되어 있는 쟈미르의 검은 부드럽게 뽑혔고, 중단 세로 상대를 향해 겨누었다.

"덤벼라!"

쟈미르의 외침에 사내들 중 두 명이 검을 뽑아 들며 뛰어들었다. 합격술(合格術)을 연습이라도 한 듯 잘 맞춰진 몸놀림을 본 쟈미르는 애초의 느긋하던 생각을 버릴 수밖에 없었다. 눈 깜짝할 사이에 쟈미르의 눈앞까지 거리를 좁혀온 그들은 쟈미르의 좌우에서 허리를 노리며 검을 휘둘러 왔다.

쉬익!

군더더기없는 그들의 움직임이 예사가 아니었지만, 이 정도에 당황할 쟈미르가 아니었다. 합격술의 취약점을 누구보다 잘 알고 있는 쟈미르는 서슴없이 두 사내 사이로 뛰어들었다.

휘리릭!

움직임을 똑똑히 지켜보고 있음에도 불구하고 두 사내의 검은 쟈미르의 뒤를 쫓을 수 없었다. 자칫 잘못했다간 아군까지 벨 수도 있었기 때문이다.

"이익!"

그에 반해 몸이 자유로운 쟈미르는 다른 한 손에 단검을 꺼내어 들며 두 사내의 옆구리를 베어냈다.

사각!

"크으으윽!"

살을 베는 느낌이 쟈미르의 손을 타고 전해졌다. 그 느낌이 채 가시기도 전에 장검을 두 손으로 삽은 쟈미르는 몸을 돌리며 그들의 뒷덜미를 동시에 베었다.

그그극!

장검의 날끝이 사내의 목뼈를 잘라내며 만들어내는 소리가 듣는 이의 털을 곤두세웠다. 그리고 목이 반쯤 잘린 두 사내는 피를 허공으로 뿜어내며 앞으로 쓰러졌다. 그 모습을 지켜보던 글로렌은 너무나 놀란 나머지 비명조차 내지르지 못하고 있었다.

쟈미르는 글로렌의 놀란 모습에 기분이 언짢아졌지만, 어쩔 수 없는 선택이라 생각하며 자신의 잔혹한 손속을 합리화

시켰다. 글로렌을 안전하게 보호하기 위해서는 상대의 수를 최대한 줄여야만 했기에 손속에 사정을 둘 여유는 없었던 것이다.

나머지 사내들을 향해 시선을 돌린 쟈미르는 얼굴에 튄 핏물을 닦아내었다. 거친 볼을 타고 길게 그려진 핏자국은 그를 섬뜩하게 만들고 있었다.

"다음은 누구냐?"

쟈미르의 실력이 보통이 아님을 알았는지 나머지 사내들의 눈빛에 긴장감이 흐르고 있었다. 그러나 사내들은 물러설 생각이 전혀 없어보였다. 자신들만 들을 수 있을 만한 목소리로 몇 마디 중얼거린 30대 초반의 사내가 한 걸음 앞으로 나섰다.

"생각보다 대단한 실력이오. 나의 우둔한 판단으로 인해 괜한 수하들만 목숨을 잃은 듯하니 가슴이 아프오. 이번에는 직접 붙어봅시다."

말을 마친 사내는 천천히 검끝을 치켜들었다. 그리고 순간적으로 보일 듯 말 듯한 기운이 검을 타고 흐르기 시작했는데, 그것이 무엇인지 잘 알고 있는 쟈미르는 눈을 반짝였다.

"검기(劍氣)?! 소드마스터였나?"

"뭐, 일단은."

쟈미르의 표정은 수시로 변하고 있었다. 평범한 건달로 생각하지는 않았지만, 상대가 검기를 다룰 수 있는 소드마스터임을 알게 되니 일이 심상치 않음을 깨달은 것이다.

'소드마스터라면 분명 누군가의 휘하에 있는 기사라는 말인데?'

복잡한 쟈미르의 얼굴을 보며 미소 지은 사내는 느긋한 말투로 말했다.

"우리의 정체에 대해 생각을 하고 있는가 보군요. 하지만 그런 것은 대결이 결판난 다음에 하도록 하시죠. 이곳에서 목숨을 잃으신다면 아무짝에도 쓸모없는 생각일 테니까요."

사내의 말에 쟈미르는 피식 웃었다.

"그깟 알량한 검기 좀 다룰 줄 안다고 건방 떨지 말거라. 소드마스터쯤은 제국 내에도 수백 명이나 있으니까."

말을 마친 쟈미르의 몸에서 푸른색의 기운이 흘러나왔다. 이어 그의 장검을 뒤덮기 시작했는네, 눈앞의 사내보다 더욱 뚜렷하고 존재감 있었다.

쟈미르의 장검에서 일렁이는 검기를 목격한 사내는 마른침을 삼켰다.

"대단하군요. 소드마스터일 것이라 생각은 하고 있었지만 중급에 이르렀을 것이라고는……."

"순순히 물러날 텐가?"

사내는 고개를 내저었다.

"당신이 강한 것은 인정하겠지만, 나 역시 물러날 입장이 아닙니다. 그럼 시작하도록 하죠."

장검을 고쳐 잡은 사내는 최대한 검과 몸을 일체화시키며 상대를 향해 찔러 들어갔다.

"하압!"

얇은 검신에 몸을 숨겨 위력적인 찌르기와 동시에 상대의 반격을 효과적으로 막는 방법이었다. 하지만 공격이 직선인 만큼 공격 범위가 한정적이었다. 쟈미르는 자세를 고정시키며 장검을 비스듬히 세워 검면으로 상대의 찌르기를 흘렸다.

츠즈즉!

검기와 검기가 서로를 밀어내는 사이 주먹을 쥔 쟈미르는 사내의 복부에 주먹을 박아 넣으려 했다. 하나, 녹록한 상대가 아니었던 사내는 주먹을 아슬아슬하게 피하며 쟈미르의 측면으로 돌아가고 있었다. 대결 중에 상대를 시야에서 놓치는 것이 얼마나 위험한 일인지 수많은 경험을 통해 알고 있었던 쟈미르는 그의 신형을 놓치지 않기 위해 몸을 돌렸다.

"어림없다!"

결국 사내의 옆구리가 비는 것을 발견한 쟈미르는 그곳에 장검을 찔러 넣기 위해 검을 휘두르려 했다.

파바박!

그 순간, 등 뒤에서 들려오는 발자국 소리. 쟈미르는 그의 일당이 자신의 뒤를 노리며 뛰어드는 움직임이라 생각하며 먼저 몸을 피했다. 하지만 아무렇지도 않게 자신을 스쳐 지나가는 두 명의 사내를 본 쟈미르는 짧았던 자신의 생각을 저주

해야만 했다.

"글로렌 아가씨!"

바로 30대 초반의 사내가 쟈미르의 시선을 끌고 있는 사이 다른 두 명의 사내가 글로렌을 노리고 움직인 것이었다.

"꺄악!"

두 명의 사내는 당황해하는 글로렌을 기절시키며 손쉽게 제압했고, 축 늘어져 있는 그녀의 얇고 하얀 목에 차가운 단검을 가져다 대었다. 잘 짜여진 함정에 보기 좋게 빠져든 쟈미르는 분노로 번득이는 눈빛을 띠며 그들을 노려보았다.

"비열한 놈들!"

쟈미르를 상대하던 사내는 어깨를 으쓱였다.

"자신보다 강하다는 사실을 알고도 덤벼드는 적이 있으면 의심부터 해봐야 하는 것 아니겠습니까? 우리가 정당치 못한 방법을 쓴 것은 인정하지만, 당신도 자신의 실수를 인정해야 할 겁니다."

천천히 쟈미르의 옆을 지나친 사내는 글로렌을 붙잡고 있는 사내들의 옆으로 걸어가며 말을 이었다.

"이제 어떻게 하시겠습니까? 검을 버리고 항복하시죠. 저와 수하들은 이 아름다운 아가씨의 몸이 상하는 것을 보기는 싫은데 말입니다. 후후훗!"

사내는 글로렌의 금발을 매만지려 했고, 그 모습을 지켜보는 쟈미르는 핏발이 선 눈동자로 신음성을 삼키고 있었다.

굳은살이 박힌 사내의 거친 손이 글로렌의 금발에 닿을 찰나 낯선 이의 목소리가 들려왔다.

"쯔쯧, 여러 사람이 여자를 괴롭히다니 그리 보기 좋지 않군."

글로렌을 잡고 있던 사내들의 등 뒤에 어느 샌가 나타난 한 청년의 목소리였다. 윤기가 흐르는 길고 검은 머리카락과 대조적으로 창백하리만치 하얀 피부, 그리고 짙은 눈썹 밑으로 반짝이고 있는 보라색의 눈동자를 가진 미청년이었다.

사방이 막힌 골목에서 청년의 뜬금없는 등장에 의아해하던 사내들은 그의 외모를 더듬어보며 입을 열었다.

"거, 검은 머리카락에 보라색 눈빛!"

"언바이올렛! 수배령이 내린 라시드 제2왕자다!"

그들의 반응에 심드렁한 표정을 지은 청년은 여유롭게 손부채질을 하며 말했다.

"호오, 나를 한눈에 알아보는 것을 보니 단순한 불량배들은 아니군. 아스트랄과 관련된 녀석들인가? 아니지. 아스트랄과 관련된 녀석이라면 이런 곳에서 엉뚱한 짓을 하고 있을 리 없지. 날 쫓기도 바쁠 테니까. 그렇다면 그 제3의 인물?"

나름대로 생각을 정리하고 있는 청년을 바라보며 사내들은 생각을 굳힌 듯했다.

"쳇! 기왕 이렇게 된 것, 라시드 제2왕자 역시 함께 처리해야겠군. 검술이 뛰어나다고는 하지만 언바이올렛이니 우리면 충분할 것이다. 한 명은 그 여자를 잡고 있고, 나머지는 나와 함께 라시드 제2왕자를 공격한다.”

쟈미르와 검을 겨루던 사내뿐만 아니라 다른 사내들 역시 흐릿하게나마 검기를 일으키며 라시드라는 이름의 청년을 향해 뛰어들었다.

“죽어랏!”

자신을 향해 덤벼드는 사내들을 바라보던 라시드는 언제부터 들고 있었는지 모를 나무 막대를 앞으로 내밀며 중얼거렸다.

“불나방보다 나을 것이 없군. 세상의 자유로운 왕이여, 그대의 굳건한 날갯깃을 원하오니. 윈드 슈나이드(Wind Schunide)!”

짤막한 말과 동시에 뭉툭한 나무 막대 주변으로 짙푸른 일렁임이 모여들었다. 그 모습을 지그시 바라보던 라시드는 무심한 표정으로 나무 막대를 휘둘러 사내들을 베는 시늉을 했다. 장난이라도 하듯 단순한 몸짓. 하지만 그 결과는 결코 단순한 것이 아니었다.

파라라라라락!

나무 막대로부터 맹렬한 바람이 뻗어나가는가 싶더니 그를 향해 달려오던 사내들을 휩쓸었다. 앞으로 치켜세운 장검의 날을 지나치며 파고드는 바람에 사내들의 옷깃은 찢어질 듯 펄럭였고, 바람을 스친 사내들의 살갗은 힘없이 베어져 나갔다.

"끄아아악!"

붉게 물든 바람과 함께 처절한 비명 소리가 좁은 골목을 가득 메웠고, 쟈미르는 넋을 잃은 얼굴로 그 광경을 지켜보고만 있었다.

"바, 바람의 바이올렛?"

난폭한 바람이 한차례 스치고 지나간 자리에는 피를 꾸역꾸역 흘리는 세 명의 사내들만이 장검을 축 늘어뜨린 채 서 있었다.

"다, 당신이 어떻게 바이올렛 능력을……?"

사내의 질문에 대답을 해주는 이는 없었다. 그저 참을 수 없는 졸음이 쏟아진다는 생각과 함께 그들의 몸은 앞으로 쓰러지기 시작했다.

털썩!

글로렌을 데리고 있던 마지막 사내의 얼굴에 짙은 공포심이 떠오르고 있었다. 그러나 오랜 기간 훈련을 받은 인물인 듯 흐트러진 모습을 보이지는 않았다.

"다가오지 마랏! 이 여자의 목이 끊어지는 모습을 보고 싶지 않다면 말이야!"

하지만 그의 말을 듣지 못하기라도 한 듯 라시드는 한 발자국, 한 발자국 그들을 향해 다가서고 있었다. 글로렌을 잡고 있던 사내보다 더욱 애가 타는 사람은 쟈미르였다.

“그의 말이 안 들리는가! 더 이상 다가서지 말게!”

라시드는 여전히 묵묵부답. 그가 다가올 때마다 뒷걸음질 치던 사내는 담장 벽에 등이 닿음을 느꼈다.

터억!

더 이상 물러설 곳이 없자 사내는 이빨을 꽉 깨물며 악에 받친 목소리로 소리를 질렀다.

“크윽! 좋아, 이 계집의 죽음을 그렇게 보고 싶다면 소원대로 해주지!”

단검을 들고 있던 사내의 손은 맹렬한 속도로 글로렌의 목을 향해 찔러 들어갔다. 쟈미르는 단검이 그려내는 은빛의 궤적을 바라보며 소리쳤다.

“안 돼!!”

하지만 그의 외침은 현실에 아무런 변화를 주지 못했다. 단검은 금세 글로렌의 갸녀린 목에 닿았고, 쟈미르는 차마 보지 못하고 눈을 질끈 감았다. 수많은 사람의 죽음을 뵈온 쟈미르였지만, 자신의 딸처럼 소중하게 생각해 온 글로렌의 죽음만큼은 차마 볼 수 없었던 것이다.

카카칵!

순간, 눈을 감고 있던 쟈미르의 고막으로 기이한 소리가 파고들었다.

“으음?”

마치 금속으로 벽돌을 긁는 듯한 소리. 이에 고개를 든 쟈미르는 글로렌이 있는 곳을 바라보았다. 글로렌의 목을 향해 휘두르던 사내의 단검은 그녀의 목 앞에서 멈추어져 있었다. 아니, 정확히 말하자면 그녀의 목을 파고들지 못하고 있었다. 마치 넝쿨처럼 하체를 타고 올라온 것으로 보이는 포장석 조각들이 그녀의 목 부위를 감싸며 단검을 막아낸 것이었다.

"뭐, 뭐야?! 이런 바보 같은 일이……."

단검으로 글로렌을 죽이지 못한 사내가 당황스러워하고 있을 때, 등 뒤로부터 어두운 그림자가 자신을 덮쳐 오는 것을 느끼곤 고개를 들어보았다.

구르르르릉!

수십 년간 굳건히 서 있던 골목의 담장이 생명체처럼 살아 움직이며 그를 덮쳐 오기 시작하는 것이었다. 사람의 손 모양으로 변한 담장은 사내의 머리를 잡아 올렸다. 그리고 좌우로 흔들어 사내의 몸을 집어삼키듯 끌어당기기 시작했다.

"아아악! 살려줘! 으아악!"

냉정한 표정을 유지한 라시드는 사내의 부름을 외면한 채 바닥에 쓰러져 있는 글로렌에게 다가갔다. 그리고 가벼운 그녀의 몸을 안아 들어 쟈미르를 향해 다가왔다.

"쟈미르님, 아가씨의 안전에 조금 더 신경 써주십시오. 가르시너 백작가의 미래를 이끌어갈 분이십니다."

쟈미르는 상대의 목소리가 유독 귀에 익숙하다고 생각하고 있었다. 그리고 그가 들고 있는 나무 막대에 시선을 고정한 쟈미르는 믿기지 않는다는 듯 눈을 크게 뜨며 말했다.

"서, 설마 자네는 라드?"

라시드는 은은한 미소를 지으며 정신을 잃고 있는 글로렌을 쟈미르에게 안겨주었다.

"쫓기는 몸이라 지금껏 본 얼굴을 숨길 수밖에 없었습니다. 앞으로도 그래야 할 것 같고요."

말을 마치기도 전에 라시드의 얼굴은 쟈미르가 알던 라드의 얼굴로 변해 있었다. 짙은 갈색의 머리카락과 조금 더 각진 턱, 그리고 광택이 없는 회색의 눈동자. 다른 것이 있다면 초점이 없던 회색의 눈동자가 정확히 쟈미르를 바라보고 있다는 점이었다.

"일단 이 자리를 떠나야 할 것 같습니다. 곧 다른 이들이 들이닥칠 테니까요."

라시드가 몸을 돌리려 할 때 쟈미르가 조심스러운 어조로 물었다.

"시, 실례가 되지 않는다면 본명을 여쭈어봐도 되겠습니까?"

잠시 생각을 해보던 라시드는 고개를 끄덕이며 대답했다.

"라시드 바이올렛 듀나힘."

"라시드 바이올렛 듀나힘! 언바이올렛으로 수배령이 내려진 제2왕자!"

떨리는 목소리로 그의 본명을 되뇌이던 쟈미르는 글로렌

을 안은 채로 몸을 숙이며 예를 취했다.

"그동안의 저의 무례를 용서하십시오, 왕자 전하!"

"아시다시피 황실로부터 숙청당한 신세이니 지금은 왕자가 아닙니다. 그저 황실에 쫓기는 한 명의 도망자일 뿐. 그러니 예를 거두십시오. 그리고 때가 되기 전까지는 지금처럼 라드 헤인즈로 지내고 싶습니다."

마지막 말을 남긴 라시드는 어느새 그 자리를 떠났고, 쟈미르 역시 그 사실을 알겠다는 듯 천천히 몸을 일으켰다.

"언바이올렛이라고 알려져 숙청당하신 분께서 바이올렛 능력을 사용하시다니? 그것도 바람의 바이올렛과 대지의 바이올렛(Earth Violet), 이종(異種)의 바이올렛 능력을 동시에……. 어찌 이런 일이……."

대답을 구할 수 없는 질문을 스스로에게 던지던 쟈미르는 고개를 내저으며 곧 그 자리를 떠났다. 좁은 골목에는 다섯 구의 시신과 짙은 피가 스며든 붉은색의 흙담이 굳게 서 있을 뿐이었다.

*　　　*　　　*

반쯤 열린 커튼 사이로 비집고 들어오는 아침 볕이 클라로드 백작의 처진 볼살에 와 닿았다. 이제 막 일어난 듯 수면 가운을 걸친 모습으로 푹신한 의자에 앉아 있었지만, 그리 편안한 얼굴로 보이진 않았다. 신경질적으로 궐련을 질겅질겅 씹고 있던 그는 한 움큼의 연기를 입 사이로 흘리며 말을 흘렸다.

"흐으… 병신 같은 놈들. 그렇게 이야기했건만, 가르시너 백작가의 단속 하나 피하지 못하고 발각당했단 말인가. 뒤처리는 했나?"

클라로드 백작의 물음에 고개를 조아리고 있던 40대 중반의 남성이 연신 식은땀을 닦으며 대답했다.

"저… 그것이… 가르시너 백작가 인물의 뒤를 쫓기 위해 보낸 그리더프와 수하들이 실종되었습니다. 사람들을 풀어 찾고 있기는 하지만, 그레엄이 가르시너 백작가의 영지인 만큼 대놓고 행동을 할 수가 없었습니다. 조금만 더 시간을 주신다면……."

40대의 남성은 말을 끝맺기도 전에 자신의 볼 한쪽이 불에 덴 듯 뜨거워짐을 느꼈다.

치익!

클라로드 백작의 손에서 던져진 궐련의 불꽃이 그의 볼에 닿은 것이었다. 자신의 살이 타 들어가는 냄새를 맡고 있음에도 불구하고 신음조차 내뱉지 못한 남성은 클라로드 백작의 말에만 신경을 곤두세웠다.

"그리더프 따위는 어찌 되었든 상관없다! 지금 중요한 것은 가르시너 백작가의 손에 들어간 증거물들이다. 만에 하나 '그곳'에서 흘러나온 자이언트 윗이라는 사실이 밝혀지기라도 하는 날에는 내가 이루어놓은 모든 것들이 하루아침에 물거품이 된다는 말이다! 루벤스턴 공작 각하라 하더라도!"

말을 이어나가는 클라로드 백작의 옅은 갈색의 눈동자에는 잔잔한 두려움이 일고 있었다. 두툼한 손으로 나무 상자에서 새로운 권련을 꺼낸 그는 불을 붙이며 마음을 진정시켰다.

"후우, 최대한 빨리 가르시너 백작가에 압류된 물건과 상점의 주인을 없애라. 위협이 될 만한 것은 한 가지도 남겨놓아선 안 돼."

클라로드 백작이 분노하기 일보 직전이라는 것을 잘 알고 있는 남성은 몇 번이나 머리를 조아리며 자리를 떠났다.

"역시 멍청한 수하들을 믿어서는 안 돼. 하나하나 직접 살펴보지 않으면 항상 말썽이니. 쯔쯧……."

평소 즐겨 피우는 권련이었지만, 그 풍부하던 향과 맛은 느껴지지 않았다. 그저 눈앞에 피어오르는 연기처럼 머릿속이 복잡할 뿐이었다. 클라로드 백작은 신경질적으로 커튼을 잡아당겨 아침 볕을 차단했다.

촤아악!

실내는 다시금 어둠에 잠겼다. 권련의 불빛만이 어둠 속에서 숨 쉬듯 깜빡이다 수그러들었다.

CHAPTER 5
침입자

The
House Keeper

아침의 빵 굽는 냄새는 사람을 기분 좋게 깨우는 묘한 힘이 있었다. 점차 달궈지는 아침의 공기를 타고 빵 굽는 향은 가르시너 백작가 곳곳으로 번져 갔고, 일가의 사람들은 잠투정 없이 아침을 열기 시작했다.

아침 일찍 일을 해야 하는 위치가 아니었던 레놀드는 느긋하게 옷을 입고 있었다. 귀찮음 때문에 아침 식사를 본가에서 해결할 생각이었던 레놀드는 라드를 깨울 생각으로 그의 침대로 다가가 말을 걸었다.

"라드, 이제 그만 일어나게. 오늘부터 집안일을 거들기로 하지 않았나?"

두툼한 이불이 움직일 줄 모르자 레놀드는 그를 흔들어 깨우기 작했다.

"아침잠이 많으면 남자에게 좋지 않다네. 그만하면 충분히 잔 것 같은데……."

그제야 이불이 걷히며 부스스한 몰골의 라드가 일어났다.

"끄응, 남자에게 좋지 않다면 당장 일어나야죠. 에휴, 이제 막 잠들었는데……."

"응? 뭐라고 그랬나?"

레놀드의 되물음에 라드는 고개를 내저었다.

"아, 그냥 금방 잠든 것 같다고요."

"잠이 깊이 들었던 모양이군. 어서 옷이나 갈아입고 나오게, 나는 요 앞에서 연장이나 챙기고 있을 테니."

"하암! 예."

라드가 늘어지게 하품을 하며 몸을 일으키는 것을 확인한 레놀드는 문을 열고 나섰다.

아직도 잠에서 덜 깬 듯 멍하게 앉아 있던 라드는 반쯤 열린 창가로 고개를 돌렸다. 그리고 답답한 한숨을 내쉬며 입을 열었다.

"에혀, 아침부터 찾아온 것을 보니 뭔가 투덜거릴 게 있는 모양이군. 나 빨리 일하러 가야 되니까 용건만 간단히 말해."

라드의 말에 창가에 있던 그림자가 흐물거리는 모습으로 움직였다. 테이블 앞의 의자를 타고 오른 그림자는 사람의 형상을 하기 시작하더니 곧 진청색 머리카락을 흩날리는 슈미드의 모습으로 화했다. 특유의 높낮이 없는 목소리로 말했다.

"하긴, 빈둥거리고 노는 것보다 소일거리라도 해서 푼돈이라도 버는 편이 좋겠죠."

새벽녘의 일로 잠을 설친 라드의 귀에 슈미드의 빈정거림이 좋게 들릴 리 없었다.

"아침부터 시비 걸기 위해 나타난 거냐? 나 나간다."

라드가 몸을 일으키려 하자 슈미드의 말이 이어졌다.

"무슨 생각에서 쟈미르라는 자에게 정체를 밝히신 것입니까? 앞뒤로 사냥개들이 깔린 상황에서 말입니다."

"그냥, 믿게 되었어. 그런 부류의 사람들은 믿을 만하거든. 그리고 언젠가는 밝혀야만 했으니, 이 라드라는 존재에 대해 가장 의심하고 있었던 사람부터 끌어들이는 게 좋다고 생각했지. 그래야만 가르시너 백작가에서의 활동에 제약을 덜 받을 테니까. 내 결정에 반박할 여지가 있나?"

"흐음, 오랜만에 그럴듯한 말씀이십니다."

잘 다려진 옷가지들을 걸치던 라드가 고개를 돌리며 물었다.

"그보다 뒷정리는 잘했겠지? 아스트랄이 냄새를 맡는다면 정말 힘들게 될 거라고."

좀처럼 변하지 않던 슈미드의 얼굴이 찡그려졌다.

"화려하게 해놓으셨더군요. 다른 시신들은 그럭저럭 수습

했지만, 담장 속에 들어가 있던 녀석은 꽤나 난감하더군요. 그래서 그냥 보이지 않게 잘 메워 버렸습니다. 시간도 어느 정도 지났고, 불의 바이올렛 능력은 사용하시지 않으셨으니 아스트랄이 냄새 맡기는 힘들 겁니다.”

“그들에게 미안하긴 하지만, 쟈미르 같은 사람에게 강렬한 인상을 남기려면 어쩔 수 없었어.”

“괜찮은 핑계이십니다.”

슈미드의 대꾸를 듣고 이마에 핏줄을 세우던 라드는 애써 참으며 말을 이었다.

“어제의 일로 루벤스턴 공작의 하수인이 꽤나 화가 났을 거야. 수상한 움직임이 포착되면 바로 말해줘.”

“그 하수인, 클라로드 백작이더군요. 얼마 전 아스트랄이 그 건물에서 만난 자가 바로 클라로드 백작입니다.”

“빨리도 말해주는군.”

“적당하다고 생각하는데요.”

“클라로드 백작이라…… . 북부 뮤란트의 영주. 과연 그가 제3의 인물이라면 모든 상황이 이해가 되는군.”

“역시 기억력 하나는 인정해 드릴 만하군요.”

“다른 것들은 인정하지 않는다는 말이야?”

“그렇게 말한 적은 없습니다. 요즘 너무 민감하게 반응하시는 듯…… .”

“아아, 오늘은 피곤하니까 그만 사라져 달라고.”

한 마디도 지지 않으려는 슈미드를 향해 손을 내저은 라드
는 더 이상 말하기도 싫다는 듯 먼저 밖으로 나섰다. 그와 대
조적으로 만족의 미소를 눈가에 그린 슈미드는 다시금 그림
자로 화해 나무 바닥과 벽을 타고 창밖으로 사라지고 있었다.

글로렌은 자신의 이마를 만지는 손길을 느끼며 눈을 떴다.
한 층의 커튼에 걸러진 부드러운 햇살이 동공으로 들어오며
눈동자의 초점이 맞춰졌다. 자신의 기억으로 죠슈아라는 이
름을 지닌 하녀가 물수건을 갈아주는 중이었다. 활달한 성격
인지 눈 밑의 주근깨가 귀엽게 느껴지는 소녀. 그녀는 글로렌
이 눈을 떴음을 알고는 호들갑스럽게 이것저것 묻기 시작했
다.
　“글로렌 아가씨! 눈을 뜨셨군요. 이제 괜찮으세요? 어디 특
별히 아프신 데라도 있으신가요? 뭐 필요하신 거라도……?”
　높은 음색의 목소리에 정신이 맑아진 글로렌은 침대에서
상체를 일으켜 세웠다. 목 부근이 뻐근함을 느끼며 하얀 미간
을 찌푸렸다.
　“아… 죠슈아, 내가 어떻게 온 거지?”
　“네? 아침 일찍 쟈미르님께서 모시고 오셨어요! 아가씨께
서 정신을 차리지 못하셔서 사람들이 얼마나 놀랐다구요!”
　“아버님도 알고 계시니?”
　걱정스러운 표정으로 묻자 죠슈아는 고개를 절레절레 가

로저었다.

"아뇨. 쟈미르님께서 백작님께는 말씀드리지 말라고 당부하셨으니 모르고 계실 거예요."

"휴, 다행이야."

그제야 밝아진 얼굴의 글로렌은 흐트러진 머리카락을 매만지며 말을 이었다.

"그보다 쟈미르님께서 일어나셨는지 알아보고 모셔와 줄래?"

"예, 아가씨."

죠슈아가 수건 등을 챙겨 나가는 것을 바라보던 글로렌은 고개를 돌려 맞은편 화장대의 거울을 바라보았다. 손때 하나 묻어 있지 않은 깨끗한 거울 속에 비친 자신의 모습이 초췌해 보인다고 생각했다. 그리고 새벽에 당한 험한 일을 생각하니 어깨가 위축됨을 느꼈다.

"이대로 괜찮을까?"

혼자만의 고민에 빠져 있을 때, 방문을 두들기는 소리가 들려왔다. 그것이 쟈미르라고 생각한 글로렌은 옷매무새를 정리하며 말했다.

"네, 들어오세요."

하지만 문을 열고 들어오는 인물이 쟈미르가 아님을 쉽게 알 수 있었는데, 쟈미르였다면 이렇게나 많은 말을 할 리 없었기 때문이다.

"하하! 죠슈아, 아가씨가 드실 수프를 가지고 왔어! 몸에 좋다는 것들은 다 털어 넣어서 만들었으니까 한 모금만 드신다면 금방 일어나서서 쌩쌩 날아다니실 걸? 그런데 아직 아가씨는 안 깨어나신 거야? 혹시 옛날이야기처럼 왕자님이 입맞춤을 해드려야 깨어나시는 건가? 아 참, 환자가 있는 방에서 이렇게 떠들면 안 되는 거였지?"

서빙카트를 밀며 다가와 너스레를 떨고 있는 인물이 라드라는 것을 안 글로렌은 살짝 웃음을 터뜨렸다. 앞을 보지 못해 자신이 깨어났는지, 또 죠슈아가 방 안에 없는지도 모른 채 떠들고 있는 라드의 모습이 꽤나 재미있었기 때문이다.

"풋! 저는 이미 일어나 있으니 입맞춤은 거절하겠어요."

서빙카트에서 수프 접시를 꺼내던 라드는 그녀의 목소리에 적지 않게 놀라고 있었다.

"에엥? 깨어 있으셨군요? 이런, 입이 방정이지. 죠슈아, 왜 진작 말해주지 않았어?"

글로렌은 죠슈아를 탓하는 라드를 보며 눈웃음을 지었다.

"죠슈아도 여기에 없답니다. 쟈미르님을 모시러 갔거든요."

"그, 그랬군요. 어쩐지 시끌시끌한 죠슈아답지 않게 조용히 있더라니……."

입맛을 다신 라드는 어색한 분위기를 돌리기 위해 들고 있던 수프 접시를 그녀를 향해 내밀며 뚜껑을 열어보였다.

“뭐, 일단은 정신을 차리셨으니 ‘라드 특제 건강 수프’를 한번 드셔보세요. 아마 기력을 회복하는 데 상당한 도움이 될 겁니다.”

목소리만 듣고 방향을 짐작하는 듯 내민 접시의 위치가 조금은 멀었지만, 신경 쓰지 않은 글로렌은 두 손을 뻗어 접시를 받아 들었다. 크림을 기본으로 한 하얀 수프에 먹기 좋도록 얇게 다진 재료들이 그득 들어 있었다. 입 안에 군침을 돌게 하는 구수한 향기를 맡은 글로렌이 감탄사를 터뜨렸다.

“와아! 좋은 향기가 나는 걸요? 라드 씨가 직접 만든 건가요?”

“물론이죠! 듣자 하니 백작님과 아가씨 몸이 좋지 않다고 하기에 빵보다는 수프가 나을 듯해서 만들어봤죠. 어렸을 적 어머니가 아프셨을 때 만들어 드린 적이 있는데 이 수프를 드시고 금세 일어나셨거든요.”

이야기를 하던 라드는 잠시 회상에 잠기는 듯했다. 조금은 서글퍼 보이는 표정이 떠오르는 듯했지만, 착각이라 생각될 만큼 금세 밝게 웃으며 스푼을 건넸다.

“여기 있습니다, 어서 드셔보시죠.”

“고마워요.”

마음이 불안정할 때여서인지 라드의 세심한 배려가 그녀에게 크게 와 닿고 있었다. 스푼으로 수프를 떠서 뜨끈하게 올라오는 김을 한 번 불어 식힌 글로렌은 조심스럽게 입에 넣

었다. 수프에 잘 우러난 재료의 맛은 풍부하면서도 부담스럽
지 않았다.

"정말 맛있어요! 벌써부터 기운이 나는 것 같은 걸요?"

글로렌의 칭찬에 라드는 환하게 웃어보였고, 글로렌은 수
프를 천천히 식혀가며 꼼꼼히 먹기 시작했다.

똑똑!

노크 소리를 들은 글로렌은 입가에 묻은 수프를 넵킨으로
닦으며 말했다.

"들어오세요."

딸깍 소리와 함께 쟈미르의 목소리가 들렸다.

"아가씨, 깨어나셨다고 들었습니다. 몸은 좀 괜찮으십니
까?"

"네, 쟈미르님."

방 안으로 들어서던 쟈미르는 글로렌과 함께 있는 라드를
발견하곤 조금 당황하는 모습을 보였다.

"태, 아니, 자네가 어떻게 여기에 있는가?"

"아가씨께 드리려고 끓인 수프를 좀 가져왔습니다. 환자는
잘 먹어야 빨리 회복을 하니까요."

평소와 다름없는 라드의 모습을 본 쟈미르는 애써 어색함
을 지우며 고개를 끄덕였다. 잠시 둘 사이에 침묵이 흐를 때
접시를 모두 비운 글로렌이 접시를 내려놓으며 말했다.

"그보다 쟈미르님, 제가 쓰러진 이후에 어떻게 된 것이죠?

분명 그 괴한들이 덤벼들면서 쓰러진 기억까지는 있는데 이후는 전혀 모르겠어요."

곁눈질로 접시를 정리하고 있는 라드를 살펴본 쟈미르는 나직한 한숨과 함께 말했다.

"후우, 아가씨께서 정신을 잃으신 이후에 다행스럽게도 오전 순찰 중이던 도시 경비병들이 나타나 도와주었답니다. 괴한들은 모두 도망쳐 버렸고요."

"아! 정말 다행이었네요."

글로렌은 안도의 표정을 지었다. 그리고 그때의 기억이 생생히 떠오르는 듯 안색은 약간 창백해 보였다. 글로렌이 순순히 믿어주자 다행이라고 생각한 쟈미르는 다시 한 번 라드를 바라보았다. 아주 잠깐 동안 그의 입가에 미소가 걸리는 듯하더니 사라져 버렸다.

뒷정리를 마친 라드는 글로렌과 쟈미르를 향해 말했다.

"그럼 두 분 이야기 계속 나누세요. 저는 주방 뒷정리를 해야 해서 이만 나가보겠습니다."

라드의 목소리에 오전의 상념에서 깨어난 글로렌은 힘겹게 미소를 지으며 답했다.

"네, 라드 씨. 수프는 정말 고마웠어요."

"별말씀을요. 제가 해야 할 일이죠. 그럼 이만."

말을 마친 라드는 항상 들고 다니는 나무 막대로 바닥을 더듬거리며 방문을 찾았고, 가구에 부딪치려는 위기를 몇 번인가 넘기고서야 방 밖으로 나갈 수 있었다. 그 모습에 쟈미르는 쓸쓸한 미소를 지을 수밖에 없었다.

라드에 대한 생각에 빠져 있던 쟈미르의 귀로 글로렌의 목소리가 파고들었다.

"어제 마르쉬에서 압수한 물건에 대해 알아보셨나요?"

정신을 차린 쟈미르는 고개를 끄덕여 보였다.

"예, 아가씨께서 깨어나시면 말씀드리려 했습니다. 해가 뜨는 대로 자이언트 윗 감별인들을 모아 어제 압수한 자이언트 윗을 감별해 보았습니다. 놀랍게도 수확한 지 4년이나 지난 물건들이더군요."

"죄송하지만, 잘 모르겠네요. 어째서 놀라운 것이죠?"

"자이언트 윗은 빌일의 크기가 크지만 밀도가 낮아 오랜 기간 보관이 힘든 작물 중 하나입니다. 보통의 창고에 보관한다면 2년도 제대로 보관하기가 힘들죠. 하지만 그 두 배나 되는 기간을 흠집 없이 보관했으니 놀라울 수밖에요."

"그럼 일반 자이언트 윗과 차이가 있나요?"

"물론입니다. 겉보기에는 다른 점이 없지만, 맛이 형편없다는 것입니다. 보통 제국 경계 지역의 병사들에게 지급되는 군량들 역시 황실의 저온저장고에 오랜 기간 동안 보관된 것들인데, 맛이 형편없기로 유명하답니다. 자, 잠깐!"

말을 하다 말고 멈칫한 쟈미르는 침중한 표정을 지었다.

"그러고 보니 그곳을 잊고 있었군요! 제가 알기로 4년 동안이나 자이언트 윗을 보관할 수 있는 장소는 황실 수곡창에서 관리하는 저온저장고밖에 없습니다.”

글로렌 역시 뭔가 떠오른 듯 탄성을 터뜨렸다.

“아! 그렇다면 황실에서 흘러나온 자이언트 윗일지도 모른다던 라드 씨의 말이 맞게 되는 것이군요.”

“예, 아마도 틀림없는 듯합니다. 흐음, 제랄드 백작님께 서신을 보내놓았으니 곧 진위를 확인할 수 있을 것입니다.”

“한번 기다려 보는 수밖에요. 그 상점 주인을 통해 알아낸 것은 없나요?”

쟈미르는 고개를 내저었다.

“그저 하수인에 불과한 것 같습니다. 물건을 지급 받는 경로를 알아내긴 했지만, 조사해 본 결과 벌써 모두 잠적해 버렸더군요. 그 외에는 아는 것이 없었습니다.”

입가를 매만지며 생각해 보던 글로렌이 다시 입을 열었다.

“그럼, 아버님께 대략적인 상황을 말씀드려 주세요.”

“그렇게 하겠습니다. 그리고 오늘 일정은 어떻게 하시겠습니까? 지주(地主)들을 만나보시기로 했는데, 꽤나 피곤한 자리가 될지도 모릅니다. 몸이 괜찮으실지……”

글로렌은 가볍게 웃으며 대답했다.

“라드 씨가 만들어준 수프를 먹어서 그런지 힘이 나는 것 같네요. 일정은 예정대로 진행해 주세요.”

라드가 만든 수프에 대해 모르는 쟈미르는 고개를 갸웃거

렸지만, 글로렌이 기운을 차린 것에 대해 만족해 하고 있었
다.

*   *   *

"또 어느 놈이야?!"

주방장 로베르토의 고함 소리가 주방을 침묵케 만들고 있
었다. 식 재료 저장고의 문을 잡고 부들부들 떨고 있는 그의
모습은 주방에서 일을 하고 있는 모든 이들을 경직시키기에
충분했다. 영문을 모르는 주방의 사람들은 서로의 눈치만 살
피며 그가 이렇듯 발작하고 있는 이유를 찾고 있었다.

씩씩거리며 식 새료 저장고를 뒤적거리던 로베르토는 주
방 안의 인물들을 한번 둘러보며 얼굴을 씰룩였다.

"대체 누가 식 재료를 마음대로 만지는 거야?! 그렇지 않아
도 식료품 구입비를 줄이라고 해서 골치 아파 죽을 판국인
데……!"

주방 사람들은 자신에게 불똥이라도 튈까 두려운 듯 로베
르토의 눈길을 피하고 있었다. 그때, 분위기 파악을 못한 채
주방 문을 활짝 열고 들어오는 인물이 있었으니, 바로 서빙카
트를 밀고 들어오는 라드였다.

벌컥!

"와하하! 글로렌 아가씨가 라드 특제 건강 수프를 남김없

이 드셨다니까! 그리고 맛있다고 칭찬까지 해주셨다고! 이 정도면 로베르토 씨를 밀어내고 주방장을 해도 되지 않겠어? 으읍!"

신나게 떠들던 라드는 누군가 자신의 입을 막는 것을 느꼈다. 그리고 죠슈아의 책망 섞인 목소리가 들려왔다.

"오빠! 조용히 해욧! 지금 로베르토 씨가 잔뜩 화가 나 있다고요!"

"에엑? 그럼 설마 내 말을 다 들은 거야? 식 재료를 몰래 쓴 것도 다 들킨 거고?"

주방의 모든 이들이 충분히 들을 만한 목소리였기에 로베르토가 못 듣길 바라는 것이 오히려 이상할 정도였다. 죠슈아는 식은땀을 흘리며 로베르토의 모습을 살폈다. 도마에 꽂혀 있는 식칼의 손잡이에 슬그머니 올라가는 그의 두툼한 손이 두 눈에 똑똑히 들어오고 있었다.

"너… 이 자식!"

"어서 피해요!"

위기를 느낀 죠슈아는 급히 라드의 손을 잡아끌며 주방 밖으로 뛰쳐나갔는데, 그들이 밖으로 나옴과 동시에 주방 안에서는 요란한 소음, 그리고 차마 들어주기 힘들 정도의 욕설이 줄줄 새어 나오고 있었다.

가르시너 백작가 뒤편의 뜰까지 나온 후에야 죠슈아는 라드의 손을 놓았다. 가쁜 숨을 한차례 내쉰 그녀는 눈에 치켜

뜨며 말했다.

"오빠는 왜 이렇게 자꾸 사고만 치는 거예요? 로베르토 주방장님은 성격이 더러워서 조심해야 한다고요. 아무튼 이제 로베르토 주방장 눈 밖에 났으니까 다른 곳에서 일하겠다고 레놀드 아저씨께 말씀드려요!"

라드는 머리를 긁적이며 되물었다.

"왜 그래야만 하지?"

"몰라서 물어요? 계속 주방에서 일을 한다면 로베르토 주방장님이 사사건건 괴롭힐 거라고요."

"난 또 뭐라고. 그건 걱정은 하지 마. 나중에 화가 좀 풀리면 가서 사과하지, 뭐."

"그렇게 간단하게 끝날 문제가……."

라드는 뭔가 깜빡했다는 듯 놀라며 죠슈아의 말허리를 잘랐다.

"아! 지금 시간이 얼마나 됐지?"

값비싼 회중시계를 가지고 있을 리 없었던 죠슈아는 하늘을 올려다보며 대답했다.

"이제 막 정오가 지났어요. 시간은 왜요?"

"하하! 또 깜빡할 뻔했네. 리키랑 할 일이 있거든."

웃으면서 대답한 라드는 목에 걸고 있던 앞치마를 풀어 죠슈아에게 건네주었다.

"그럼 이것 좀 부탁해. 그리고 로베르토 주방장님께는 조금만 쉬다가 들어가겠다고 전해주고. 그럼 있다가 보자고!"

"라, 라드 오빠!"

"수고해!"

당황해하며 자신을 부르는 죠슈아를 향해 손을 휘적휘적 흔들어준 라드는 나무 막대를 두들기며 어디론가 걸어가기 시작했다. 혼자 남은 죠슈아는 제멋대로인 라드의 행동에 답답한 한숨을 내쉬며 인상을 찌푸리고 있었다.

며칠 사이에 거칠기만 하던 땅 위로 파릇한 싹들이 머리를 내밀기 시작했고, 풍성하지 못했던 나뭇가지에도 푸른빛이 감돌고 있었다. 그 덕에 조금은 황량하던 저택 뒤편의 공터는 생동감이 넘치고 있었다.

이번에는 라드가 먼저 도착할 수 있었다. 아직 근처에서 리키의 모습을 발견하지 못한 라드는 자주 앉던 바위에 걸터앉았다. 햇볕이 내리쬠으로 인해 라드가 공기의 온도를 바꾸지 않아도 될 만큼 훈훈했고, 바위 역시 기분 좋게 데워져 있었다.

"흐음, 리키 녀석, 조금 늦는 모양이군."

눈가리개를 슬쩍 들어 올린 라드는 눈을 파고드는 햇살에 이맛살을 찌푸렸다. 그리고 눈이 진정되자 나무 막대를 내려 놓은 그는 등을 바위에 기댄 채 팔베개를 하며 하늘을 바라보았다. 나뭇가지 사이로 넉넉한 구름이 서두름 없이 지나가는 모습을 감상하던 라드는 문득 누군가의 이름을 중얼거렸다.

"미세르……."

눈을 감은 라드는 자신에게 베풀어진 짧은 시간에 감사하며 남들이 모를 과거의 달콤한 기억을 음미하고 있었다.

차 한잔 마실 정도의 시간 동안 그렇게 추억을 즐기던 라드는 아쉬운 입맛을 다시며 눈가리개를 끌어 내렸다.

"쩝, 오는가 보군. 그런데 뭘 가지고 오는 거지?"

눈이 가려지며 라드의 또 다른 눈이 떠졌다. 기류를 타고 자연스럽게 움직이는 공기의 흐름을 깨뜨리는 움직임. 주변보다 높은 체온을 가진 왜소한 몸집의 인물이 다가오고 있었다. 평소보다 무거운 발걸음이 대지를 타고 전해졌기에 라드는 고개를 갸웃거렸다.

"라드 형! 오늘은 일찍 나와 있네요?"

라드를 발견하고는 설음을 빨리한 리키는 금세 그의 앞에 도달해 있었다.

"응, 주방 일을 한차례 끝내니까 별로 할 일이 없어서. 그런데 뭘 그렇게 들고 있는 거야?"

"어라? 어떻게 알았어요?"

놀랐다는 듯 입을 떡 벌리고 있는 리키를 향해 한차례 웃어 준 라드는 자신의 귀를 가리켜 보였다.

"철커덩거리는 소리가 다 들린다고. 보통 때에는 목검만 가지고 오니까 소리가 나지 않는데 오늘은 금속 부딪치는 소리가 들렸거든."

"이야! 대단해요. 역시 이 리키오즈의 검술 사부다운 예리함!"

대충 얼버무린 말이었지만, 어려서인지 한가닥의 의심조차 없는 얼굴이었다.

"특별히 가르쳐 준 것도 없는데 검술 사부는 무슨……. 그보다 뭘 가지고 온 거야?"

"그렇지 않아도 형에게 보여주려고 가지고 왔어요!"

리키는 자신의 품에 안고 있던 물건을 내려놓고 하얀 천을 풀어냈다. 급하게 가지고 나온 듯 포장이 엉성했기에 그 속의 내용물은 금세 모습을 드러냈다.

상당히 오래된 물건인 듯 색이 바래긴 했으나 전체적으로 짙은 감색의 검집을 가진 투박한 장검. 금속과 나무로 만든 검병(劍柄)과 검막이에는 수십 가닥의 흠집이 나 있었지만, 누군가에 의해 소중히 손질되어진 듯 제 빛깔을 지니고 있었다.

리키는 그것을 라드의 손에 쥐어주며 말했다.

"이거예요! 저희 아버지 방에 큰 나무 상자가 있는데, 그 안에 들어 있던 검이에요. 평소 아버지가 애지중지하시는 물건인데, 혹시 엄청나게 좋은 검 아니에요? 뭐 전설의 검이라든지, 아니면 마법검이라든지 그런 거 말이에요."

라드가 별다른 대답을 하지 않고 검을 매만지기만 하자 리키는 실망스러운 얼굴을 했다.

"별로인가 보네요. 하긴, 검술에는 전혀 문외한이신 아버지니까."

검집을 매만져 보던 라드는 갑자기 검병을 잡고 빠른 속도로 장검을 빼 들었다.

사아악!

그리고 한 번 공중으로 던졌다 받아보더니 손목을 이용해 좌우로 원을 그리며 검을 돌렸다.

쉬이익! 쉬이익!

그리고 나서야 움직임을 멈춘 라드는 검면을 손으로 쓸어보았는데, 손끝의 예민한 감각을 타고 실낱같은 문양이 전해져 오고 있었다. '볼라크도 가르시너', 현재에 와서는 거의 쓰이지 않는 고어(古語)로 쓰여진 이름. 그것을 확인한 라드는 고개를 끄덕이며 장검을 검집에 넣었다.

"굉장히 좋은 검이구나."

실망스러운 얼굴을 하고 있던 리키는 라드의 말에 눈동자를 반짝였다.

"예? 정말요? 마법검이나 전설의 명검이에요?"

리키의 되물음에 빙그레 웃은 라드는 손으로 그의 머리카락을 헝클어뜨리며 대답했다.

"장식이 화려하지는 않지만 이 검은 정말 실전을 위한 검이야. 무게 중심과 검날의 대칭이 완벽하더군. 네가 말하는 마법검은 아니지만, 검사의 실력을 그대로 펼쳐 낼 수 있는 좋은 검이지. 그리고 무엇보다 중요한 것은 가르시너 가문 선조들의 피와 땀이 배어 있는 검이라는 점이야. 초대 가주이신 볼라르도 가르시너 백작님은 검술로 이름을 날리셨으니, 어떤 의미에서 본다면 전설의 명검이라고 할 수도 있지.”

“에? 말도 안 돼요. 검술로 이름을 날렸다니……. 저희 집안은 농사가 가업이라고요. 그건 아마 카젠틴 제국에 모르는 사람이 없을 텐데…….”

천진한 대꾸에 라드는 실소를 터뜨렸다.

“후훗! 그건 네가 역사 공부를 게을리 해서 잘 모르고 있는 거야. 한번 생각을 해보라고. 카젠틴 제국의 건국 시기는 최악의 혼란기였어. 지금 고위의 작위를 가지고 있는 대부분의 가문들이 당시 전공(戰功)을 세운 영웅들의 가문이라고 보면 거의 틀릴 바가 없지. 그러니 개국 공신 13대 가문 중 하나인 가르시너 백작가의 뿌리 역시 당연히 무가(武家)일 수밖에.”

“…….”

“가르시너 백작가가 농사를 가업으로 삼은 것은 혼란기가 지난 이후라고 보면 정확해. 평화의 시기가 도래하자 초대 볼라르도 가르시너 백작님께서 검 대신 쟁기를 손에 들고 황제 폐하께 하사받은 이곳 그레엄 영지의 영주민들과 땅을 일구기 시작했던 것이지.”

라드는 자신이 들고 있던 검을 조심스럽게 리키의 품에 안겨주었다.

"이건 너희 가문에 둘도 없는 보물이야. 가르시너 백작가의 존재 이유에 대한 증거가 되는 소중한 물건이니까. 그러니어서 제자리에 가져다 놓으라고."

"예."

리키는 품 안에 든 장검을 바라보았다. 장검은 이전보다 더욱 무겁게 느껴졌고, 가슴 한구석에서는 뜨거운 무엇인가가 피어오르고 있었다.

묵묵히 뒤돌아선 리키가 걸음을 옮기려 할 때 나직하면서도 무거운 목소리가 들려왔다.

"리키 이 녀석! 그 검을 가지고 어디를 가나 했더니 이곳에와 있었구나!"

은색에 가까운 백발과 단정하게 기른 콧수염이 잘 어울리는 중년의 인물. 리키의 아버지이자 현 가르시너 백작가의 가주인 에콰르 볼라르도 가르시너였다. 가르시너 백작을 발견한 리키는 꾸지람을 들을 것을 각오한 듯 아무런 말 없이 자신이 들고 있던 장검을 가르시너 백작의 앞으로 내밀었다.

"죄송해요, 아버지."

장검을 건네받은 가르시너 백작은 더 이상의 추궁을 하지않았다.

"그만 되었으니 집 안으로 들어가 있거라. 나는 저 젊은이와 이야기를 좀 해야겠다."

“라드 형은 아무런 잘못이 없어요. 그냥 제가 가지고 나온 것뿐이에요.”

“알았으니 들어가 있거라.”

가르시너 백작과 라드의 얼굴을 한 번씩 번갈아본 리키는 아버지의 말대로 본가를 향해 걸음을 옮기기 시작했다.

리키가 어느 정도 멀어지자 라드에게 시선을 고정시킨 가르시너 백작이 나직한 목소리로 입을 열었다.

“글로렌이 귀향하는 도중에 누군가를 데리고 왔다는 소식은 쟈미르를 통해 들었는데, 그것이 자네인가 보군. 나는 이 가르시너 백작가의 가주가 되는 사람일세.”

라드는 가볍게 고개를 숙여 보였다.

“루미나크의 라드 헤인즈라고 합니다.”

잠시 뜸을 들이던 가르시너 백작은 눈을 얇게 뜨며 말했다.

“자네가 어떤 생각으로 이곳에 왔는지는 상관없네. 하지만 한 가지만 묻고 싶은데 괜찮겠나?”

“흐음, 질문에 따라 다르겠죠.”

“좋아, 단도직입적으로 묻지. 아군인가 아니면 적군인가?”

가르시너 백작의 물음에 라드의 입가가 살짝 떨리는가 싶더니 천천히 대답이 흘러나왔다.

“가르시너 백작가에 해가 되지는 않을 것입니다.”

“만족할 만한 대답이군.”

무뚝뚝한 목소리로 말하며 고개를 끄덕이던 가르시너 백

작은 능숙한 움직임으로 리키가 넘겨준 장검을 뽑아 들었다.

채앵!

순식간에 그의 몸 주변으로 강대한 기운이 뿜어지기 시작하더니 진청색의 기운이 장검의 주변을 짙게 감싸기 시작했다. 쟈미르의 그것보다 배나 짙고 두터운 검기. 무슨 생각에서인지 가르시너 백작은 라드를 향해 장검을 휘둘렀다.

휘이익!

검으로부터 뿜어져 나온 검기는 맹렬한 모습으로 공기를 가르며 라드를 향해 날아갔다. 하지만 살기가 실리지 않음을 알고 있었던 라드는 제자리를 지키고 있었고, 가르시너 백작이 뿜어낸 진청색의 검기는 눈 깜짝할 사이에 라드가 앉아 있던 바위를 가르며 사라졌다.

구구궁! 퍼억!

제 무게를 이기지 못하고 미끄러져 내린 바위는 땅을 파고들며 깊숙이 박혔다. 짧게 숨을 내쉰 가르시너 백작은 장검을 거두어들이며 라드를 노려봤다.

"만에 하나 자네의 대답과 행동이 다르다면 각오하는 것이 좋을 걸세. 농사만 짓기에는 우리 가문의 핏줄이 너무나 뜨겁다네. 리키를 볼 때마다 느끼는 사실이야."

가르시너 백작은 몸을 돌리며 말을 이었다.

"그리고 장님 흉내를 제법 내고 있긴 하지만, 조금 부족한 듯하군. 장님치고는 들고 다니는 나무 막대가 너무 깨끗하네.

손때를 조금 더 묻혀야 할 것이야."

　그 충고를 끝으로 가르시너 백작의 모습은 저 멀리 멀어지고 있었다.

　잠자코 듣고만 있던 라드는 눈가리개를 풀었다. 그리고 보일 듯 말 듯한 미소를 지으며 혼잣말을 중얼거렸다.

　"완전한 농사꾼으로 알려져 있는 에콰르 볼라르도 가르시너 백작이 상급의 소드마스터라니 놀라운 일인 걸? 가르시너 백작가의 검술이 실전(失傳)되었다는 소문은 다 헛소문이었나 보군. 하긴, 쟈미르 정도 되는 무골(武骨)이 몸을 바쳐 섬기는 데에는 그만한 이유가 있었을 테니까. 한데……."

　말끝을 흐린 라드는 턱을 매만지며 고개를 갸웃거렸다.

　"아무래도 가르시너 백작의 몸이 정상은 아닌 모양이군. 대단한 위력의 검기이긴 했지만 이 정도로 호흡에 균형을 잃어버리다니……."

　그렇게 중얼거리며 깨끗하게 잘려진 바위를 바라보던 라드는 문득 이맛살을 찌푸리며 안타까워했다.

　"그나저나 제법 운치 있고 편안한 자리였는데 망가져 버렸군. 조금만 기다려라. 이번 일이 끝나면 원래대로 고쳐 줄 테니까."

　바위를 향해 그렇게 말한 라드는 다시금 눈가리개를 묶으며 그 자리를 떠나기 시작했는데, 가르시너 백작의 충고 때문인지 라드의 손가락은 나무 막대의 손잡이를 연신 매만지고 있었다.

더 이상 창밖으로부터 들어오는 빛이 없어질 무렵이 되자 가르시너 백작가 저택 곳곳에 위치한 기름등에 불이 밝혀졌고, 사람들은 하루 일과를 정리하며 쌓인 피로를 풀어낼 준비를 하고 있었다.

하지만 예외도 있었으니, 저녁 식사를 마친 라드는 주방에 틀어박혀 투덜거리며 설거지를 하는 중이었다. 낮에 로베르토의 심기를 어지럽힌 결과 저녁 설거지를 도맡게 된 것이었는데, 키 높이만큼이나 쌓인 접시를 하나씩 집어 물에 헹구는 모습이 제법 자연스러워 보였다.

"죠슈아 녀석은 좀 도와주면 안 되나? 할 일 없다고 째깍 들어가 쉬다니. 내 주변에는 정말 매정한 사람들밖에 없군. 쩝!"

그의 말에 대답이라도 하듯 접시 부딪치는 소리만이 가득하던 주방 어디에선가 얄팍한 음성이 흘러나오기 시작했다.

"혹시 그 매정한 주변 사람 중에 저도 포함되는 것입니까?"

라드는 놀라지도 않았는지 여전히 접시를 헹구며 고개를 끄덕였다.

"포함되는 것은 물론이고, 그중에서도 수위를 차지하고 있지. 기분 좋냐?"

“뭐, 나쁘지는 않군요.”

손에 물기를 털며 허리를 한번 풀어준 라드는 식탁을 향해 고개를 돌렸다.

“내가 설거지하는 모습을 구경하러 온 것은 아닐 텐데? 또 무슨 일이야?”

라드가 묻자 불빛의 사각에 생긴 식탁의 그림자로부터 슈미드가 흘러나왔다. 어느새 의자에 앉은 그는 식탁 위에 놓여 있는 커다란 빵의 끝부분을 손으로 뜯으며 느긋한 모습으로 대답했다.

“클라로드 백작이 손을 쓰기 시작했는지 소속 불명의 기사들이 그레엄으로 유입되었습니다. 대략적인 규모는 황실 정규 기사단 수준의 기사 십여 명입니다.”

라드는 볼을 긁적이며 중얼거렸다.

“호오, 전면전을 벌이려는 것치고는 너무 적은 인원이군. 그리고 시기도 적당치 않아. 그렇다면 모종의 계략이 있는 건가?”

빵 조각을 입에 넣으며 씹어먹던 슈미드가 중얼거리며 그의 생각을 거들었다.

“뭔가 노리는 것이 있는 모양입니다. 뭐, 증거 인멸이라든지… 아니면 요인 암살이라든지.”

“전자일까, 아니면 후자일까?”

“루벤스턴 공작의 마각을 벌써 세상에 드러낼 생각은 아닐 테니 후자는 가능성이 없다고 봐야 할 겁니다. 아마도 전자겠죠. 제 추측은 제법 정확한 편이랍니다."

"잘났군."

"후훗, 새삼스럽습니다. 그보다 빵이 꽤나 맛있군요. 주방장 실력이 좋은 건가?"

생각에 빠져 있던 라드는 슈미드의 말에 정신을 차리더니 안색을 굳히고 있었다.

"너, 너 혹시 식탁 위에 있는 빵을 먹고 있는 거냐?"

입에 빵을 한 조각 더 넣은 슈미드는 천천히 고개를 끄덕였고, 분노에 찬 표정을 지은 라드는 칼꽂이에 정리된 식칼을 던지며 외쳤다.

"이 인생에 도움이 안 되는 녀석아! 내일 아침 식사용 빵이란 말이야!"

라드의 분노를 담고서 기세등등하게 날아간 식칼은 섬뜩한 모습으로 슈미드의 가슴에 꽂혔다.

푸욱!

당장이라도 붉은 핏물이 흘러나와 바닥을 적실 듯했다. 하지만 슈미드는 마치 남의 일이라도 되는 듯 자신의 가슴에 꽂힌 식칼을 내려다보며 입맛을 다셨다.

"쩝, 그럼 먹기 전에 말씀을 하시지 그랬습니까? 괜히 애꿎은 옷만 찢어졌네."

투덜거린 슈미드는 아무렇지도 않게 가슴에 꽂혀 있는 식칼을 뽑아내더니 그것을 이용해 보란 듯이 빵을 한 조각 잘라 냈다.

"그럼 이것까지만 먹도록 하겠습니다. 이만 물러가도록 하 죠."

"이, 이 빌어먹을 녀석이!"

분에 못 이겨 하는 라드를 뒤로한 슈미드는 다시금 식탁 아 래의 그림자 속으로 빨려 들어가기 시작하더니 마지막으로 손에 든 빵 조각을 흔들어 보이며 사라졌고, 라드의 저주 섞 인 욕설은 한동안 계속 이어졌다.

뜨거운 열기가 솟구치는 벽돌 오븐 속에서 단순한 밀가루 반죽이었던 덩어리가 노릇하게 부풀어 오르며 숨을 들이쉬 고 있었다. 일찍 꺼낸다면 속이 덜 익게 되고, 조금이라도 오 래둔다면 딱딱해져 맛이 없다는 것을 잘 알고 있는 라드는 오감(五感)을 긴장시키며 오븐 안을 지켜보는 중이었다.

"망할 슈미드 녀석 때문에 이 시간까지 쉬지도 못하는군. 흠, 반죽이 사라진 걸 알면 내일도 로베르토 씨가 가만있지 않을 텐데."

이마의 땀을 닦아내며 원망 섞인 목소리로 중얼거리던 라 드는 한참 부풀던 빵이 뜨거운 김을 뿜어내는 시점을 정확하 게 잡아내고 있었다. 속으로 몇인가 숫자를 세어보더니 서슴 없는 동작으로 나무 주걱을 오븐 안으로 집어넣어 빵을 꺼내 었다.

모락모락 김이 피어오르는 빵에서는 구수하고도 부드러운 향이 새어 나왔고, 그것을 음미해 본 라드는 만족한 미소를 지었다.

"역시 갓 구운 빵의 향기만큼 황홀한 것은 세상에 없다니까."

허리에 손을 얹으며 만족감을 표한 그는 오븐에서 막 나온 뜨거운 빵을 맨손으로 들어 식탁 위에 올렸는데, 착각처럼 하얀 일렁임이 손을 감싸는 듯했지만 순식간에 사라져 버렸다.

뒷정리를 하느라 자정이 다 되어서야 하루의 일과를 끝낸 라드는 피곤한 표정으로 앞치마를 끌러내었다. 전날부터 잠을 제대로 자지 못한 터였기에 어깨는 무거웠고, 허리는 끊어질 듯 뻐근했다.

"이러다가 늙어서 고생하지 않을까 걱정이야. 으음?"

잠시 입을 다문 라드는 짙은 어두움이 내려앉아 있는 창밖을 바라보았다. 저 먼 곳으로부터 이질적인 기류가 흐르는 것이 라드의 기민한 감각에 잡히고 있었다.

"벌써 시작인 건가? 오늘도 편안히 잠자기는 틀린 것 같군."

아쉬운 표정을 짓던 라드는 식탁에 기대어놓은 나무 막대를 집어 들며 창문을 열어젖혔고, 그 속으로 몸을 날렸다. 흐릿해진 라드의 모습은 밤의 어두움과 하나가 되어 구분 지을 수 없게 되었다.

＊　　　＊　　　＊

　한밤의 어둠을 타고 공중으로 뛰어오르는 인물들이 있었다. 활동하기 편하도록 다리와 팔의 옷소매는 끈으로 묶은 검은 복장을 하고, 얼굴은 검은 복면을 뒤집어쓴 십여 명의 인물들. 가르시너 백작가의 영역으로 뛰어든 그들은 서로 눈짓을 보내더니 반씩 두 패로 갈라져 각자 맡은 곳을 향해 움직이기 시작했다.

　처격! 처격!

　발이 빨라지자 허리에 찬 짧은 검이 나직한 금속성을 내기 시작했다. 주저없는 발걸음은 그들이 가르시너 백작가의 구조를 충분히 숙지하고 있음을 말해주고 있었는데, 경비병들의 순찰로까지도 모두 피해 다니는 것으로 보아 철저한 준비를 거친 듯했다.

　아무런 저지 없이 움직이던 복면인들은 허름한 별채 건물을 발견하고는 근처의 수풀 뒤로 몸을 낮추며 숨어들었다. 횃불이 밝혀져 있는 건물의 문 앞에는 롱 스피어(Long Spear)를 든 두 명의 경비병이 잡담을 나누는 중이었다. 경비병들을 잠시 관찰하던 두 명의 복면인은 서로 수신호를 몇 번 주고받더니 발목에 묶어놓은 단도를 꺼내어 경비병들을 향해 날렸다.

휘익!

붉게 일렁이는 횃불을 가르며 날아간 단도는 정확히 경비
병들의 목젖을 끊어놓았다. 영혼을 잃은 경비병들의 시신이
쓰러지기 전에 다른 복면인들이 뛰어들어 시신과 롱 스피어
를 낚아채며 천천히 땅바닥에 뉘였다. 순식간에 경비병 둘이
세상을 떠났지만, 복면인들의 치밀한 움직임으로 인해 주변
에 남은 것은 정적뿐이었다.

잠시 주변을 살피던 복면인들은 경비병들의 품을 뒤져 열
쇠를 찾아내더니 건물의 문을 열며 안으로 들어섰다. 그리 밝
지 않은 벽의 횃불들이 복면인들을 비추었고, 짙은 묵빛의 철
창이 내부를 여러 공간으로 나누고 있었다. 사람들을 감금하
기 위해 만들어진 곳으로 보였지만, 오랜 기간 사용하지 않은
듯 악취나 습기 따위는 느껴지지 않았다. 복면인들은 복도를
걸어 가장 마지막의 철창으로 향했다. 그들의 발자국 소리를
들었는지 안으로부터 사람의 기척이 흘러나왔다.

"누구요? 에잉, 참! 난 정말 모르는 일이라니까요! 제발 잠
좀 자게 해주쇼! 내일 날이 밝으면 다시 이야기합시다."

귀찮음이 느껴지는 목소리. 마르쉬에서 쟈미르에게 잡혀
온 자이언트 윗 도매상인 로마드였다. 심한 고초를 당하지는
않았는지 겉모습이나 옷차림은 별반 변한 것이 없었고, 눈가
에는 참기 힘든 잠기운이 깔려 있었다.

"하암, 으음?"

돌아누우며 하품을 하던 로마드의 눈에 복면인의 모습이 천천히 들어오고 있었다. 그 모습에 잠이 달아났는지 반색을 한 로마드는 급히 철창에 달라붙으며 외쳤다.

"저, 저를 구하러오셨나 보군요?! 하하! 역시 그분께서 나를 그냥 버릴 리는 없지. 어서 이 철창 좀 열어주시오."

아무런 말도 하지 않은 복면인은 경비병에게서 빼앗은 열쇠로 철창의 자물쇠를 열었다.

끼르륵!

비릿한 녹의 향이 풍기며 철창 문이 열렸고, 로마드는 서둘러 몸을 일으키며 문밖으로 나서려 했다. 하지만 복면인 중 한 명이 강하게 로마드의 어깨를 걷어차며 철창 안으로 들어섰다.

"아악!"

그제야 뭔가 잘못되었다는 것을 눈치 챈 로마드는 뒷걸음질치며 말을 더듬었다.

"대, 대체 왜 이러시오? 나는 아무것도 말하지 않았소! 아니, 아는 것도 없었소! 그러니 제발 나를 이곳에서 꺼내주시오! 제발……!"

마치 로마드의 애원을 듣지 못하기라도 한 듯 차가운 눈빛의 복면인은 허리에 차고 있던 짧은 검을 뽑아 들었다.

"안타깝지만 네 실수로 인해 너의 목숨은 이미 결정되어졌다. 이만 눈을 감거라."

시리도록 잘 닦여 있는 검면으로 일렁이는 횃불이 반사되는가 싶더니 섬전과도 같이 로마드의 목을 향해 베어 들었다.

서격!

섬뜩한 소리와 뜨겁게 뿜어지는 핏물. 복면인이 들고 있던 검 위로 횃불과 핏물이 어우러져 흘러내리는 듯했다.

"잘 가게."

고개를 떨어뜨리고 있는 로마드의 시신을 내려다보던 복면인이 더 이상의 미련은 없다는 듯 몸을 돌려 건물 밖을 향해 걸음을 옮기려 할 때였다. 건물 밖으로부터 누군가의 목소리가 들려오기 시작했다.

"침입자들은 무기를 버리고 순순히 나오거라!"

그 목소리에 놀라 건물의 문 쪽으로 다가간 복면인들은 어느새 건물 전체를 둘러싸고 있는 수십 명의 경비병들과 마주해야만 했다.

"어, 어떻게 이럴 수가! 저들이 벌써 눈치 챌 리가 없는데……."

군데군데 밝혀진 횃불 아래로 수십 명의 기사들과 무장한 경비병들이 건물을 향해 석궁을 겨누고 있었다. 그 가운데로 복면인들과 같은 복장을 한 대여섯 명의 인물들이 있었는데, 두 명은 상처를 입었는지 얼굴 위로 피를 흘리며 결박당해 있었고, 나머지는 목숨을 잃은 듯 움직임 없이 바닥에 누워 있었다. 그들의 모습이 시야에 잡히자 건물 안의 복면인들은 더욱 당황하고 있었다.

"칫! 창고 쪽으로 간 부대가 발각됐나 보군!"

뒤의 복면인은 고개를 가로저었다.

"아니야. 아무리 빨리 움직인다 하더라도 저렇게 무장을 모두 갖출 수는 없어. 정보가 누출되었던 거야."

"어쨌든 지금 중요한 건 그런 것이 아닐세. 이 상황에서 어떻게 움직여야 하느냐지."

그의 말에 동의하는 듯 고개를 끄덕였다. 이어 밖으로부터 또 다른 목소리가 들려오기 시작했다.

"나는 에콰르 볼라르도 가르시너. 이 집안의 가주다. 내 이름을 걸고 너희들의 목숨은 보장해 줄 테니 무기를 버리고 항복하라!"

서로를 바라보며 눈빛을 교환하던 복면인들은 가르시너 백작의 말에 마음이 흔들림을 느꼈다. 주변에 펼쳐져 있는 석궁 사수들을 뚫고 도주한다는 것은 불가능에 가깝다는 사실을 누구보다 잘 알고 있는 그들이었다. 하지만 이대로 포로가 된다면 제아무리 심지 깊은 자신들이라 할지라도 배후에 대한 정보를 제공할 수도 있다는 생각이 들자 흔들리는 마음을 다잡을 수밖에 없었다.

"흐음, 이대로 포로가 된다면 의도하지 않게 마스터를 배반할 수도 있다. 자네들의 생각은?"

다들 묵묵히 고개를 끄덕였고, 의견이 일치된 듯 각자 허리에 걸린 검의 손잡이로 손을 가져가고 있었다.

　가르시너 백작은 오랜만에 경험하는 갑주의 무게에 어색함을 느끼고 있었다. 이미 상급의 소드마스터인 그에게 갑주 정도의 무게는 별다른 장애가 되진 않았지만, 맨몸의 편안함에 비할 바는 아니었다. 마지막 경고로부터 차 한잔을 마시고도 남았을 시간이 지났음에도 복면인들로부터 아무런 대답이 없자 주변에 감돌던 팽팽한 긴장감은 조금이나마 느슨해지고 있는 듯했다.

　"으음, 이렇게 갑주를 입고 있으니 제법 후끈하군. 벌써 여름이 온 것 같아. 이래서 내가 갑주를 싫어한다네. 더운 것은 질색이니까."

　가르시니 백작의 옆에서 주위를 경계하던 쟈미르 역시 그의 마음을 십분 이해한다는 듯 고개를 끄덕였다.

　"예, 백작님께서는 더운 것을 싫어하셨죠. 갑주를 입으신 모습이 오래간만이어서 제 눈에도 어색할 지경입니다."

　"평화의 시간이 그렇게도 길었었나?"

　"22년 전 북벌전쟁(北伐戰爭)이 마지막이었습니다. 이번 일만 마무리된다면 다시금 평화의 시간이 찾아올 것입니다."

　"흐음, 그랬으면 좋겠군. 글로렌과 리키를 위해서라도. 그보다 저들이 침입할 것을 자네는 어떻게 알고 있었던 겐가?"

　그의 물음에 쟈미르는 잠시 고민하는 듯했다.

"믿을 만한 소식통이 있었습니다."

"뭔가 나에게 숨기는 것이 있군. 자네는 숨기는 것이 있을 때 왼쪽 눈을 살짝 찌푸리는 버릇이 있지."

"죄송합니다. 당분간은 말씀드리기 난처한 문제인지라……."

고개를 내저은 가르시너 백작은 사람 좋은 웃음을 지어보였다.

"후훗, 난 자네를 믿으니 상관없네. 조만간 알게 되겠지."

"감사합니다."

시선을 건물 쪽으로 옮긴 가르시너 백작은 중얼거리듯 말했다.

"저들의 대답이 너무 늦어지는 것 같군."

"갈등하고 있을 것입니다. 아무래도 목숨이 걸려 있는 문제이니 쉽게 결정하기 힘들 테니까요. 곧 움직임이 있을 것입니다."

끼릭!

과연 샤미르의 말이 끝나기가 무섭게 건물의 문이 열리기 시작하며 복면인들이 천천히 걸어나오기 시작했다. 좌우로 넓게 퍼진 경비병들은 석궁의 방아쇠울에 손가락을 넣으며 그들의 움직임을 주시했다.

건물 앞 공터까지 걸어나온 그들은 자신들의 복면을 벗어보였는데, 이미 사로잡힌 이들과 비슷한 나이로서 20대 중반 정도의 젊은이들이었다. 이어 약속이라도 한 듯 검을 뽑아 들더니 선두에 선 갈색 머리칼의 젊은이가 가르시너 백작을 향해 외쳤다.

"아쉽게도 백작님의 제안은 받아들이기 힘들 것 같습니다. 백작님의 깊으신 아량만 감사히 받도록 하지요."

그 모습에 가르시너 백작은 다감하게 자리 잡은 눈가의 주름을 찌푸렸다.

"모두들 젊은 친구들인 것 같은데 목숨을 너무나 쉽게 여기는 것이 아닌가? 내 자식과 비슷한 또래이기에 안타까워서 하는 말일세."

이미 마음을 굳힌 젊은이는 흔들림 없이 대꾸했다.

"저희들 역시 기사인 만큼 제 한목숨 살리기 위해 마스터를 팔 수는 없습니다."

"마음에 드는 말이군. 그렇다면 무작정 우리에게 덤벼들 생각인가? 자네들은 젊지만 무모하지는 않을 것이라 생각되는데……."

가르시너 백작의 물음에 씁쓸한 미소를 지은 젊은이는 자신의 검을 가슴 앞으로 끌어 올리며 말했다.

"이런 식으로 기사라는 이름을 팔 줄은 꿈에도 생각지 못했습니다. 저 케르힌 율리우스 로번은 에콰르 볼라르도 가르시너 백작님께 결투를 신청하는 바입니다. 결투의 결과에 저희 모두의 목숨을 걸겠습니다."

침중한 얼굴의 가르시너 백작은 턱을 매만졌다.

"내가 자네의 결투를 받아들일 것이라고 생각하는가? 여러모로 보나 유리한 입장인 내가 그래야만 하는 이유가 있는지 묻는 것일세."

"가르시너 백작가가 농업을 가업으로 삼고 있는 가문이라고는 하지만, 엄연히 기사로서의 작위를 가진 가문이니만큼 기사의 결투를 거절하리라 생각지는 않습니다. 과거 찬란했던 가르시너 백작가의 검식을 견식하고 싶습니다."

가르시너 백작은 피식하고 웃었다.

"제법 말재간이 있는 친구로군. 좋아, 자네의 결투를 받아들이도록 하지. 하지만 자네가 진다면 자네들의 목숨은 모두 나에게 넘어오게 되니 약속을 어기지 않았으면 좋겠군."

"물론입니다."

고개를 살짝 숙여 보이며 화답하는 젊은이를 지켜보던 쟈미르는 걱정스런 얼굴로 말했다.

"백작님의 몸은 지금……. 제가 대신 상대하도록 하겠습니다. 백작님은 저의 마스터이시니 대신 결투에 나선다 하더라도 비난할 이는 없을 것입니다."

가르시너 백작은 가슴 갑주의 끈을 풀어내며 쟈미르에게 건네주었다.

"아니야. 요즘 몇 달 동안 가솔들에게 걱정을 많이 끼친 것이 사실일세. 앞으로 어떤 일이 또 벌어질지 모르는데, 이번 기회를 통해서라도 가솔들의 사기를 올려야 하지 않겠나?"

쟈미르는 더 이상의 대꾸를 하지 않고서 가르시너 백작의 갑주를 받아 들었다. 가르시너 백작은 홀가분해진 어깨를 움직여 보며 만족한 얼굴을 했다.

"이제야 조금 시원하군. 역시 갑주는 내 취향이 아니야. 그럼 다녀오도록 하지."

"부디 조심하십시오, 백작님."

가르시너 백작은 휘하 기사들과 경비병들을 뒤로한 채 케르힌이 기다리고 있는 공터로 걸어나서기 시작했고, 케르힌을 제외한 나머지 젊은이들은 뒤로 물러서며 충분한 장소를 마련해 주었다.

15큐브릿(약 14.7m) 정도를 사이에 둔 가르시너 백작과 케르힌은 서로를 바라보며 각기 다른 표정을 짓고 있었다. 집 안의 정원을 거닐 듯 느긋한 모습의 가르시너 백작과 선선한 날씨에 식은땀을 흘리고 있는 케르힌. 그중 케르힌의 머릿속은 복잡하기 그지없었는데, 가문의 검식이 실전되었다고 알려진 가르시너 백작가의 가주치고는 너무나 쉽게 자신의 결투 신청을 받아들였다는 점이 그를 당황스럽게 만들고 있는 것이었다.

가볍게 자신의 장검을 빼어 드는 가르시너 백작의 움직임은 케르힌의 근심을 멈추게 하였다.

"그럼 어서 시작하도록 하세. 내 그다지 검의 경지가 깊지는 못하지만, 연장자이니 선공(先攻)을 양보하도록 하겠네.
덤비게나."

케르힌인 고개를 숙여 예를 취했다. 그리고 공격에만 치중
하려는 듯 검을 들어 올려 상단세를 취하며 검기를 끌어올리
기 시작했다.

스스슥.

손가락 두 마디 정도 되는 푸른 검기가 그의 검을 감싸기
시작했고, 흉흉한 살기가 그 주변으로 맴돌았다. 그 모습을
본 가르시너 백작은 가벼운 탄성을 내뱉으며 하단세를 취했
다.

"호오, 중급 소드마스터의 대열에 들기 직전인 듯하군. 젊
은 나이임에도 상당한 실력을 갖추고 있다니 대단하군."

"칭찬, 감사합니다. 그럼 공격하도록 하겠습니다."

"후훗, 상대에게 양해를 구한다면 공격이라 할 수 없지. 나
머지는 검으로 이야기하게나."

가르시너 백작의 말이 자극이 되었는지 상단세를 취하고
있던 케르힌은 재빨리 발을 구르며 거리를 좁혀오기 시작했
고, 반대로 하단세를 취하고 있던 가르시너 백작은 상대의 검
로(劍路)를 예의 주시하며 처음의 자세를 유지했다.

"하앗!"

짤막한 기합성과 함께 케르힌의 검로가 결정되었다. 머리
에서 떨어진 검은 가로획을 그어내듯 가르시너 백작의 허리

를 베어 내려왔다. 그의 손놀림을 끝까지 지켜보며 눈동자를 빛낸 가르시너 백작은 빠른 속도로 검병을 어깨 높이까지 끌어 올려 상대의 검로를 가볍게 막아냈다.

츠즈즉!

금속이 부딪치는 소리는 존재하지 않았다. 즉, 양측 모두 검기를 사용하고 있다는 뜻이었는데, 가르시너 백작의 장검에는 검기 특유의 일렁임이 발견되지 않았기에 케르힌은 의아함을 느낄 수밖에 없었다. 그러나 큰 공격의 실패는 상대의 반격을 의미했기에 그에 대해 신경을 쓸 여유가 없었다. 장검을 튕겨 케르힌의 검을 밀어낸 가르시너 백작이 검을 빙글 돌리며 그의 정수리를 향해 내려오기 시작한 것이었다. 케르힌의 검에 비해 신속함은 부족했지만, 중년인 특유의 무거움이 깃들어 있었기에 그 중압감은 대단하게 다가오고 있었다.

"치잇!"

감히 막아낼 엄두도 못 낸 케르힌은 몸을 옆으로 날리며 상대의 공격을 피하려 했다. 하지만 가르시너 백작은 그의 움직임을 예측이라도 한 듯 수직의 검로를 수평으로 바꾸며 케르힌의 목을 쫓았다.

"움직임이 눈에 보이는군."

결국 한 번 더 몸을 날릴 겨를이 없었던 케르힌은 상대의 힘을 견디기 위해 자신의 검날에 왼손을 가져다 받치며 두 손으로 공격을 막아냈다.

치익!

예상대로 육중한 힘이 자신의 검에 실리며 몸이 밀려 나가는 것을 느꼈다. 검날을 받치고 있던 손에서는 진한 핏물이 배어 나오고 통증이 빠른 속도로 전해지고 있었지만, 목이 두 동강 나지 않은 것만으로도 다행이라 생각했다.

검을 배운 자로서 힘겨루기가 되기 전에 빠져나와야 한다는 것을 알고 있던 케르힌은 있는 힘을 다해 상대의 검을 밀어내며 앞쪽으로 몸을 굴렸다. 그와 동시에 순간이나마 중심을 잃은 가르시너 백작의 검은 목표를 잃은 채 주춤거렸는데, 짧은 순간을 놓치지 않은 케르힌은 검기를 최대한 끌어올리며 가르시너 백작의 다리를 잘라내기 위해 검을 휘둘렀다.

샤아아악!

바람을 가르며 점차 얇아지는 검기를 보며 케르힌은 내심 쾌재를 내질렀다. 하지만 그것도 잠시, 무엇인가가 눈부시게 번쩍인다고 생각하며 눈을 잠시 감았다 뜬 케르힌은 자신의 검이 가벼워졌다는 느낌을 받고 있었다.

"이, 이게 어떻게 된 일인지……."

의아한 표정으로 자신의 손을 내려다본 케르힌은 검병만 남기고서 허전한 모습으로 두 동강 난 자신의 검을 발견할 수 있었다. 그리고 자신의 목에 닿은 차가운 금속의 느낌.

"자네의 패배를 인정하겠나?"

가르시너 백작의 부드러운 목소리에 케르힌은 저절로 고개를 끄덕일 수밖에 없었다. 부드러운 겉모습에 가려진 날카로운 검날을 보지 못했으니 자신의 패배는 당연한 결과라 생각한 것이었다.

"승복하겠습니다. 목을 베어주십시오."

"와아!"

가르시너 백작의 승리에 여기저기에서 환호성을 터져 나오기 시작했지만, 케르힌에 대한 처분이 끝나지 않았기에 길게 이어지지는 않았다. 주변의 사람들은 흥분을 가라앉히고 숨을 죽인 채 공터를 주시하고 있었다.

무슨 생각에서인지 가르시너 백작은 장검을 거두어들이며 자신의 검집에 꽂아 넣었다. 그리곤 뒤돌아 걸으며 입을 열었다.

"흐음, 고작 가택침입죄의 명목으로 자네들의 목을 벤다면 세상 사람들이 우리 가르시너 백작가를 야박하다고 욕할 것일세. 난 귀족에게 아량은 필수 덕목 중의 하나라고 생각하거든."

이어 쟈미르를 향해 외쳤다.

"쟈미르! 이들의 무기를 빼앗아 감옥에 석 달간 가두어두게나! 양측 다 비슷하게 인명 피해가 있었으니 그 정도면 이 젊은이들의 죗값으로 충분하다고 생각하네!"

"하지만 저는 분명 결투를 신청했고, 그 대가로 목숨을 걸었습니다!"

케르힌의 외침에 가르시너 백작은 고개를 돌리며 어깨를 으쓱거렸다.

"그렇다면 더더욱 할 말이 없지 않은가? 자네들의 목숨은 내 결정에 달려 있고, 나는 자네들을 죽이기 싫다는 것일세. 혹시 신문(訊問)이라도 당할까 봐 걱정되는 것이라면 안심해도 좋네. 말 그대로 석 달 동안 감옥에서 지내는 것 그 이상 그 이하도 아니니까. 쯔쯧! 이 것참, 살려준다고 해도 불만이니……."

혀를 찬 가르시너 백작은 더 들을 것도 없다는 듯 걸음을 옮겨 쟈미르에게 다가갔다.

"수고하셨습니다. 한데, 저들에 대한 처분은 정말 그 정도면 되겠습니까?"

검집과 함께 장검을 끌러 넘겨준 가르시너 백작은 케르힌을 힐끔 바라보며 대답했다.

"아직 제 젊음을 펼치지도 못한 이들이야. 주인을 잘못 만나 젊은 나이에 죽기는 아깝다는 생각이 들어서 말이지. 오랜만에 움직였더니 피로하군."

조용한 목소리로 이야기하는 가르시너 백작의 입가로 검붉은 핏줄기가 흘렀다. 그것을 보지 못했을 리 없는 쟈미르가 급히 가르시너 백작을 부축하려 했으나, 가르시너 백작은 손을 들어 그의 행동을 제지했다.

"보는 눈이 많네. 난 그만 쉬도록 할 테니 뒤를 부탁하네."

"예, 알겠습니다."

가르시너 백작은 입가의 핏줄기를 소매로 닦아내며 자리를 떠났고, 걱정스러운 표정을 애써 지운 쟈미르는 백작가의 기사들과 경비병들을 이끌고 케르힌을 포함한 십여 명의 침입자를 감옥에 넣었다. 비록 침입자들을 살려주긴 했지만, 자신들이 존경해 마지않는 가르시너 백작의 결정이었기에 일말의 불만도 있을 수 없었다. 게다가 소문이 분분하던 가르시너 백작의 검술 실력을 직접 확인할 수 있는 기회였기에 그 만족감으로 인해 침입자에 대한 관심은 희미해지고 있었다.

차분히 달빛을 내리받고 있는 감옥 건물의 지붕 위에 흐릿한 사람의 모습이 나타나 있었다. 본래의 모습으로 돌아온 라드. 즉, 라시드는 턱을 괴고 앉아 아래에서 일어난 일들을 지켜보고 있는 중이었다. 치렁하게 늘어진 검은 머리카락을 흐트러뜨리며 긁적인 라시드는 무릎을 딛고 일어서며 혼잣말을 중얼거렸다.

"놀랍군. 무형(無形)의 검기까지 다룰 수 있는 수준이었다니, 한 명의 검사로서 존경할 만하군. 내가 직접 손을 쓸 필요도 없이 끝나 버렸어. 흐음, 리키에게 가르치려 하던 포용력이 바로 저런 것인가? 하지만 내가 잘못 본 것이 아니라면 그의 몸 상태는 치명적인 수준인데……. 가족들에게는 숨기고 있는 모양인 걸. 앞으로 험한 일이 일어날지도 모르는 상황에서 걱정이군."

　라시드는 지붕 위에서 허공을 향해 뛰어들며 가벼운 바람 한줄기와 함께 사라지고 있었다.

CHAPTER 6
제2왕자 라시드

The
House Keeper

권련의 붉은 불꽃이 바닥에 튀었다. 몇 빈인가 버거운 숨을 몰아쉬던 불꽃은 이내 사그러들었고, 마지막 열기는 목제 책상 위에 진한 흔적을 남긴 후였다. 클라로드 백작은 이내 허전했는지 새로운 권련 하나를 꺼내 들어 떨리는 손으로 불을 붙였다.

"버러지 같은 녀석들! 그깟 일 하나 제대로 처리하지 못해서 이런 개망신을 당해?! 소드마스터를 십여 명이나 보냈는데, 그 작은 일 하나 처리하지 못하는 것이 말이 되냔 말이다!"

여전히 그의 앞에 고개를 숙인 채 이야기를 듣고 있던 남성은 클라로드 백작의 일거수일투족에 몸을 움츠렸다.

"하, 하지만 도매상의 목은 베었으니 그나마 다행이지 않습니까?"

클라로드 백작은 눈가에 잔주름을 만들어냈다.

"머저리 녀석! 네놈도 머리가 있으면 생각을 해보란 말이다! 그깟 도매상 한 놈 없애려 하다가 직속 수하를 열 명이나 내줬는 데도 말이 뒤어나올 주둥이가 있다니……."

권련의 연기는 그의 씩씩거리는 콧바람에 흩어졌다. 경멸에 찬 눈초리로 굽신거리는 남성을 내려다보던 클라로드 백작은 나직한 목소리로 중얼거렸다.

"이대로는 안 되겠어. 뭔가 더욱 강경한 조치가 있어야 할 듯하군. 그렇지 않아도 이런 따분한 장사치 놀이는 지겨워."

"하, 하지만 루벤스턴 공작 각하께서는 직접적인 움직임을 자제하라고 말씀하시지 않았습니까. 게다가 가르시너 백작가를 칠 만한 명분이 없습니다. 전면전이라도 벌어진다면 황실에서 조사단이 파견될 것이고, 자이언트 윗 시장 개입이 들통날 것이 틀림없습니다."

수하의 간언에 흥분된 감정을 가라앉힌 클라로드 백작은 된소리를 내뱉었다.

"끄응! 그렇다면 뭔가 다른 방법을 모색해야 하는데, 남의 손을 빌릴 수라도 있다면……. 그렇지! 다 필요없고, 빠른 시일 내에 아스트랄 단장과 접견 약속을 잡아놓아라. 내가 직접 찾아간다고 전하라. 그와 긴히 할 이야기가 있으니."

"예? 예, 알겠습니다!"

이번 일로 인해 몸 한군데는 성하지 못하리라 생각했던 남성은 속으로 크게 기뻐했고, 신속히 대답하며 실내를 빠져나갔다.

홀로 남은 클라로드 백작은 스스로 타 들어가고 있는 권련을 빨아들이며 불꽃에 힘을 보태어주었다. 그리고 혀뿌리를 할퀴고 지나간 권련 연기의 진한 흔적을 감상하며 미소 지었다.

"후훗! 역시 세상에는 손을 대지 않고 코를 푸는 방법도 분명 존재하는 법이야. 아스트랄을 잘 구워 삶아주면 일이 아주 수월하게 풀릴지도 모르겠어."

화려한 영지를 떠나 이런 초라한 건물에 몸을 숨기고 지내온 지난 몇 개월간의 답답함에서 이제 곧 벗어날 수 있다는 생각에 절로 기분이 좋아지고 있었다. 루벤스턴 공작의 명령이었지만, 싫은 것은 싫은 것이었다.

*　　　*　　　*

푸근한 김이 모락모락 피워오르던 수프는 미지근하게 식어 있었고, 간소하게 차려진 야채 샐러드 역시 시들해진 모습이었다. 혼자 서재에 남아 여러 서류들을 바라보던 글로렌은 그저 몇 차례에 걸쳐 찻잔에만 손을 가져갔는데, 그마저도 시간이 흘러 따뜻함을 잃었으니 허전할 뿐이었다.

글로렌은 시선을 돌려 책상 위에 놓여진 초라한 접시들을 내려다보았다. 앙금이 생긴 수프와 푸석해진 빵 조각, 그리고 생기를 잃은 샐러드를 보며 나직한 한숨을 내쉬었다.

"휴우, 입맛이 없네. 억지로라도 먹어야 할 텐데……."

접시에 올려진 포크를 들어 야채를 뒤적거리던 그녀는 다시금 포크를 내려놓았다. 자신의 몸 관리가 중요하다는 것을 잘 알고 있었음에도 입맛이 당기지 않음은 어쩔 수 없는 듯했다. 그러다 문득 그녀의 작은 혀에 기억되어진 음식 이름이 떠오르고 있었다.

"라드 특제 건강 수프? 풋!"

어찌 보면 유치하기까지 한 그 이름을 중얼거리며 웃음을 지은 글로렌은 그 단백하고도 부드러운 맛에 입맛이 끌림을 느꼈다.

"하지만 번거롭게 부탁하긴 좀 그렇겠지? 엄밀히 말하자면 집안의 사람도 아닌데……."

아쉬움을 표하며 말끝을 흐리고 있을 때, 가벼운 노크 소리가 들려왔다.

"글로렌 아가씨! 저 라드입니다. 들어가도 괜찮을까요?"

라드에 대한 생각을 하고 있던 중에 그의 목소리가 들려와서인지 잘못한 일이 없음에도 글로렌은 화들짝 놀라고 있었다. 상대가 맹인임을 잊었는지 서둘러 표정 정리를 한 글로렌은 아무 일도 없었다는 듯 대답했다.

"네, 들어오세요."

곧 모습을 드러낸 라드는 이번에도 서빙카트를 밀고 있었는데, 그런 모습을 몇 번 보다 보니 그새 익숙한 모습이 되어 버린 듯했다.

"하하! 오늘도 일거리가 많으신가 봅니다? 몸도 안 좋으신 것 같은데 매일 무리를 하시니 걱정이군요."

"아니에요. 덕분에 많이 좋아졌는걸요. 으음? 그런데 가지고 오신 것은 또 뭐죠?"

덮개 사이로 새어 나오는 음식의 향기는 글로렌에게 익숙한 것이었다.

"다른 게 아니라, 라드 특제 건상 수프 재료를 많이 준비했는지 너무 많이 남았기에 버리기엔 아깝고 해서 조금 더 드시라고 가지고 와봤습니다. 맛있게 드시던 모습이 기억나서 말이죠."

맑게 웃고 있는 라드를 향해 글로렌 역시 마주 웃어보였다. 마치 자신의 생각을 읽기라도 한 듯 수프를 들고 온 그를 보니 신기한 생각이 들었기 때문이다.

"어머, 잘됐네요. 그렇지 않아도 입맛이 없던 차에 라드 씨의 수프가 생각났었는데……."

"아! 정말이십니까? 하하하! 어쩐지 이곳에 오고 싶더라니… 가 아니군요.”

너털웃음을 터뜨리며 말하다 말고 뭔가 생각이 난 라드는 자신의 품을 들추더니 작은 서찰을 꺼내며 그녀에게 건네었다.

“사실 이걸 전해드리러 왔다가 손이 허전해서 수프도 함께 가지고 온 것이랍니다. 쟈미르님께서 아가씨께 전해드리라고 하시더군요.”

“네? 쟈미르님께서요?”

입술을 작게 오므린 글로렌은 고개를 갸웃거렸다. 자신이 알고 있는 쟈미르라면 평소 의심을 품고 있던 라드에게 이러한 서찰을 맡길 이유가 없었기 때문이다. 게다가 붉은 밀랍 인장까지 찍혀 있는 것으로 보아 중요한 서찰이었기에 더욱더 그러했다. 하지만 의아한 생각을 잠시 미뤄둔 글로렌은 그 서찰을 받아보았다.

날개를 펼치고 있는 독수리 모양의 인장을 알아본 글로렌은 반가운 탄성을 흘렸다.

“아! 제랄드 백작님께서 보내신 것이군요!”

글로렌의 손은 빠르게, 그리고 조심스럽게 인장을 뜯어내어 내용물을 꺼내었다. 이어 입을 굳게 다문 모습으로 미사여구를 덧붙여 유려하게 흘려쓴 편지의 내용을 읽어 내려가던 그녀는 떨리는 어조로 중얼거렸다.

“이럴 리가 없는데! 황실에는 아무런 조짐이 없다니, 지금까지의 모든 예상이 빗나가 버린 건가?"

서찰을 품에 갈무리한 글로렌은 고개를 들어 라드를 올려다보았다. 지금의 상황을 전혀 모른다는 듯 서빙카트를 정리하고 있는 그의 모습을 바라보던 글로렌은 작은 목소리로 입을 열었다.

"…어떻게 하죠? 지금까지 라드 씨의 말대로 자이언트 윗이 황실로부터 흘러나온 것이라 의심하고 있었는데, 막상 황실에서는 아무런 조짐이 없다고 하네요. 다시 원점으로 돌아가 버렸어요."

그녀의 말소리에 라드는 손을 멈추었다.

"네? 무슨 말씀이신지……?"

"며칠 전 라드 씨께서 이곳에서 말씀하신 적이 있으셨죠? 샤이언트 윗이 황실에서 흘러나왔을지도 모르겠다고."

"그러고 보니 그런 말씀을 드린 적이 있었던 것도 같군요. 제가 워낙 지나간 일에는 신경을 쓰지 않는 성격이라……."

"후우! 저희가 알아본 정황으로도 그렇게 생각되어 황실에 친분이 있는 분께 조사를 부탁드렸는데, 황실에서도 아무런 움직임을 포착하지 못했다고 하는군요."

한숨까지 쉬면서 라드에게 속내를 털어놓던 글로렌은 뒤늦게야 실수를 깨달은 듯 손으로 자신의 입을 막았다. 눈앞의 라드라는 인물이 소문에 민감하고 말이 많다는 사실을 이제야 떠올린 것이었다.

“이런! 괜한 이야기를 해버린 듯하네요. 지금 드린 이야기
는 잊어주세요.”

그녀의 걱정과는 달리 정작 라드는 그다지 흥미 없다는 얼
굴이었다.

“훗! 신경 쓰지 않아도 괜찮습니다. 재미있는 이야기에는
관심이 많아도 정치에 관련된 일이라면 그다지 흥미가 없거
든요. 사실 깊이 알고 있어봐야 제게 득될 게 없으니까요.”

“예…….”

별 감흥 없는 라드의 대답에 글로렌은 이유 모를 서운함을
느꼈고, 그들 사이에 잠시 어색한 침묵이 쌓이는 듯했다. 하
지만 잠시 생각에 빠져 있던 라드가 볼을 붉적이며 먼저 말을
꺼냈다.

“…조금 다른 방향으로 생각해 봐도 좋지 않을까요? 뭐, 예
를 들자면 황실과 관련되어 있다고 해서 꼭 모든 일이 황실
내에서 벌어지라는 법은 없으니까요. 그냥 막연한 생각일 뿐
입니다.”

“다른 방향…….”

며칠 전에도 그러했고, 툭하니 내뱉는 라드의 말에는 막혀
있는 생각을 자극하는 힘이 있는 듯했다. 아련한 생각이 맴돌
긴 했지만, 지금 당장 모든 일이 해결되리라고 생각지 않았던
글로렌은 혼란했던 마음을 추스르며 말했다.

“이런 말을 드려도 될지는 모르겠지만, 라드 씨께 도움을

부탁드려도 괜찮을까요?"

라드는 의아한 표정으로 되물었다.

"도움이라니요? 저같은 사람이 아가씨께 어떤 도움을 드릴 수 있을지 모르겠군요."

라드의 되물음에 잠시 머뭇거리던 글로렌은 불안한 듯 손톱을 매만지며 라드의 표정 변화를 살폈다.

"뭐… 여러 사람이 머리를 맞댈수록 좋은 방법이 생기지 않을까 하는데요? 게다가 라드 씨는 여러 가지 아는 것도 많으신 것 같고……."

"글쎄요."

"역시 받아들이기 힘든가요?"

라드의 머뭇거림에 글로렌은 불안한 기색을 내비치고 있었다. 사실 대귀족의 영애인 자신이 이렇게까지 부탁을 해야만 할 이유는 없었지만, 그 점에 대해서는 전혀 신경을 쓰지 않고 있는 듯했다. 그녀는 라드의 입술에 이목을 집중시키고 있었다.

"저 같은 사람이라도 도움이 된다면 돕도록 하죠. 다만……."

"다만?"

"부엌일보다는 보수를 많이 주시겠죠? 뭐, 터무니없을 만큼 많이 바라는 것은 아니지만……."

글로렌이 지은 미소는 소나기가 지나간 오후의 햇살과 흡

사했다.

"물론이에요. 그럼 잘 부탁드려요. 벌써부터 뭔가 큰 힘을 얻게 된 것 같은 걸요?"

"너무 띄워주시는군요. 한데, 제가 어떤 일을 하면 되겠습니까?"

"저녁 식사 후에 이곳에서 아버님, 그리고 쟈미르님과 함께 이 서신에 대해 의논할 자리를 가질 생각이에요. 라드 씨도 그때 자리를 같이해 주셨으면 해요."

"백작님과 쟈미르님이라니……. 결코 쉬운 자리는 아니겠군요. 어쨌든 잘 알겠습니다. 그보다 수프부터 드시겠습니까? 식으면 맛이 없을 테니까요."

라드는 조심스러운 손길로 수프 접시가 든 쟁반을 건네었다.

"네. 그렇지 않아도 기다리고 있었는 걸요?"

글로렌이 투명하게 웃는 얼굴로 쟁반을 받아 들자 서빙카트의 뒷정리를 한 라드는 가볍게 고개를 숙여 보이며 서재 밖으로 나서고 있었다. 만족한 미소를 만면에 띤 글로렌은 라드의 특제 건강 수프를 서둘러 떠먹기 시작했다.

서재 밖으로 나온 라드는 발을 멈추었다. 회랑의 한편에 선 채 자신을 기다리고 있는 인물의 존재감이 느껴지기도 했고, 이미 짐작하고 있었던 바이기도 했다. 라드는 눈을 가린 채 그곳을 향해 바라보았다.

"갑작스럽게 찾아오셔서 서찰을 건네주시더니, 아직 기다
리고 계셨군요."

서재에서 나온 라드를 맞아주는 이는 쟈미르였다.

"이야기를 잘 나누셨는지 궁금해서 말입니다. 서찰의 내용
은 어떻게……."

라드는 보일 듯 말 듯 고개를 좌우로 흔들었다.

"안타깝게도 황실에는 아무런 조짐이 보이지 않고 있다고
하더군요."

"끄응! 우리가 잘못 생각하고 있었던 것일까요? 왕자 전하
께서 말씀하신 대로 황실의 수곡부에서 자이언트 윗이 흘러
나왔을 것이라고 확신하고 있었는데……."

쟈미르의 물음에 어깨를 으쓱인 라드는 서재의 문을 턱으
로 가리키며 대답했다.

"그건 제게 물어보실 문제가 아닌 듯하군요. 글로렌 아가
씨께서 뭔가 실마리를 찾아내실 것이라 믿어야겠죠. 저는 집
안일이 바빠서 그만 가봐야겠습니다."

은근히 라드의 직접적 도움을 기대했던 쟈미르는 등을 돌
리는 라드를 바라보며 실망스러운 얼굴을 했다.

"왕자 전하, 이렇게 가버리시면……."

쟈미르가 볼 수 없는 미소를 지은 라드는 고개조차 돌리지
않은 채 흘리듯 말했다.

"저녁 식사 후에 회의를 가지실 것이라고 하더군요. 그때

는 그 왕자 전하라는 칭호를 삼가주시겠죠?"

"여, 역시! 후훗, 물론입니다."

라드의 말뜻을 잘 알아들은 쟈미르는 멀어져 가는 그의 뒷모습을 보며 은은한 미소를 머금고 있었다.

*　　　*　　　*

황금색의 빛줄기가 주방의 창을 투과해 들어왔다. 주방은 다른 장소보다 유독 큰 창을 가지고 있었는데, 일광을 이용한 소독에 유리하도록 고려한 것이었다. 그리고 말끔한 앞치마를 두른 십여 명의 사람들은 점심 식사를 끝낸 지 한 시간 만에 저녁 준비에 분주해하고 있었다. 그 가운데에는 늘 그래왔던 것처럼 로베르토가 모든 일을 지휘하는 중이었다.

"밀레토와 페쉬는 당근, 양파, 마늘을 준비하고 죠슈아와 게놀은 빵을 준비해! 그리고 레토넬, 라드는 고기를 양념에 재워놓도록 해! 으음? 라드?"

한참 지시를 내리던 로베르토는 그 얄밉던 새 식구인 라드의 모습이 보이지 않자 주방을 한번 둘러보았다. 하지만 다들 모른다는 듯 어깨를 으쓱이며 그의 시선을 피했고, 그것은 라드와 친하게 지내던 죠슈아 역시 마찬가지였다.

"죠슈아, 라드 보지 못했나?"

어느 정도 예상했던 바이지만, 역시나 화살이 자신에게 날아오자 죠슈아는 긴장한 듯 손톱을 깨물었다.

"분명 점심시간 전까지는 여기에 있었어요. 그런데 그 이후에는 저도 잘……."

로베르토는 신경질적으로 팔소매를 걷어붙이며 씩씩거리기 시작했다.

"네, 네 이 녀석이 결국 내 성격을 제대로 건드리고 마는구나! 이 바쁜 시간에 어디서 또 노닥거리고 있는 거야!"

직접 라드를 찾아 나설 기세로 로베르토가 흉흉한 눈빛을 번뜩이고 있을 때, 때를 잘못 맞춘 라드가 서빙카트를 밀며 나타났다. 주변은 태풍 전야의 고요함과 같은 정적에 잠겼고, 라드는 이번에도 실내에 흐르고 있는 냉랭한 공기를 느끼지 못한 듯 얼굴에 미소를 가득 머금고 있었다. 한창 바쁠 시간이었지만 소란함이 없자 발걸음을 멈춘 라드는 청각을 곤두세우며 주변을 두리번거렸다.

"어라, 조용하네? 뭐야, 괜히 서둘러서 내려온 건가? 다들 어디를 간 거야? 이 바쁜 시간에 말이지. 하하핫! 역시 이 몸에 밴 부지런함은 감출 수가 없구먼. 로베르토 씨도 철두철미한 척하더니 실상은 그렇지 못한 모양이군. 하긴, 그 뚱뚱한 엉덩이로 부지런할 수가 없을 테니까."

그의 한마디, 한마디가 입 밖으로 튀어나올 때마다 사람들의 숨소리는 점차 죽어갔고, 로베르토의 넉넉하던 턱살은 눈에 띄게 떨리고 있었다.

"라드 이 자식!! 죽고 싶어서 환장을 했구나!"

흥분으로 떨리는 그의 손에 잡힌 것은 반죽용 밀대였다. 살이 두둑한 그의 팔뚝만큼이나 두터운 밀대의 모습에 앞으로 이어질지도 모를 끔찍한 장면을 상상한 사람들은 눈살을 찌푸렸다. 로베르토의 목소리에 화들짝 놀라던 라드는 머리를 긁적이며 능청스러운 미소를 지었다.

"이런! 로베르토 씨, 여기에 계셨습니까? 하, 하! 이거 또 실수를 해버렸네. 다들 미리 말해주지 않고 뭐 했어?"

오히려 다른 사람 탓으로 돌리는 라드의 모습에 죠슈아를 비롯한 사람들은 어이없어했다.

"말할 틈이라도 줬어야지! 난 이제 몰라! 라드 오빠는 항상 말썽이라니까!"

그사이 로베르토는 모진 작정을 했는지 손바닥에 침까지 뱉어가며 밀대를 고쳐 잡았고, 라드를 혼쭐 내줄 생각으로 성큼성큼 다가갔다.

"다시는 그 입을 함부로 못 놀리게 만들어주겠다! 아가씨가 네 뒤를 봐주든 말든 상관하지 않겠다고!"

"자, 잠깐만요! 로베르토 씨, 그냥 말로 하자고요. 제가 일부러 들으라고 한 말도 아니잖습니까? 솔직히 뒤에서 남의 험담하는 것은 늘 있어 왔잖아요. 사실 얼마 전에 로베르토 씨가 식당에 혼자 계실 때, 글로렌 아가씨의 몸매가 이렇네 저렇네. 그리고 가슴 크기가 이렇고 저렇다고 중얼거리시는 걸들은 적도 있는 걸요?"

로베르토는 눈을 크게 뜨며 안색을 딱딱하게 굳혔다.

'저, 저 녀석이 어떻게 그 말을 들은 거지? 부, 분명 나 혼자밖에 없었는데……!'

라드가 어떻게 그 말을 들었는지 알 수는 없었지만, 분명 자신의 기억에 있는 일들이었다. 그리고 사실의 여부를 떠나 라드가 더 이상의 헛소리를 꺼내기라도 한다면 과장 섞인 소문이 돌아 자신의 입지가 여지없이 흔들릴 것이라는 것을 잘 알고 있었다. 그러니 라드를 혼내주는 일보다 남들이 의구심을 가지지 않도록 수습하는 것이 우선이라고 생각 중이었다.

"누, 누가 그런 말을 했다고 그래?! 생사람 잡으려고 하는 거냐? 도망갈 구석이 없으니까 그런 말을 지어내다니, 네놈, 생각보다 더 악질이군!"

"지어내다니요? 이틀 전 저녁 무렵에 혼자 다음날 아침 식사에 쓸 빵을 반죽하고 계셨지 않습니까? 밀가루 반죽 덩어리를 보면서 반죽 모양이 아가씨 가슴과 닮… 으읍!"

입가에 와 닿는 거친 손길로 인해 라드의 말은 끝까지 이어지지 못했다. 로베르토가 생긴 것과 다르게 재빠른 몸놀림으로 다가와 라드의 입을 막은 것이었는데, 밀대를 고쳐 잡기 위해 손에 침을 뱉었다는 사실을 알고 있는 라드로서는 찜찜하기 그지없는 행동이었다. 로베르토는 식은땀을 흘리며 해명하기 위해 주변을 둘러보았다.

"이, 이봐들! 설마 이 녀석의 말을 믿는 것은 아니겠지? 이 녀석은 이야기를 지어내기를 좋아하는 낭인이라고! 모두 헛소리를 하는 거야!"

그의 불같은 변명에도 불구하고 주변의 쑥덕거림이 들려오는 듯했다.

"그러고 보니 이틀 전에 우리 모두 이불 빨래한다고 로베르토 씨 혼자 반죽을 했었어."

"지금 생각해 보니까 가끔 음흉한 눈길로 아래위로 훑어본 적이 여러 번 있었는 걸?"

"정말 라드 씨 말이 사실인 거 같아."

모두들 로베르토를 향해 경멸의 눈초리를 보여준 주방의 하녀들은 그의 변명을 묵살한 채 흩어지며 각자 하던 일을 계속하기 시작했다. 라드는 넋을 잃고 있는 로베르토의 손을 치우며 그의 귓가에 입을 대고 중얼거렸다.

"아! 로베르토 씨, 사실 글로렌 아가씨의 가슴은 그 반죽보다 조금 더 크다고요."

"너, 이 녀석! 어떻게!"

"앞을 못 보는 제가 아가씨의 가슴 크기를 알 수 있는 방법은 하나밖에 없겠죠. 그 이상은 비밀입니다."

비릿한 미소를 지어보인 라드는 아무 일 없었다는 듯 서빙 카트를 밀며 로베르토의 손을 벗어났고, 여전히 정신을 차리지 못한 로베르토는 다리가 풀림을 느끼며 옆의 의자에 주저앉고 말았다.

빵을 적당한 크기로 자르고 있던 죠슈아는 접시를 테이블에 올려놓고 있는 라드를 향해 속삭였다.

"그런데 오빠, 그 말이 사실이에요? 로베르토 씨가 글로렌 아가씨 가슴이 어떻고 말한 게?"

피식 웃은 라드는 여전히 손을 놀리며 대답했다.

"아니. 그냥 빠져나가려고 얼버무려 본 거야. 그러니까 괜한 소문 퍼뜨릴 생각은 하지 마. 아가씨가 기분 나빠 하실지도 모르니까."

"칫! 말은 오빠가 꺼내놓고선."

"어쨌건 모두 헛소문이니까 괜히 퍼지지 않도록 해줘. 다른 사람들한테도 말해주고."

"알았다고요!"

"후훗, 고마워."

로베르토를 제외한 사람들은 늘 그래왔던 것처럼 손발을 맞춰가며 저녁 식사 준비에 열을 올리고 있었다.

저녁 무렵, 식사를 마친 라드는 붉은 석양이 들고 있는 회랑을 한가롭게 거닐고 있었다. 또 한차례의 식사 전쟁을 마친 하인들은 저마다 휴식처로 돌아가 쉬고 있는 중이기에 회랑은 한가롭기만 했다. 나무 막대를 어깨에 걸친 라드는 주변을 둘러보며 벽에 걸린 벽화를 감상하는 시늉을 하기도 했고, 손으로 각종 문양이 양각된 벽면을 만져 보기도 했다. 눈을 가린 사람이 할 만한 행동이라고 보기는 어려웠지만, 그에게는 지극히 자연스러운 행동인 듯했다.

라드는 벽면에서 손을 떼어 회랑의 끝을 바라보았다. 안정적이고도 미약한 열기의 움직임이 그곳으로부터 느껴지자 나무 막대를 아래로 내리며 평소의 모습을 했다. 그리고 기다렸다는 듯이 회랑의 끝에서 모습을 드러낸 인물. 짙은 초록빛을 띠는 고급스러운 가운을 걸친 가르시너 백작이었다. 그 역시 라드를 발견했는지 나무 막대로 바닥을 두들기며 걸음을 옮기고 있는 라드를 향해 먼저 말을 걸었다.

"흐음, 또 마주치는군. 자네가 이곳에는 무슨 일인가? 오늘 서재에서 중요한 이야기를 나눌 참이라 하인들에게 서재 주변을 돌아다니지 말라고 말을 해놓았는데……."

그의 목소리에 라드는 고개를 살짝 숙여 예를 표하며 아는 척했다.

"아! 가르시너 백작님이셨군요. 저 역시 글로렌 아가씨께서 불러주셔서 서재로 가던 참이었습니다."

"글로렌이 말인가?"

의외라는 표정을 짓고 있는 가르시너 백작을 향해 고개를 끄덕이며 대답했다.

"갑작스러운 부탁이시긴 했지만, 글로렌 아가씨께 신세진 것도 있고 해서 마다하지 못하고 이렇게 오게 되었죠."

"흐음."

턱의 수염을 매만지며 의심스러운 표정을 지어보이긴 했지만, 잠시 생각에 잠겨 있던 가르시너 백작은 이내 고개를 끄덕였다.

"뭐, 그 아이도 생각이 있겠지. 함께 들어가도록 하겠나?"

"예, 그렇게 하도록 하겠습니다."

가르시너 백작은 먼저 서재의 문을 열고 들어섰다. 익숙한 책 냄새를 맡으며 실내를 둘러보던 가르시너 백작은 자리에서 일어나 자신을 맞이해 주는 글로렌과 쟈미르의 모습을 볼 수 있었다.

"다들 먼저 와 있었군."

"오셨군요, 아버지."

"내가 조금 늦은 모양이군. 그리고 여기 라드라는 청년도 함께 왔단다. 네가 이 청년도 초대를 했다고 하더구나."

"예? 예! 몇 번 대화를 나누다 보니 다방면으로 학식이 풍부해 도움을 구했던 거예요."

아버지의 물음에 글로렌은 잠시 우물쭈물하며 둘러대듯 대답했고, 쟈미르는 보이지 않는 미소를 지으며 만족해 했다.

"흠, 그랬구나."

가르시너 백작은 곁눈질로 라드의 아래위를 살폈다. 리키와의 대화를 엿들은 이후부터 부정적인 시선으로 그를 보고 있지는 않았지만, 고생을 많이 한 듯한 초췌한 얼굴에 맹인이기까지 한 청년이 학식이 풍부하다고 하니 쉽게 받아들이기 힘들었던 것이다. 하지만 내색하지 않은 가르시너 백작은 먼저 상석에 앉으며 분위기를 정리했다.

"그래, 오늘 제랄드 백작에게 서찰이 왔다고? 황실을 의심하고 있었는데 막상 황실에서는 아무런 조짐이 없다니 다시 일이 미궁에 빠져 버린 셈이군. 그렇다면 예상과는 달리 루벤스턴 공작이 이번 일과 관계가 없다는 것일까?"

다들 무거운 침음성으로 일관하자 귀를 쫑긋 세우며 이야기를 듣고 있던 라드는 천으로 가린 눈으로 주변을 둘러보며 침묵을 깨뜨렸다.

"기왕 이 자리에 함께하게 되었으니 한마디 올려도 괜찮겠습니까?"

라드의 목소리는 사람들의 이목을 집중시키기에 충분했다. 라드 역시 그 점을 잘 알고 있는지 주저없이 말을 이어나갔다.

"글로렌 아가씨의 부탁도 있고 해서 생각을 대충이나마 정리해 봤습니다. 우선 두 가지 측면으로 접근해 보았습니다. 하나는 황실로부터 전해온 서찰의 신빙성을 의심해 본 것이고, 다른 하나는 황실과 관련이 있되, 황실이 아닌 곳을 의심해 본 것입니다. 하지만 전자는 거의 가능성이 없어 보입니다. 이러한 부탁을 할 만큼 친분과 신용을 가진 분이라면 서찰의 신빙성은 의심할 여지가 없을 테니까요. 하지만 후자의 경우는 꽤나 의심해 볼 여지가 있어 보입니다.”

가르시너 백작은 그의 이야기에 큰 호기심을 느끼는 듯했다. 깍지를 낀 손에 턱을 얹으며 물었다.

“흐음, 어째서 그런가?”

“제가 말씀드렸던 수곡부의 본청은 황실에 위치하지만, 수곡을 저장하는 수곡창은 제국 전역에 퍼져 있다는 점을 주지하셔야 합니다. 사실 제국의 면적이 면적인 만큼 제국의 위기 상황 발생 시 최대한 빠르게 물자를 수송해야 합니다. 따라서 황실의 중앙 수곡창 한곳과, 동부, 서부, 남부, 북부 네 곳까지 총 다섯 개의 수곡창, 즉 저온저장창고가 존재하는 것이죠. 다르게 말하자면, 황실의 중앙 수곡창을 제외한 나머지 수곡창의 움직임은 황실에서는 포착하기 어렵다는 것입니다.”

“과연 그럴듯한 생각이군. 자네 말이 맞다면 완전 헛다리를 짚고 있었던 것은 아니라는 말인데. 흐음… 그렇다면 자이언트 윗의 출처도 유추가 가능하겠나?”

라드는 테이블 위에 준비되어 있던 잔을 들어 목을 축였고, 가르시너 백작은 그 모습을 유심히 지켜보고 있었다. 입맛을 다신 라드는 확신에 찬 목소리로 대답했다.

“아마도 뮤란트령에 위치하고 있는 북부 수곡창일 것입니다. 우선 동부, 서부, 남부의 수곡창은 이곳 그레엄으로부터 대단히 먼 거리에 위치하는 만큼 이곳까지 운송하기가 어렵습니다. 다른 것은 차치하고서라도 운송 비용이 만만치 않을 테니까요. 그리고 서찰에 쓰여 있듯이 황실의 중앙 수곡창 역시 아무런 움직임도 포착되지 않았으니 결국 남는 것은 북부 수곡창일 수밖에 없다는 결론이 나옵니다."

"대, 대단하군."

가르시너 백작뿐만 아니라 글로렌과 쟈미르의 입에서도 어김없이 탄성이 새어 나왔다.

"저, 정말 굉장해요! 도무지 이견(異見)이 있을 수 없다고 느낄 만큼!"

"답답한 머리가 확 뚫리는 기분입니다!"

문득 그들의 탄성을 듣고 있던 가르시너 백작이 눈을 반짝였다. 쟈미르가 자신도 모르는 사이 라드를 향해 존대를 했기 때문이었는데, 단순한 실수라고 볼 수도 없는 일이었다.

흥분해 있는 글로렌과 쟈미르를 향해 손을 들어 올려 보이며 진정을 요구한 가르시너 백작은 낮은 목소리로 입을 열었다.

"흐음, 글로렌의 말대로 자네는 대단한 학식을 가지고 있군. 하지만 자네에게 석연치 않은 것이 한두 가지가 아닐세."

글로렌과 쟈미르는 입을 다물고 가르시너 백작의 이야기에 귀를 기울이기 시작했다.

"우선 내가 알기로는 황실 수곡창의 위치는 아무나 알 수 있는 것이 아닐세. 왜냐하면 전란이 일어날 경우 적의 최우선 공격지가 될 수 있기 때문에 일종의 군사적 비밀로 분류되어 있기 때문이지. 한데, 자네는 그 수와 위치까지 잘 알고 있지 않은가?"

"……!"

라드 역시 생각지 못했는지 미미한 표정의 변화를 일으켰다. 그러나 가르시너 백작의 이야기는 그것이 끝이 아니었다.

"게다가 자네를 처음 볼 때부터 어느 정도 의심을 하고 있었지만, 앞에 놓인 물잔을 거리낌없이 잡는 모습을 보고 맹인이 아님을 확신할 수 있었네. 자, 이제는 자네의 정체를 밝힐 때가 되었다고 생각하는데……. 아니면 쟈미르 자네가 말해 주겠나?"

가르시너 백자익 시선이 돌아오자 쟈미르는 평소답지 않게 당황한 모습을 보였다. 그는 식은땀까지 흘리며 가르시너 백작과 라드를 번갈아보고 있었는데, 그만큼 난처한 지경에 처해 있었던 것이었다. 결국 그 중압감을 이기지 못한 쟈미르는 깊은 한숨을 내쉬며 대답했다.

"배, 백작님, 제가 모든 것을 말씀드리겠습니다. 요, 용서하십시오, 라시드님."

라드에게 용서를 구한 쟈미르는 커다란 죄라도 지은 듯 차마 그에게 시선을 주지도 못한 채 가르시너 백작을 향해 사실을 고했다.

“백작님, 사실 이분은 라시드 바이올렛 듀나힘. 얼마 전 황실에서 숙청당했다고 알려진 제2왕자 전하이십니다.”

가르시너 백작과 글로렌은 그의 말에 짤막한 비명을 내질렀다.

“무, 무슨 말인가?! 이 청년이 라시드 왕자 전하라니?”

가르시너 백작은 눈앞의 라드를 꼼꼼히 뜯어보기 시작했다. 십여 년 전 소년이었던 라시드의 모습을 먼발치에서 나마 본 적이 있었기 때문이다. 하지만 오랜 시간이 지났다고는 하지만 소년기의 모습을 단 한 점도 찾지 못한 가르시너 백작은 여전히 의심스러운 어조로 말했다..

“대체 왕자 전하가 어떻게 여기에 있다는 말인가? 그런 말도 안 되는……”

“저 역시 잘 믿기지 않지만, 한 치의 거짓없는 사실입니다. 어제 그자들의 침입 사실을 미리 알려주신 것도 바로 왕자 전하이셨습니다.”

가르시너 백작은 라드의 얼굴에서 시선을 떼지 못했다. 그의 목소리는 심하게 떨리는 중이었다.

“쟈, 쟈미르의 말대로 진정 라시드 왕자 전하이십니까? 머리카락 색도 그렇고, 예전의 모습은 전혀 찾아볼 수가 없습니다.”

“후우, 제 실수로 들통나 버렸으니 어쩔 수 없군요. 어차피 언젠가는 정체를 밝혀야 했을 테니……”

가르시너 백작의 물음에 가볍게 한숨을 내쉰 라드는 눈을 가리고 있던 천을 풀어내 보였다.

천천히 변화하기 시작하는 그의 외모. 광택 없던 회색의 눈동자는 촛불이 일렁일 때마다 신비하게 반짝이는 보라색의 눈동자가 되었고, 각져 있던 턱 선은 매끈한 유선형으로 떨어졌다. 마지막으로 갈색의 머리카락이 검게 변하며 라시드 본연의 모습으로 되돌아왔다.

그 모습을 본 가르시너 백작은 탄성을 내질렀다. 예전보다 키가 훤칠해졌고 어깨가 넓어졌지만, 예쁘장하게 생겼던 어린 시절의 이목구비가 그의 얼굴에 그대로 남아 있었던 것이다.

"과, 과연 라시드 왕자 전하이시군요! 선황께서 어여뻐하시던 모습 그대로입니다! 어찌 이런 일이……."

라시드는 쓸쓸한 미소를 지어보이며 대답했다.

"별것 아닙니다. 빛의 바이올렛 능력 중 하나인 일루전(Illusion)을 사용한 것이죠."

가르시너 백작은 바이올렛 능력이라는 말에 다시 한 번 놀랄 수밖에 없었다.

"지, 지금 빛의 바이올렛 능력이라고 말씀하셨습니까? 분명 왕자 전하께서는 언바이올렛이라고……. 그런 연유로 '바이올렛 순수령(純粹令)'에 의해 숙청되어 추적자들에게 쫓기는 몸이시지 않습니까?"

"뭐, 세상 사람들은 그렇게 알고 있습니다. 말씀하신 그대로 바이올렛이라는 중간 성도 빼앗기고, 언바이올렛으로 알려져 쫓기고 있는 신세이죠."

빙긋 웃으며 말하는 라드의 모습을 보며 간신히 침착을 되찾은 가르시너 백작은 라시드와 연계된 내막이 깊음을 깨달으며 전에 없던 무거운 침음성을 삼켰다.

"흐음, 뭔가 세상 사람들이 알지 못하는 사건들이 황실에서 벌어지고 있는가 봅니다. 그것이 저희 가문에 닥친 일과도 연계가 있을 듯하고……."

라시드는 긍정의 뜻으로 고개를 끄덕이고 있었다. 이어 보랏빛 눈동자를 반짝인 라시드는 너무나 놀라 신색을 추스르지 못하고 있는 글로렌을 응시하며 고개를 살짝 숙여 보였다.

"상황이 여의치 않아 정체를 숨길 수밖에 없었던 점 용서하시기 바랍니다."

황실의 혈통만이 가지고 있다는 보랏빛의 눈동자를 처음 본 글로렌은 그의 눈동자에서 시선을 떼지 못한 채 고개를 내저었다.

"아, 아니에요. 오히려 제가 우둔해서 폐를 끼친 점 너그러이 용서하세요."

"후훗, 폐라니요. 오히려 제가 만든 수프를 맛있게 드시는 모습에 아주 기뻤답니다."

"죄, 죄송해요."

　농담이었지만 가볍게 받아들일 위치가 아니었던 글로렌은 얼굴을 붉히며 고개를 푹 숙일 수밖에 없었다.

　실내의 공기가 네 사람의 호흡기를 들락거렸다. 두 손을 모은 모습으로 자신의 이야기를 기다리고 있는 다른 이들의 얼굴을 한 번 훑어본 라시드가 두 손을 모으며 입을 열었다.
　"여러분들은 제가 왜 바이올렛 능력이 있음에도 불구하고 언바이올렛으로 알려져 숙청을 당했는지 내막이 궁금하실 것입니다. 하지만 지금 당장 여러분이 아셔야 할 내용은 그것이 아니라 제가 왜 지금 이 자리에 있느냐는 것입니다. 그리고 가르시너 백작가가 지금 겪고 있는 어려움 역시 그 사실에 기인한 것이니 꼭 아셔야 하는 것입니다."
　"경청하도록 하겠습니다."
　가르시너 백작의 대답을 시작으로 라시드는 긴 이야기의 서두를 꺼내기 시작했다.
　"가르시너 백작가는 황실에서 활동하지 않는 가문이기에 잘 모르시겠지만, 당금 황실은 보이지 않는 두 개의 세력으로 나뉘어져 있습니다. 바로 황제의 위를 계승한 제 형님, 즉 '그라드 레알 바이올렛 듀나힘'을 중심으로 한 '황제측근파'와 백부이신 '루벤스턴 바이올렛 듀나힘'을 중심으로 한 '황실귀족파'로 나뉘어진 것이죠."
　가르시너 백작이 중앙 권력에 관심이 없는 인물이라곤 하

지만, 백작이라는 작위를 가진 이로서 정치에 문외한이지는
않았다. 게다가 근래에 겪고 있는 일을 통해 어느 정도 짐작
했던 바이기도 했기에 라시드가 말하는 이야기가 어떠한 뜻
을 내포하고 있는지 쉽게 이해하고 있었다.

"역시 루벤스턴 공작과 관계가 있는 이야기겠군요."

"예, 문제의 발단은 선황께서 승하하신 후 루벤스턴 공작
이 야욕을 드러내기 시작하면서부터입니다. 선황께서도 승
하하시기 이전부터 루벤스턴 공작의 이러한 움직임을 짐작하
고 계셨습니다. 하지만 심증만을 가지고 그의 행동을 막을 수
는 없었기에 생전에는 지켜볼 수밖에 없으셨지요. 그리고 선
황께서 승하하신 이후 예측대로 루벤스턴 공작은 기다렸다는
듯 과감한 움직임을 보이기 시작했습니다. 바로 열세 개의 가
문에 대해 암중으로 손을 쓰기 시작한 것입니다. '13조각의
황인(皇印)'을 손에 넣기 위해……. 벌써 루벤스턴 공작이 여
러 가문에 마수를 뻗어놓은 것으로 알고 있습니다."

"흐음, 그래서 본가 역시 이러한 일을 당하고 있는 것이군
요. 그보다 황제 폐하의 근황은 어떠하십니까? 이 일을 모르
고 계시지는 않으실 듯한데……."

"이제 겨우 즉위한 지 6개월여. 아직 황실 내의 힘을 제대
로 흡수하지 못한 형님은 측근들의 힘을 규합하기 위해 노력
하는 중이랍니다. 그러니 황실 밖의 세력을 견제할 여력이 없
다고 본다면 크게 틀리지 않을 것입니다."

가르시너 백작은 그제야 라시드가 이 자리에 있는 이유를 이해할 수 있었다.

"그렇다면 왕자 전하께서는 황제 폐하를 암중으로 돕기 위해……."

"저는 이미 왕자가 아닙니다."

직접적인 대답을 회피한 라시드는 말을 돌려 본론으로 돌아갔다.

"어쨌든 황실은 그와 같은 문제를 겪고 있습니다. 저는 어떻게 해서든 루벤스턴 공작의 음모를 사전에 차단하려 합니다. 가르시너 백작님 역시 황실을 위해 저를 도와주실 것이라 믿어 의심치 않습니다. 물론 그렇게 해주실 것이라는 확신이 없었다면 이렇게 제 자신을 드러내지도 않았을 테고요."

"물론입니다! 신하 된 도리로써 황제 폐하를 돕는 것은 당연한 것이고, 영광된 일이지요."

"흐음, 그것을 당연하게 생각지 않는 이들도 있을 테지요."

씁쓸한 미소를 지어보인 라시드는 글로렌을 바라보았다.

"이로서 자이언트 윗의 유통 경로를 확인했으니 이제 대응 방법을 모색해 봐야 합니다. 조사한 바에 의하면 이번 일을 주관한 자는 뮤란트령의 영주인 클라로드 백작입니다. 루벤스턴 공작의 사주를 받고서 자신이 관리하는 북부의 수곡창을 함부로 열어 자이언트 윗 시장을 혼란하게 만든 것이죠."

　가르시너 백작 역시 그의 이름이 낯설지 않은 듯했다. 소문을 통해 그에 대해 들은 이야기가 있긴 했지만, 그리 좋은 내용은 아니었다는 사실을 상기시켰다.

　"클라로드 백작이라……. 수완가로 소문난 인물이로군요. 작위를 물려받기 위해 자신의 친형을 살해했을지도 모른다는 소문이 떠돌았던 기억이 있습니다. 선친이 돌아가신 지 얼마 지나지 않아 그의 형이 의문사를 했죠."

　"그는 지금 그레엄의 모처에 몸을 숨기고 자이언트 윗 시장을 주무르고 있는 중입니다."

　가르시너 백작의 눈가에 불쾌감이 감돌기 시작했다. 자신의 영지 내에 숨어 이 모든 일을 획책했을 생각을 하니 심기가 편할 리 없었던 것이다.

　"끄응! 지금 당장이라도 가문의 기사단을 이끌고 가서 클라로드 백작을 처단해야겠습니다!"

　하지만 라시드는 여전히 차분한 얼굴이었다.

　"화를 누그러뜨리십시오. 모든 일에는 명분이 있어야 하는 법입니다. 이대로 클라로드 백작을 친다면 이후 황실이나 다른 귀족들의 추궁을 피하지 못할 것입니다."

　그의 말에 일리가 있었다. 가르시너 백작은 흥분했던 것이 부끄러웠는지 머쓱한 표정을 지으며 신색을 바로잡았다.

　"으음, 다른 방도가 있으십니까?"

　"그의 음모를 역으로 이용한다면 클라로드 백작을 궁지로 몰아갈 수 있을 것입니다. 수곡창은 매년 파종기와 수확기 두 번에 걸쳐 정기적으로 그 저장량 감사(勘査)를 하게 되어 있습니다. 그래야만 저장 기한을 넘긴 수곡을 적절한 시기에 교체할 수 있기 때문이죠. 앞으로 한 달 후면 파종기가 돌아오고, 수곡창의 저장량 감사가 시작됩니다. 아마도 클라로드 백작 역시 그 점을 알고 있을 테니 곧 자신이 빼내었던 분량의 자이언트 윗을 다시금 거두어들이려 할 것입니다. 황실의 모든 감사 업무는 황제 폐하 직속의 감사단이 시행하는 만큼 그 누구의 입김이 닿지 않을 테니 말입니다. 즉, 앞으로 넉넉잡아 두 달 동안 그들이 자이언트 윗을 거두어들이지 못하도록 만든다면 자연스럽게 클라로드 백작의 위법 행위가 감사단에게 발각될 것이고, 이 사건의 전말이 황실에 드러나게 될 것입니다."

호흡을 한 번 거른 라시드는 글로렌을 향해 말했다.

"글로렌 양께서는 그 방법을 찾아주십시오. 남의 뒷일을 캐는 데는 재주가 있을지 몰라도 경제에 관련된 문제에는 그다지 재주가 없어서 말이죠."

붉게 얼굴을 상기시킨 글로렌은 차마 라시드의 시선을 마주칠 용기가 나지 않는 듯 고개를 떨어뜨리며 대답했다.

"예, 최선을 다해보겠어요."

"부탁드리겠습니다."

그녀의 대답에 만족한 라시드는 하고자 했던 이야기를 끝

마친 듯 한결 가볍게 몸을 일으켰다. 모두들 자신의 정체를 알게 된 이상 맹인 연기를 할 필요가 없었기에 그의 몸동작은 자연스러웠다.

"후우, 며칠 동안 바쁘게 움직여서인지 몸이 말이 아니랍니다. 실례되지 않는다면 먼저 일어나도록 하겠습니다."

라시드는 어느새 자신의 모습을 바꾸어 본래의 라드로 돌아갔다. 그리고 처음처럼 눈가리개를 끌어 올린 그는 가르시너 백작을 향해 먼저 자리를 떠나는 데에 대한 양해를 구하듯 목례를 했고, 가르시너 백작은 그보다 더욱 깊이 고개를 숙이며 답례를 해주었다.

가르시너 백작을 비롯한 이들은 여전히 눈앞에 벌어진 상황이 쉽게 믿기지 않는 듯 서재를 빠져나가는 라시드의 뒷모습에서 시선을 떼지 못하는 중이었다.

CHAPTER 7
실마리

The
House Keeper

라드, 아니, 본래의 모습을 했기에 라시드라 부르는 편이 맞았다. 그는 고개를 들어 저택을 올려다보았다. 칼날처럼 날카로운 모양의 달끝은 지붕에 반쯤 가려진 모습이었는데, 3층에서 새어 나오는 불빛으로 인해 본래의 빛을 발하지는 못했다.

"늦은 시간인데도 고심하고 있는 모양이군."

그렇게 중얼거리던 라시드가 저택으로 다가가자 저택 주변을 둘러싸고 있던 화단의 장미 덤불이 흔들리더니 길을 내주기라도 하듯 좌우로 갈라졌다.

스슥…….

　그렇게 저택의 벽 앞에 선 라시드가 허공으로 손을 들어 올려 자신의 앞쪽으로 끌어당기는 시늉을 했다. 그러자 붉은 벽돌로 쌓아 만든 저택의 한쪽 벽이 기이한 모양으로 죽 뻗어나오더니 한 사람이 올라설 수 있을 만한 발판을 만들었다. 발판은 라시드가 올라섬과 동시에 벽면을 타고 불빛이 흘러나오는 창가로 향해 미끄러지듯 움직였다.

　라시드의 검은 머리카락이 잠시 바람에 흩날리는가 싶더니, 금세 그의 시야에 널찍한 창문과 내부의 전경이 들어왔다.

　십여 개의 촛불 다발과 책 가지들이 널려 있는 널찍한 책상 머리에 밝은 금발을 대충 묶은 글로렌이 무엇인가에 열중하고 있었다. 라시드는 바이올렛의 오감을 통해 찻주전자로부터 미미한 열기조차 흘러나오지 않음을 느끼며 중얼거렸다.

　"차가 모두 식어버릴 동안 저러고 있었다는 이야기인데……."

　라시드가 도장이 벗겨진 창문을 열려고 할 때였다. 등 뒤로부터 늘 그의 짜증을 돋우는 목소리가 들려왔다.

　"이거 꽤나 대담해지셨군요. 어릴 적 쑥스러움을 많이 타던 그분과는 전혀 다른 모습입니다. 여자 혼자 있는 방 안으로 서슴없이 뛰어들려 하다니……."

　이마에 핏발을 세우며 움직이던 손을 멈춘 라시드는 신경질적으로 뒤를 돌아보았다.

"너 자꾸 기척 숨기면서 다가올 거야?"

라시드의 등 바로 뒤, 허공에 몸을 띄우고 있는 슈미드의 모습이 자리하고 있었는데, 여전히 창백한 그의 얼굴에서 빙글거리는 미소가 흘러나온다고 생각하는 라시드였다.

"일부러 기척을 숨긴 것은 아닙니다. 그저 마스터께서 저 아가씨께 너무 정신이 팔려 제 기척을 느끼지 못한 것이죠. 엉뚱한 곳에 화풀이하는 것은 좋은 습관이 아니죠."

"너, 이 자식!"

라시드에 대해 너무나 잘 알고 있는 슈미드는 라시드의 분노가 위험 수위에 올라 있음을 느끼며 말을 돌렸다.

"그보다 정체를 밝히신 모양이군요. 본모습을 내비치려 하시는 것을 보니……."

슈미드의 예상내로 자신의 물음에 라시드는 본래의 기색을 되찾고 있었다.

"그렇지. 어차피 적당한 때에 정체를 드러내는 것이 좋다고 생각하고 있었으니까. 가르시너 백작이 겨우 눈치를 챌 만큼만 냄새를 흘렸지."

"하긴, 세상을 통째로 속이신 분이니 보통 사람이 그 심기를 헤아리기는 쉽지 않을 테죠. 게다가……."

"게다가 뭐?"

"반반한 얼굴을 내세워 저 아가씨에게 수작을 부리려는 그 심기도 알 수 없을 테고요."

"수, 수작이라니 무슨 말이야? 날 너와 같은 수준으로 끌어내리지 말라고!"

슈미드는 의심스러운 표정으로 턱을 쓰다듬었다.

"아니면 아닌 것이지, 왜 화를 내고 그러십니까? 오히려 더 의심스럽군요."

"이 자식이!"

라시드가 변명거리를 찾지 못하고 화를 버럭 내자 슈미드는 얄밉기 그지없는 득의의 미소 한줄기를 입가에 걸어보이더니 한마디 던졌다.

"쯔쯧, 목소리가 큰 것 같군요. 여기가 어디인지 잠시 잊으신 듯……."

슈미드의 몸은 서서히 투명해지더니 어둠 속으로 사라졌고, 라시드는 아차 하는 심정에 급히 뒤를 돌아보았다. 아니나 다를까, 창문을 활짝 열어젖힌 글로렌의 모습이 그의 눈을 파고드는 중이었다. 엉겁결에 몸을 숨길까 생각도 해보았지만, 글로렌은 이미 라시드의 얼굴을 정확하게 확인한 듯 놀라움 반, 의아함 반의 표정으로 물어왔다.

"어머! 와, 왕자 전하 아니신가요? 이 야심한 시각에 어떻게……."

어차피 모습을 드러내려 했던 찰나였지만, 먼저 들켜 버림으로 인해 미묘한 분위기가 되어버리자 라시드는 어색한 미소를 지을 수밖에 없었다.

"하, 하! 그냥 라시드라고 불러주세요. 뭐, 이렇게 야심한 시간에 실례인 줄 알지만, 도움이 될 만한 것이 떠올라 찾아왔답니다. 아시다시피 다른 사람들의 눈을 피하다 보니 이렇게 이상한 모양새가 되어버렸군요."

조리없이 늘어놓은 변명을 다행스럽게도 글로렌은 '아!' 하는 감탄사로 받아들이는 듯했고, 라시드는 나직이 한숨을 내쉬며 서재 안으로 발을 들여놓았다.

어두워진 터라 낯선 분위기로 다가오는 서재를 한 번 둘러보고 있을 때, 귓가로 슈미드의 목소리가 흘러들어 오고 있었다.

"아! 그러고 보니 클라로드 백작이 곧 또 다른 움직임을 보일 듯하다는 말을 빼놓고 갈 뻔했군요. 아스트랄과 곧 만날 예정인데, 만에 하나 아스트랄이 이번 일에 개입하기라도 한다면 꽤나 고생을 해야 할 것입니다. 저번처럼 가르시너 백작이 상대할 만한 인물은 아닐 테니까 말이죠."

아스트랄이라는 이름에 라시드는 고개를 휙 돌렸다.

"아스트랄이 갑자기 왜?"

그러한 질문을 던졌지만, 슈미드는 이미 자리를 떠난 듯 기척이 느껴지지 않고 있었다. 다만 돌연한 외침에 놀란 글로렌만이 모호한 표정으로 라시드의 얼굴을 살필 뿐이었다.

"무, 무슨 말씀이시죠?"

그제야 자신의 실수를 깨달은 라시드는 손을 내저었다.

"아, 아닙니다. 그냥 헛소리가 나온 모양입니다. 가끔 그러니 신경 쓰지 않으셔도 됩니다."

바보가 아닌 이상에야 라시드가 말을 둘러댄다는 것을 모를 리 없었지만, 더 이상 물어본다는 것도 예의가 아니라 생각하며 글로렌은 넓은 책상의 한쪽 자리를 내주었다.

'대체 아스트랄은 왜? 내가 가르시너 백작가에 있다는 것을 알고 있는 것은 아닐 텐데……. 클라로드 백작이 또 다른 음모를 품고 끌어들인 것인가?'

이런저런 생각을 하고 있을 때, 글로렌은 라시드의 얼굴을 빤히 바라보고 있었다. 투명하게 빛나는 보랏빛의 눈동자와 라드였을 때와는 전혀 다른 모습이 아직도 신기하게 여겨지고 있는 듯했다. 그녀의 시선을 느낀 라시드는 머쓱해하며 물었다.

"그렇게 바라보시니 얼굴이 붉어지려고 하는군요. 제 얼굴에 뭐가 묻기라도 했습니까?"

서둘러 시선을 거둔 글로렌은 얼굴을 붉히며 고개를 내저었다.

"아, 아뇨. 전에 알고 있던 라드라는 분과 같은 사람이라고 믿기 힘들어서요. 생김새도 달라졌고 눈동자 색도……. 어마! 제 말이 실례가 되었다면 사과드릴게요."

"하핫, 겉모습과 상황이 조금 변하긴 했지만, 실제 저와 별다를 게 없으니 어색해하지 않으셔도 된답니다. 실제 요리하는 것도 좋아하고, 남의 일에 간섭하는 것도 좋아하죠. 또 여기저기서 재미있는 이야기를 주워듣는 것도 아주 즐긴답니다."

글로렌은 눈동자를 반짝였다.

"아! 하지만 왕자의 신분이던 분이 요리하는 것을 좋아하신다니 의외네요."

"훗! 제게 소중한 분께서 제가 손수 만든 요리를 좋아하셨거든요. 물론 신하들과 궁녀들은 두 손 두 발 다 들고 말렸지만, 눈을 피해서 매일 이것저것 요리를 했죠. 그러다 보니 황실 수석 요리사도 혀를 내두를 정도가 되어버렸답니다."

"푸읍!"

나름대로 라시드의 이야기를 상상해 보던 글로렌은 애써 참으려던 웃음을 터뜨리고 말았다.

"죄, 죄송해요. 비웃으려는 것은 아니에요. 그저 잘 상상이 안 되어서요."

"하하! 사과하실 것 없습니다. 황실의 그 누구도 상상할 수 없었던 일이니 글로렌 양께서 상상할 수 있으리라고는 생각지 않았으니까요."

그의 이야기 덕분인지 분위기는 한결 부드러워졌고, 라시드는 그 점에 대해 충분히 만족하고 있었다. 그러다 문득 라시드의 눈에 익숙한 책 한 권이 들어왔다. 진청색의 양장에 먼지 때가 제법 묻어 있었지만, 라시드는 그것을 똑똑히 알아볼 수 있었다.

"카일러그 포핀이 쓴 '미시경제 개론' 이로군요. 공격적인 시장 진입으로 인해 학계에서 비난받던 인물 중 한 명이죠. 후훗, 뭔가 실마리라도 잡은 것이 있습니까?"

"정말 라시드님의 학식은 놀랍기 그지없군요. 서재 구석에서 겨우 찾아낸 책인데 그것을 알고 계시다니……."

라시드는 미소로 일관했고, 글로렌은 계속해서 말을 이었다.

"당연히 책의 내용도 아시겠죠? 아무래도 이번 쟈이언트윗 가격 변동의 수법은 이 책으로부터 나온 것 같아요. 시장에서 소화해 낼 수 없는 양의 물건은 시장 가격의 하락으로 이어지고, 곧 시장의 혼란을 초래하게 된다는 이론을 실제 시장에 적용을 시킨 것이에요. 클라로드 백작이 자신의 힘을 악용해서 말이죠."

라시드 역시 그녀의 말에 동의하듯 고개를 끄덕이며 짧게 물었다.

"그럼 해결책은 찾으셨습니까?"

자신은 없는 모습이었지만, 입술을 살짝 깨물며 용기를 돋운 그녀는 작은 목소리로 대답했다.

"클라로드 백작이 했던 방법을 역이용하면 어떨까 생각 중이에요."

"호오, 흥미로운 이야기군요. 계속해 보세요."

　라시드의 관심이 그녀에게 힘이 되었는지 눈치를 살피던 그녀의 표정이 한층 밝아졌다.

　"즉, 고의적으로 자이언트 윗의 가격을 폭등시켜 클라로드 백작이 원하는 시기에 원하는 양의 자이언트 윗을 거두어들이기 힘들도록 만드는 것이죠. 그레엄의 자이언트 윗 시장을 흔들 만큼 엄청난 양의 자이언트 윗을 풀었다면, 급작스러운 가격 상승으로 인해 틀림없이 큰 타격을 입게 될 것이니까요."

　"과연 그럴듯하군요. 자이언트 윗의 가격이 떨어져 있는 만큼 원하는 때에 손쉽게 풀었던 자이언트 윗을 거두어들일 수 있다는 계산을 가지고 있었을 텐데, 자이언트 윗의 가격이 폭등하게 된다면 클라로드 백작의 얼굴이 꽤나 볼만해지겠군요."

　"바로 그것이에요!"

　라시드는 흘러내린 머리칼을 쓸어 올리며 한마디 물었다.

　"자이언트 윗의 시장 가격을 끌어올릴 방법 또한 가지고 계십니까?"

　"예, 아버님께 말씀드려 이번 일에 가문의 사활을 걸 생각이에요. 유용할 수 있는 가산(家産)을 모두 쏟아 부어 시장에 유통되고 있는 자이언트 윗을 대규모로 사들이려는 계획을 짜고 있는 중이죠. 그것도 상대가 반응할 시간도 없이 짧은 시간에. 그렇게 된다면 시장 수요에 비해 공급이 미치지 못할 테니 자이언트 윗의 가격이 엄청나게 폭등하게 될 거예요.”

신이 나 말을 하던 글로렌은 문득 라시드의 눈치를 살폈다.

“으음, 라시드님은 어떻게 생각하시나요? 제가 미처 고려하지 못한 부분이라도 있을까요?”

손을 모아 턱에 괴고 잠시 생각을 해보던 라시드는 긍정의 웃음을 보였다.

“몇 가지의 위험 요소가 있겠지만, 그만한 모험은 해볼 만하다고 생각합니다. 오히려 득이 될 수도 있겠죠. 얼마의 손해를 보더라도 현재 유통되고 있는 저급의 자이언트 윗을 시장에서 솎아낼 기회가 될 수도 있겠고, 가문의 신용 역시 상당히 높아지게 될 것입니다. 또 한동안 농민들이나 시민들의 생활이 어려워질 수도 있지만, 조금만 앞을 내다본다면 아주 소소한 것들이죠. 하나, 염두에 두셔야 할 것이 있다면, 다른 시장의 개입이 없도록 사전에 막으셔야 합니다. 그레엄 외지의 자이언트 윗 상인들이 이 시장을 노리고 들어올 수도 있을 테니까요. 이 정도만 염두에 둔다면 충분히 승산이 있을 겁니다.”

“라시드님의 말씀을 들으니 안심이 되네요.”

“별말씀을요. 하지만 앞으로는 더욱더 바빠질 것 같으니 오늘은 이만 주무시는 것이 좋을 듯하네요.”

글로렌 역시 그의 말에 동의하는지 고개를 끄덕였다.

“네, 이제 쉬어야죠. 아 참, 그보다 라시드님께서 생각해 두신 것도 있다고 하신 것 같은데……."

라시드는 가볍게 어깨를 들썩였다.

"후훗, 이미 글로렌 양께서 말씀하셨으니 따로 말씀드릴 필요가 없답니다. 믿기지 않으시겠지만, 글로렌 양과 거의 비슷한 생각을 하고 있었으니까요."

"아! 그렇군요."

순진한 얼굴로 탄성을 터뜨리는 그녀를 바라보며 희미한 미소를 띤 라시드는 자리에서 일어났다.

"이제 그럼 저는 숙소로 돌아가 보겠습니다."

그렇게 말한 라시드는 서재의 문으로 걸음을 옮기려다 말고 머뭇거리더니 창문 쪽으로 방향을 바꾸었다.

"아차! 제가 창문으로 들어왔다는 걸 깜빡했군요. 그럼 잘 주무세요."

글로렌은 신비하면서도 냉철하기 그지없어 보이는 그에게 나름대로 인간적인 면이 있다고 생각하며 부드러운 미소를 띠고 있었다. 그러한 그녀의 마음을 아는지 모르는지 손을 휘휘 내저은 라시드는 창밖으로 몸을 날렸다. 3층이나 되는 곳에서 뛰어내리는 사람을 보고 놀라지 않을 수 없었지만 그가 라시드이고, 소문으로만 듣던 바이올렛 능력자라는 사실을 상기시키고 나서야 가슴을 진정시킬 수 있었다.

바닥에 안전하게 내려앉은 라시드는 천천히 걸음을 옮겼다. 걸음은 거북이를 무색하게 할 정도로 느렸지만, 그의 머릿속은 화살보다 빠른 속도로 움직이는 중이었다.

'분명 좋은 방법이고, 그것이라면 이번 일이 잘 마무리될 수 있을 것 같군. 단, 아스트랄이 이번 일에 끼어들지 않는다는 전제조건 하에서 말이지. 하지만 무슨 이유에서든 아스트랄이 클라로드 백작을 돕기 시작한다면… 흐음, 흘러가는 대로 조용히 지켜보는 것으로 끝내긴 힘들 것 같은데…….'

라시드는 답답함에 찰랑이는 머리카락을 손으로 헝클었다. 그리고 깊은 생각에서 벗어나지 못한 듯 느린 걸음을 고수하며 숙소로 향하고 있었다.

이튿날, 짙은 안개가 막 걷힌 오후가 되자 가르시너 백작가는 많은 사람들로 붐비기 시작했다. 부랴부랴 식사를 마친 가르시너 백작가의 사람들은 몰려드는 사람들을 치러내기에 바빠 폭신한 의자에 엉덩이 한번 붙일 시간을 가지지 못했고, 바쁘게 날라지는 찻주전자에 손이 덴 줄도 알아채기 힘들 정도였다.

아침 일찍 가르시너 백작과 협의를 끝낸 글로렌은 그레엄의 군소 지주들과 마르쉬의 도매상인들에게 연락하여 그들의 창고에 쌓인 자이언트 윗을 모두 정상 가격으로 사들이겠노라고 전한 바 있었다. 이에 시장 가격 폭락으로 인해 막 수확한 자이언트 윗 처리에 골몰하고 있던 지주들과 도매상인들은 가르시너 백작가의 생각이 바뀌기 전에 자이언트 윗을 넘겨야 한다는 생각에 모든 일을 제쳐 두고서 몰려들기 시작했고, 그 결과 가르시너 백작가의 하인들은 미처 준비조차 하지 못한 채 동분서주 뛰어다니게 된 것이었다.

평소 너무나 넓어 황량하게 느껴지기까지 하던 가르시너 백작가의 정원은 사람들로 가득 활력이 넘치고 있었다. 그들의 복식 역시 각양각색이었는데, 몸에 잘 맞춰진 예복을 입은 이가 있는가 하면, 막 밭이라도 매고 온 듯 먼지가 뿌옇게 얹은 차림새의 인물도 있었다. 하지만 그들의 관심사는 모두 같았기에 차림새에 얽매이지 않고 자신의 순서를 기다리며 이야기를 나누는 중이었다.

질기게 생긴 가죽 조끼를 걸친 한 남성이 주머니에 손을 넣은 채 말을 꺼냈다.

"이거 아침부터 세수도 못하고 뛰어나왔군요. 어젯밤까지만 해도 손해를 보고 자이언트 윗을 내놓을까 고민하고 있었는데, 아침부터 이런 낭보를 듣게 되니 지체할 수가 없었죠."

갈색의 윤기가 흐르는 예복을 입은 남성이 그의 말을 받았다.

"맞는 말이오. 한데, 갑작스럽게 가르시너 백작님께서 그러한 결정을 내리신 이유가 뭘까 궁금하기도 한 것이 사실인데……. 제가 알기로는 가르시너 백작가 역시 황실에서 차입한 농자금을 환급할 시기가 다가오고 있어 우리와 처지가 별반 다를 것이 없는데, 막대한 손해를 감수하고서 이렇게 자이언트 윗을 사들이는 이유를 참으로 이해할 수가 없단 말이오."

머리를 말끔하게 빗어 넘기고 팔에는 검은 지팡이를 걸고 있던 다른 남성이 대화를 듣다 말고 끼어들었다.

"잘은 모르겠지만 가르시너 백작님께서 무슨 생각이 있으시겠죠. 이렇게 해서라도 시장에 돌고 있는 자이언트 윗의 양이 줄게 된다면 시장 가격은 정상을 되찾을 테니까요."

"시장 가격이 정상을 되찾는다고 칩시다. 그렇다면 가르시너 백작가의 창고에 쌓여 있을 남은 자이언트 윗은 어떻게 한다는 말이오? 자이언트 윗이 수년씩이나 보관할 수 있는 물건도 아니고, 내년을 넘기면 모두 폐기해야 할 텐데……. 단순히 시장 가격을 바로잡기 위해서라면 이건 너무나 무모한 행동인 것 같구려."

처음 말을 꺼낸 남성은 그들 둘을 딱하다는 듯 바라보았다.

"쯔쯧, 그렇다고 해서 우리가 가르시너 백작가를 위해 뭔가를 할 수 있는 처지입니까? 전말이야 어쨌든 발등에 떨어진 불 하나 끄지 못해서 바둥거리고 있는 입장에서는 그저 흐름에 순응하면서 움직일 수밖에요."

다른 인물들 역시 그의 결론에 순응하는지 더 이상의 이야기는 없었다. 물론 다른 무리에서 역시 이와 별반 다름없는 대화들이 오가고 있었지만, 이렇다 할 결론이 날 수가 없는 이야기였다. 그저 그들의 따분한 시간을 때워줄 훌륭한 수단으로 쓰이고 있을 뿐이었다.

가르시너 백작가의 중앙 응접실에 제법 훈훈한 공기가 감돌고 있었다. 상아빛의 벽난로에는 몇 조각의 장작이 타올라 실내의 온도를 유지하는 중이었다.

본래의 모습을 한 라시드는 팔짱을 끼고 창가 벽에 기대어 글로렌과 가르시너 백작의 이야기에 귀를 기울이고 있었다. 주로 오늘 있었던 자이언트 윗의 거래 성과에 대한 내용들이었는데, 별다른 차질 없이 순조롭게 계획이 진행되고 있는 듯했다. 하지만 라시드의 뇌리에는 그와는 다른 고민이 떠돌고 있었다.

'일시적일지라도 분명 시장 가격에 커다란 변동이 있을 것이다. 클라로드 백작이 어떻게 나올 것인가에 대해 대비하는 것이 문제인데… 슈미드의 정보대로 이스트랄이라는 카드를 꺼내 든다면 내가 전면에 나설 수밖에 없다. 흐음, 쉬운 문제가 아니군.'

"라시드님께서는 어떻게 보시죠?"

글로렌의 목소리에 상념을 미뤄둔 라시드는 대화가 멈춘 공간을 바라보며 입을 열었다.

"이제 상대의 움직임에 주목해야겠죠. 조만간 어떠한 움직임을 보이기 시작할 것입니다. 조용히 물러날 성격의 소유자가 아닌 만큼 무력 충돌로 이어질 수도 있습니다."

"만에 하나 무력적 충돌이 있을 것이라 해도 큰 걱정은 하지 않습니다. 본 가문의 기사단 역시 제국의 어떠한 가문의 기사단보다 약하다고 생각지 않으니까요."

자부심이 어린 쟈미르의 이야기를 듣던 라시드는 가르시너 백작의 몸 상태에 대해 이야기를 꺼내려 하다가 그만두기로 했다. 글로렌에게 숨기고 싶어 하는 듯했고, 밝힌다 하더라도 상황이 크게 달라질 것 같지는 않았기 때문이다.

"물론 단순한 기사단이라면 어떻게 해서든 막을 수 있을 것입니다. 하지만 최악의 상황이 생길지도 모르니 걱정이 되는 것입니다. 예를 들어, 어떠한 바이올렛이 클라로드 백작의 뒤를 봐준다든지 하는 일이 벌어질 수도 있으니까요."

가르시너 백작은 본능적으로 굳은살이 단단히 박힌 주먹을 움켜쥐었다.

"바, 바이올렛!"

과거, 황실의 바이올렛들과 수많은 전장(戰場)을 넘었던 기억과 그들이 가진 초인적인 능력, 극단적인 수적 우세가 없다면 소드마스터는 결코 바이올렛의 상대가 될 수 없었다. 가르시너 백작은 조금 떨리는 목소리로 조심스럽게 물었다.

"가능성 중 하나를 말씀하시는 것입니까, 아니면 사실을 말씀하시는 것입니까?"

사람들의 시선은 라시드에게 고정되어 있었고, 잠시 주저하던 라시드는 사실 그대로 대답해 주었다.

"황실 바이올렛 서열 13위의 아스트랄 바이올렛 듀나힘이 얼마 전 제 뒤를 쫓아 그레엄으로 들어왔습니다. 아스트랄과 클라로드 백작은 모두 루벤스턴 공작의 추종 세력. 만약 제가 클라로드 백작의 입장이라도 어떻게 해서든 아스트랄을 이용하려 할 것입니다. 휘하의 불꽃 기사단은 정말 대단한 힘을 가진 집단이니까요.”

라시드는 나이답지 않게 뒷짐을 진 모습으로 기대어 있던 벽에서 등을 뗐다. 그리고 대화와는 동떨어진 벽난로 쪽을 바라보며 어깨를 으쓱였다.

“자세한 것은 저 친구에게 직접 듣는 편이 좋을 것 같군요. 이만 나와, 슈미드.”

라시드의 부름과 동시에 바람이라도 불어닥친 듯 벽난로 속의 붉은 불길이 격렬하게 흔들리더니 형체를 갖추기 시작했다. 그것은 점차 커지며 사람의 형상으로 화했다. 당장이라도 불씨를 흩어 뿌릴 듯 불길은 격렬했지만 더 이상의 열기는 퍼뜨리지 않았다. 그저 전신에 검은 옷을 걸친 차가운 표정의 남성이 그 속에서 얼굴을 드러내고 있었다.

가벼운 손놀림으로 옷에 묻은 재를 털어내던 슈미드는 주변의 사람들에게는 눈길조차 돌리지 않고서 느긋한 걸음으로 글로렌을 향해 다가갔다. 그리고 몸에 밴 듯한 자연스러운 손길로 그녀의 손을 끌어당겨 자신의 입술에 대더니 부드러운 어조로 말을 건넸다.

“처음 뵙겠습니다, 아름다운 레이디. 차가운 제 입술에 남은 한 점의 온기가 가슴을 설레게 만드는군요. 정녕 이런 기분은 태어나서 처음입니다."

그가 하는 양을 보다못한 라시드가 툴툴거리는 어투로 둘 사이에 끼어들었다.

"쳇! 나와 처음 만났을 때부터 써오던 그 대사로군. 이제 좀 바꿀 때가 된 것 같은데……. 아직도 그런 말로 여자들을 현혹시키는 거냐?"

피식하는 웃음과 함께 글로렌의 손을 놔준 슈미드는 그녀에게 목례를 건네더니 몇 걸음 물러서며 본래의 표정을 되찾았다.

"고전(古傳)은 위대한 것이니까요."

슈미드의 말을 듣는 둥 마는 둥 한 라시드는 가르시너 백작과 쟈미르, 그리고 적지 않게 당황한 얼굴로 손을 매만지고 있는 글로렌을 향해 쓴웃음을 지으며 말했다.

"당황스럽게 만들어드린 것 같아 죄송합니다. 하는 짓이 좀 괴상하긴 하지만 수상한 인물은 아닙니다."

하지만 곁눈질로 슈미드의 모습을 찬찬히 살펴본 라시드는 자신의 말을 정정했다.

"조금… 수상하긴 하군요. 어쨌든 이쪽은 어려서부터 같은 스승님 밑에서 수학(修學)하던 슈미드라고 합니다. 황실에서 나온 이후 제 소식통 노릇을 해주는 중이죠."

들리지 않는 소리로 콧방귀를 뀐 슈미드는 딴청을 피우며 중얼거렸다.

"스승님의 부탁이 없었다면 절대 따라 나오지 않았을 것입니다. 지금쯤 황실에서 어여쁜 시녀들과……."

슈미드의 중얼거림은 라시드의 목소리에 묻혔다.

"그만 투덜거리고 이분들께 상황을 설명해 드려."

"뭐, 간단하게 이야기 드리도록 하겠습니다. 약 일주일 전, 아스트랄 백작이 언바이올렛 척살령을 이행하기 위해 휘하의 바이올렛과 불꽃의 기사단을 이끌고 저희 마스터의 뒤를 쫓아 이곳 그레엄까지 오게 되었습니다. 그 도중 저희 마스터는 황실 바이올렛 서열 49위 세럿 바이올렛 듀나힘에게 보기 좋게 당하고서 글로렌 아가씨를 만나 이곳까지 오게 되었죠."

"그 '보기 좋게' 라는 수식어가 왜 내 귀에 거슬리게 들리는 거지?"

"단순히 수식어일 뿐이니 신경 쓰지 마십시오. 이후 아스트랄 백작은 그레엄의 영주인 가르시너 백작가의 원조를 받기 위해 접견을 요청했지만, 몸이 좋지 않다는 이유를 들어 접견을 거절하셨던 적이 있을 것입니다."

가르시너 백작은 시종장으로부터 전해 들은 기억이 생생했기에 고개를 끄덕였다.

"분명 그런 일이 있었네. 누구를 접견할 만한 상태가 아니었지."

"그 이후, 아스트랄 백작은 군수 물자 원조를 얻기 위해 그레엄에서 암약하고 있던 루벤스턴 공작의 추종자인 클라로드 백작을 찾아가게 된 것입니다. 아스트랄 백작이나 클라로드 백작은 서로 그리 친한 사이는 아니지만, 루벤스턴 공작의 뒤를 따르는 인물들이니 이곳에서의 접촉이 어렵지 않았던 것이죠.”

“흐음, 상황을 본다면 그때 접견을 하지 않은 것이 큰 다행이로군. 적을 내 둥지로 끌어들일 뻔했으니…….”

슈미드는 담담한 얼굴로 말을 이었다.

“불법 자이언트 윗의 유통의 꼬리를 잡힌 이후 클라로드 백작은 꽤나 분노했고, 압수된 자이언트 윗을 없애는 동시에 증거 인멸을 위해 자객들을 보냈죠. 하지만 그것마저 수포로 돌아갔으니 앞뒤 가릴 것 없이 강경책으로 나올 생각인 듯합니다. 클라로드 백작은 아스트랄 백작에게 접견 요청을 했고, 며칠 후 불꽃의 기사단이 진을 치고 있는 그레엄 북쪽 외곽에서 만나기로 약속을 정했습니다. 아마도 직접 손을 쓰기 꺼려하는 클라로드 백작은 어떻게 해서든 아스트랄과 그의 기사단을 이용하려 할 것입니다.”

슈미드의 이야기는 이것으로 끝이었고, 라시드의 이야기가 자연스럽게 이어졌다.

“만약 자이언트 윗의 시장 가격이 폭등하게 된다면 궁지에 몰린 클라로드 백작은 더욱 빠르게 움직이기 시작할 것입니다. 그러니 이번 시장 대응과는 별개로 가르시너 백작님께서

는 그에 대한 만반의 준비를 해두시는 것이 좋을 것이라 생각
됩니다."

그의 이야기를 듣고 있던 가르시너 백작은 신중한 모습이
었다.

"지금 당장이라도 본가의 기사단을 비롯해 동원할 수 있는
모든 무력을 집결시키도록 하겠습니다. 하지만 제아무리 본
가의 기사단이라 하더라도 상대가 바이올렛 서열 13위의 아
스트랄 백작을 포함한 황실기사단이라면 역부족이라고 생각
하는데……."

씁쓸한 미소를 지으며 머리를 긁적인 라시드는 슈미드를
가리키며 말했다.

"뭐, 아스트랄의 능력이 대단한 것은 인정하지만, 그는 아
직도 제가 언비이올렛이라 알고 있으니 적지 않은 이점을 가
질 수 있을 것입니다. 또 여기 슈미드 녀석도 있으니 어느 정
도의 승산이 있다고 보는 수밖에요."

그사이에도 글로렌을 향해 추파를 던지고 있던 슈미드는
자신의 이름이 나오자 떨떠름한 표정을 지었다.

"누누이 말하지만 저는 비전투요원입니다. 이번 일에 끼어
들게 하실 생각이시라면 일찌감치 포기하시는 편이 좋을 것
입니다."

"특별 수당을 지급하도록 하지."

라시드의 한마디에 결연한 의지로 불타오르던 슈미드의

눈빛이 흔들리는 듯했다.

"조금 더 쓰십시오."

"좋아, 이틀 동안의 휴가까지 추가!"

"휴가 동안 제가 뭘 하든 상관하지 않는 조건입니다."

"물론!"

"계약이 성립됐습니다!"

핏기없던 슈미드의 얼굴에는 화색이 돌고 있는 듯했다. 그가 라시드에 대해 잘 알고 있는 만큼 라시드 역시 그에 대해 잘 알고 있는 것은 어찌 보면 당연한 일이었다.

들뜬 표정의 슈미드는 누가 시킨 것이 아님에도 주변 정찰을 돈다며 연기와 함께 사라졌고, 슈미드의 정체에 대해 의구심을 감추지 못하던 가르시너 부녀와 쟈미르 역시 무력 충돌에 대비하기 위해 분주히 움직이기 시작했다.

*　　　*　　　*

과연 가르시너 백작가의 시장 대응은 하루가 다르게 그 성과가 나타나기 시작했다. 마르쉬의 자이언트 윗 시장 가격은 떨어지던 속도와는 비교조차 되지 않을 정도로 빠른 상승세를 보였으며, 가르시너 백작가의 명령에 따라 외부 시장으로부터의 자이언트 윗 유입은 일정 기간 차단되었다. 이러한 변화에 힘입어 마르쉬에서 거래되던 저급의 자이언트 윗은 자연스럽게 가르시너 백작가의 창고에 모아져 폐기 처분될 날을 기다리고 있었다.

이번 일로 인해 가르시너 백작가의 금전적 손해 또한 이만저만이 아니었다. 하지만 시장이 안정을 되찾는다면 언제든지 그 손실을 만회할 수 있었고, 무엇보다 그레엄 영지민들의 생활이 정상을 되찾아감으로 가르시너 백작가의 신용은 전에 비할 바가 아니었다.

모든 이에게 긍정적으로 작용하는 파급 효과는 존재하지 않는 법이었다. 이러한 시장 변동에 울상을 지을 수밖에 없는 이가 있었으니, 바로 클라로드 백작이었다.

파악!

몇 장의 종이 묶음이 벽난로 안으로 던져지며 불타오르기 시작했다. 씩씩거리는 숨결에서 매캐한 권련의 냄새가 섞여 나왔고, 흙탕물만큼이나 질척한 욕설이 그 뒤를 따랐다.

"이런 쓰레기 같은 놈들! 이따위 것을 보고라고 올리는 짓거리라니! 대체 자이언트 윗 가격이 이렇게까지 폭등할 동안 네놈은 뭘 하고 있었단 말이냐! 입이 있으면 설명이나 해보란 말이다!"

클라로드 백작의 앞에서 허리 한번 제대로 펴보지 못한 남성은 식은땀을 연신 흘리며 쩔쩔매고 있는 것이 지금까지 있어왔던 클라로드 백작의 분노와는 성격이 달랐던 것이다. 무려 반년에 걸쳐 진행시켜 온 일이 수포로 돌아가는 것은 물론, 곤경에 처하게 되었으니 그의 분노가 극에 달한 것은 설명할 필요조차 없었다.

"가, 가르시너 백작가에서 지금 마르쉬에 유통되고 있는 자이언트 윗을 닥치는 대로 사들이기 시작했습니다. 게다가 그 가격 역시 현 시세의 두 배로 쳐준다고 하니 시장의 자이언트 윗은 눈 깜짝할 사이에 모두 가르시너 백작가로 흘러들어 가 버린 것입니다. 지금 시장에 나와 있는 매물이 거의 없으니 부르는 것이 값일 정도입니다."

"크윽! 가르시너 백작이 벌써 눈치를 채고 모험을 걸어버린 게야! 진작에 손을 썼어야 하는데, 우리가 한 발자국 늦어버렸군. 미친……."

클라로드 백작은 입에 물고 있던 권련의 끝을 잘근잘근 씹으며 말을 이었다.

"수곡창에 자이언트 윗을 넣어야 할 기간이 얼마나 남았지?"

"대, 대략 한 달 반 정도입니다."

"이런……. 운반 기간 따위를 제하고 나면 한 달밖에 남지 않았단 말인데, 타지방의 자이언트 윗을 그레엄 시장으로 끌어들일 수 있는 방법은?"

"저 그것이… 가르시너 백작가에서 외부로부터의 자이언트 윗 유입을 완전히 차단하고 있는 중입니다."

클라로드 백작은 손가락으로 이마를 두들겼다.

"완전히 작정을 하고 뛰어든 것이로군. 이대로 있다가는 루벤스턴 공작 각하를 뵐 면목이 없는 것뿐만 아니라, 내 목조차 온전하지 못할 수도 있다. 뭔가 다른 수를 쓸 수밖에 없는데……."

반쯤 벗겨진 머리를 매만지며 생각에 빠져 있던 클라로드 백작은 권련이 반쯤이나 타 들어간 후에야 눈을 얇게 뜨며 입을 열었다.

"흐음, 일을 서둘러야겠다. 아스트랄 단장과의 접견 일을 최대한 앞당겨라! 아니, 지금 당장 그에게 접견 요청을 넣어서 내일 직접 찾아간다고 전해라!"

"예! 지금 바로 접견 요청을 하도록 하겠습니다."

몇 번이나 굽신거리던 남성은 이 숨 막히는 공간을 조금이라도 빨리 빠져나가기 위해 서둘러 움직였고, 그 모습을 불만스런 눈빛으로 바라보던 클라로드 백작은 쓰게 느껴지는 권련 연기를 답답한 한숨과 함께 내뿜었다.

*　　　*　　　*

그레엄의 북부를 관통하며 흐르는 '알카프 강'은 그레엄의 영지민들과 자이언트 윗의 젖줄기였다. 수심이 깊거나 강폭이 넓지는 않았지만, 그레엄에 사람이 처음 자리를 잡고 살기 시작한 이후 단 한 번도 바닥을 드러낸 적이 없었기에 이에 대한 감사의 의미로 일 년에 한 차례씩 열리는 '알카프 바 서스 축제' 는 제국에서도 제법 유명한 축제 중 하나라 할 수 있었다.

뿌연 물안개를 피워 올리는 알카프 강변으로 십여 채에 달하는 군진(軍陣)이 낯설게 자리 잡고 있었다. 타닥이며 타 들어가는 모닥불 주변으로 병사들이 모여 이야기를 나누거나 야전용 식기를 들고 식사를 하는 병사들이 대부분이었는데, 휴식을 취하는 시간임에도 흐트러짐없는 모습은 그들의 기강이 잘 잡혀 있음을 단적으로 보여주고 있었다.

타가닥! 타가닥!

물안개에 가려 모습이 확연치는 않았지만, 강을 따라 이어진 길로부터 말발굽 소리가 들려오고 있었다. 병사들은 자신들의 군진으로 접근하는 이들의 정체를 파악하기 위해 시력을 돋우며 한 무리의 회색 그림자들을 주시했다.

"뮤란트령의 영주이신 패티어 듀렐 클라로드 백작님께서 귀 기사단의 아스트랄 바이올렛 듀나힘 단장님과의 접견을 위해 이곳까지 오셨소! 단장님께 안내해 주시길 바라오!"

상대방의 요청이 들리자 불꽃 기사단의 총무관인 네스트가 막사 중 한곳에서 뛰어나와 그들을 맞이했다.

"황실 제9기사단 총무관인 네스트 벤커드가 뮤란트의 영주이신 패티어 듀렐 클라로드 백작님께 인사드립니다. 단장님께서 기다리고 계십니다. 안으로 드시지요."

두툼한 턱을 내밀고 오만한 눈빛으로 네스트를 내려다보던 클라로드 백작은 수행인들의 도움을 받고서야 육중한 몸을 말에서 내릴 수 있었는데, 그것만으로 숨이 차는지 얼굴이 벌겋게 상기되어 있었다.

"안내하게."

"저를 따르시지요."

스스로의 힘으로 말에서 오르내리지도 못하는 클라로드 백작의 행동거지를 보며 경멸스러운 눈빛을 띤 네스트였지만, 적절한 때에 몸을 돌렸기에 클라로드 백작은 그러한 기색을 전혀 눈치 채지 못하고 있었다.

나무 기둥과 소가죽으로 만든 막사 안은 클라로드 백작의 생각보다 넓었다. 열 명 남짓한 사람이 들어와 앉더라도 충분한 공간이었지만 이 막사를 쓰고 있는 이는 오직 한 사람, 아스트랄뿐이었다.

백색 털을 가진 짐승의 가죽을 깔아놓은 의자에 앉아 금잔을 입에 가져다 대던 아스트랄은 그 자세로 클라로드 백작을 맞았다.

"환영하오, 클라로드 백작. 이런 누추한 군진까지 직접 왕림해 주다니 영광이로군."

손수건으로 땀을 닦으며 내부를 살피던 그는 가볍게 한숨을 흘렸다.

"호오, 생각보다 나쁘지는 않은 것 같소. 군진이라고 해서 길바닥에 나앉아 생활하는 줄 알았더니 이렇게 번듯하게 차려놓고 있으니 말이오.”

그들이 냉랭한 인사말을 주고받는 사이 시종 중 한 명이 아스트랄의 맞은편에 클라로드 백작의 푹신한 의자를 마련해 주었다. 시종은 과연 뒤룩뒤룩 살찐 클라로드 백작의 엉덩이가 평범한 의자에 들어갈 수 있을지에 대해 의구심을 가졌지만, 보란 듯이 의자에 엉덩이를 끼워 넣는 그의 모습에 가슴을 쓸어내렸다.

클라로드 백작은 버릇처럼 준비해 온 권련을 입에 물었다. 그리고 부싯깃 통을 꺼내 불을 붙이려 했는데, 습기가 스며들었는지 부싯깃 통은 불꽃을 만들어낼 생각을 하지 않고 있었다.

“이 고물이 말을 듣지 않는군.”

“도와드리도록 하겠소.”

아스트랄이 가볍게 손가락을 튕기는 순간, 클라로드 백작이 물고 있던 권련은 뜨거운 열기와 함께 타 들어갔고, 순식간에 그 길이가 반으로 줄었다.

“히익!”

갑작스러운 불꽃에 놀란 클라로드 백작은 권련을 떨어뜨릴 뻔했다. 하지만 용건을 가지고 온 입장에서 화를 낼 수도 없었기에 그저 별일없었다는 듯 마음을 진정시키며 권련을 빨아들일 뿐이었다.

“고, 고맙소.”

잔을 내려놓은 아스트랄은 볼의 까칠한 수염을 매만지며 물었다.

"본론으로 들어갑시다. 백작께서 접견을 요청한 이유부터 듣고 싶소. 바쁘신 분께서 급히 접견을 요청하신 것을 보아하니 보통의 일은 아닌 듯싶은데……."

폐부에 가득 차 있는 권련의 연기를 내뱉은 클라로드 백작은 방금 전의 일은 모두 잊었다는 듯이 특유의 능글스러운 미소를 지으며 말을 꺼냈다.

"다름이 아니라, 귀하게 솔깃한 소식이 있어 전해 드리고자 찾아온 것이오. 요 며칠 전, 수하들을 통해 귀하가 쫓고 있는 라시드의 행적을 발견했다오."

무관심으로 일관하던 아스트랄의 보랏빛 눈동자가 일렁였다. 표정은 숨기고 있었으나 그 흥분은 감추지 못하고 있었는데, 클라로드 백작이 예상하던 반응과 일치하는 것이었다.

"지금 뭐라고 했소? 라시드의 행적을 발견했다는 것이오?"

결코 서두르지 않은 클라로드 백작은 유유자적한 태도로 말을 이어갔다.

"뭐, 아시다시피 제가 맡은 일이 일인지라, 이곳에 온 이후 계속해서 수하들을 풀어 가르시너 백작가를 감시하도록 했소. 그러다가 우연찮게도 며칠 전 제 수하들의 이목에 그곳에서 몸을 숨기고 생활하고 있는 라시드를 발견했지 뭡니까? 잘못 본 것이 아닌가 의심했지만, 시간이 지날수록 확신이 들어

뒤도 돌아보지 않고 이렇게 찾아온 것이오.”

그동안 라시드의 행적을 잡지 못하고 있었던 것에 대한 초조함이 적지 않았는지 금세 아스트랄의 입술 사이로 분노에 찬 목소리가 새어 나왔다.

“가르시너 백작가?! 그레엄 전체를 뒤지고 다녀도 보이지 않는다 했더니 결국 가르시너 백작가였던 것인가! 황실로부터 라시드의 척살령이 내려진 것에 대해 알고 있을 텐데 감히 라시드를 숨겨줘?! 이런 발칙한 놈들!”

순조롭게 자신의 뜻대로 돌아간다고 생각한 클라로드 백작은 내심 쾌재를 부르며 그의 결정에 기름을 부었다.

“한 가지 걱정이 있다면, 가르시너 백작은 그를 쉽게 내놓지 않을 것이라는 점입니다. 과거에 어떠한 친분이 있었는지 모르지만 적극적으로 그를 감싸고도는 듯하다고 합니다. 얼마 전 아스트랄 단장의 접견 요청에 응하지 않았던 것도 바로 라시드가 위험해질까 걱정해서가 아닌가 하는 생각도 들고 말입니다.”

“가르시너 백작이 접견 요청을 거절한 것이 라시드를 숨기기 위한 방편이었다는 것이군.”

클라로드 백작은 은근한 목소리로 속내를 꺼내었다.

“바로 그것이오. 그러니 지금 당장이라도 가르시너 백작가로 병력을 몰아 그들을 추궁하는 것이 좋다고 생각하는데……”

“물론이오! 제아무리 개국 공신의 가문이라고 해도 추궁할 것은 추궁해야겠지!”

더 이상 클라로드 백작이 할 일은 없었다. 불길에 던져진 기름으로 인해 불길이 치솟듯, 제 화를 이기지 못한 아스트랄이 바깥을 향해 외치고 있었다.

“네스트! 그레엄 주변에 흩어져 수색하고 있는 병력을 제외한 나머지를 최대한 빠르게 끌어 모아라! 모든 준비를 마치는 대로 가르시너 백작가로 향한다!”

아스트랄은 다시금 클라로드 백작을 향해 시선을 맞추며 말했다.

“어쨌건 좋은 정보에 감사드리오! 백작의 말대로 최대한 빨리 그들을 추궁해야겠소!”

“감사는 무슨! 함께 루벤스턴 공작님을 모시는 입장에서 서로 돕는 것은 당연한 것이라고 생각하니 신경 쓰지 마시오. 그럼 남은 일은 단장께서 잘 처리하실 줄로 믿고 저는 이만 돌아가 보도록 하겠소.”

“배웅은 하지 않겠으니 살펴가시오. 그럼.”

“부디 뜻하는 바를 이루시길 바랍니다. 흐훗!”

막사에서 나온 클라로드 백작은 수행인들의 도움을 받고서야 겨우 말에 오를 수 있었다.

고삐를 쥔 채 말을 몰아가던 클라로드 백작은 군진으로부터 떨어지게 되자 입이 근질거림을 느꼈다. 자신의 계략이 얼마나 멋지게 먹혀들었는지 자랑 삼아 떠들어대지 않고서는 견딜 수가 없었던 것이다.

때마침 표정만으로도 그가 지금 상당히 기분이 좋아져 있다는 것을 직감한 수행인 중 한 명이 간사하게 웃으며 그를 떠보았다.

"백작님, 뭔가 좋은 일이 있으셨던 것 같습니다. 이번 일이 계획하신 대로 돌아가고 있는 모양입니다만……."

그러자 클라로드 백작은 그의 물음을 기다렸다는 듯 반기며 대꾸했다.

"크크! 물론이지! 얼마나 기막힌 계획이었는지 너희들도 한번 들어볼 테냐?"

"경청하도록 하겠습니다."

주변을 한 번 둘러본 클라로드 백작은 손가락으로 입을 가리며 입조심을 당부했고, 번들거리는 얼굴로 이야기를 꺼냈다.

"사실 아스트랄과 그의 기사단을 이용해 먹기 위해 그에게 거짓말을 한 가지 했지. 바로 그가 쫓고 있는 라시드가 가르시너 백작가에 은둔해 있다고 말이야. 크크큭!"

흡족하게 웃고 있는 클라로드 백작과는 대조적으로 수행인들은 이해가 잘 되지 않는지 머리를 긁적이며 되물었다.

"제 생각이 짧아서 잘 이해가 되지 않는데, 그런 거짓말은 쉽게 탄로가 나지 않겠습니까?"

클라로드 백작은 답답하다는 듯 혀를 찼지만, 속내는 이미 수행인들의 반응을 짐작하고 있었기에 미리 준비해 놓은 대답을 늘어놓기 시작했다.

"쯔쯧! 이렇게 멍청해서야! 내가 한 말이 사실이든 거짓말이든 그것은 아무런 상관이 없는 것이야! 가르시너 백작이 어떤 태도를 취하든 간에 지금으로서 아스트랄은 그를 의심할 수밖에 없는 상황이고, 아스트랄의 불같은 성격상 좋게 좋게 대화로 넘어갈 수는 없을 테니 양자 간에 무력 다툼은 피할 수 없다는 말이지! 즉, 우리는 서로 오해인 줄도 모르고 싸우는 것을 먼발치에서 구경하면서 원하는 것을 얻으면 된다는 말이다! 아스트랄에 의해 가르시너 백작가는 쑥대밭이 될 것이고, 창고에 쌓여 있는 자이언트 윗을 빼돌려 수곡창에 차곡차곡 쌓아놓으면 모든 일이 끝나는 것이지. 이제 좀 이해가 가나?"

"아! 정말 대단하십니다, 백작님!"

수행인들이 진심으로 자신의 계획을 이해했는지 알 수는 없었지만, 그들의 감탄사는 클라로드 백작의 기분을 우쭐하게 만들기에 충분했다. 자신의 무거운 체구는 생각지도 않는지 오늘 따라 말의 발걸음이 가볍다고 느끼는 그였다.

CHAPTER 8
아스트랄 바이올렛 듀나힘

The
House Keeper

그레엄에서 평화로운 오후의 일상을 보내던 사람들은 중앙 도로를 점거하며 나타난 무장 세력의 등장에 하던 일을 멈추었다. 이백여 명에 달하는 그들의 앞으로는 붉은 테두리에 보라색 제비꽃 문장이 그려진 군기(軍旗)가 펄럭이고 있었는데, 카젠틴 제국의 국민이라면 고개를 숙일 수밖에 없는 황실의 문장이었다.

허리를 숙인 모습으로 좌우로 길을 터준 그레엄의 시민들은 그들에 대해 조심스럽게 소곤거리기 시작했다.

"대체 무슨 일이지? 황실 휘하의 기사단인 듯한데, 대체 무슨 일로 그레엄에 나타났을까?"

"글쎄, 요즘 자이언트 윗 시장을 둘러싸고 말이 많잖나. 그 것과 관련되어 있지 않을까?"

"그럴지도 모르지. 아무래도 방향을 보니 가르시너 백작가 쪽으로 가는 듯한데……."

여러 곳으로부터 이러한 술렁임이 일고 있었지만, 말을 타고 앞장을 서고 있는 기사들에서부터 그들을 뒤따르는 중갑 보병까지 시선 하나 돌리지 않은 채 그들의 목적지로 향하고 있었다.

황실 제9기사단은 가르시너 백작가의 창살문 앞에 닿아서야 진군을 멈추었다. 누구나 왕래가 가능하도록 항상 열려 있던 창살문은 오늘따라 닫혀 있었는데, 그것을 본 아스트랄은 총무관인 네스트를 찾았다.

"네스트! 가르시너 백작가에 전령을 보내지 않았나?"

"예, 제가 직접 전달했습니다."

"한데, 문이 이렇게 닫혀 있는 것을 보니 과연 켕기는 것이 있는 모양이로군!"

창살문 너머로 웅장하게 자리 잡고 있는 가르시너 백작가의 본가 건물을 바라보던 아스트랄은 손을 치켜들며 외쳤다.

"이렇게 나온다면 직접 들어가서 물어보는 수밖에! 후진은 문을 뚫어라!"

명이 떨어지기가 무섭게 아스트랄의 뒤에서 대기하고 있던 기사들은 서둘러 그의 뜻을 후진의 중갑보병들에게 알렸다.

“문을 강제 개방한다!”

“문을 강제 개방한다!”

몇 번의 복창 소리와 함께 대기하고 있던 중갑보병들이 앞으로 나섰다. 그들은 제법 묵직해 보이는 나무 뭉치를 들고 있었는데, 앞부분을 금속으로 입힌 것으로 보아 이와 같은 문을 부수기에 더없이 적합해 보였다.

호흡을 맞춘 십여 명의 중갑보병들은 나무 뭉치를 들고 창살문을 향해 달려들었다.

콰앙! 콰앙!

나무 뭉치가 박혀들 때마다 창살문은 눈에 띄게 휘었고, 차 한 잔 마실 시간이 지나기도 전에 이미 창살문이라 불리기도 힘들 정도의 몰골이 되어버렸다. 이로서 장애물이 사라지자 아스트랄은 휘하의 병력을 이끌고 가르시너 백작가의 영역으로 들어섰다.

같은 시간, 갑주를 걸친 가르시너 백작과 쟈미르, 그리고 본래의 모습을 한 라시드는 응접실의 창을 통해 아스트랄의 기사단이 가르시너 백작가의 영역으로 들어서는 모습을 지켜보고 있었다.

팔짱을 낀 채 침묵을 지키던 라시드는 슈미드를 통해 새롭게 전해 들은 소식을 떠올리며 입을 열었다.

“흐음, 클라로드 백작이 그러한 수작으로 아스트랄을 끌어들일 것이라고는 생각지 못했군요. 설마 내가 여기 있다는 거짓 정보를 흘릴 줄이야……. 뭐, 결론적으로는 맞으니 정확한 정보라고 해야 하는 건가?"

고개를 돌린 라시드는 가르시너 백작을 향해 말했다.

"우선은 대기하고 있는 병력을 이끌고 저들과 대치 상태로 만들어주십시오. 전면전을 벌이지 않으면 좋겠지만, 아스트랄은 성격이 단순하고 불같아 이렇게 작정을 하고 온 이상 무력 충돌은 피하기 힘들 것으로 보입니다. 애써 위험을 무릅쓰면서까지 전투에 임할 필요는 없습니다. 제가 원하는 것은 그저 적당한 혼전(混戰)이니만큼 백작님과 수하들의 안전을 최우선해 주십시오."

"예, 알겠습니다. 흐음, 생각지도 못하게 황실기사단과 전면전을 벌이게 되었군요. 다른 것은 크게 걱정이 되지 않지만, 저들은 황실의 명을 수행한다는 명분을 가지고 있는 만큼 이후의 일이 걱정되기는 합니다."

창백하게 보일 만큼 새하얀 얼굴을 가진 라시드는 믿음이 가는 미소를 띠었다.

"그것은 제가 안배해 둔 바가 있으니 백작님께서는 이후의 일에 대해 신경 쓰시지 않으셔도 좋을 것입니다."

"그렇게 해주신다면 마음 편히 싸울 수 있습니다."

"다시 한 번 말씀드리지만, 백작님의 몸 상태가 온전치 않으신 만큼 무리는 하지 말아주십시오."

가르시너 백작과 쟈미르의 눈동자가 크게 떨리고 있었다.

"알고 계셨군요."

라시드는 대답 대신 고개를 끄덕였다. 라시드는 더 이상의
감상은 필요없다고 생각하며 말을 이었다.

"그럼 부탁드리겠습니다. 무운(武運)을 빌겠습니다."

라시드의 말이 떨어지자 가르시너 백작과 쟈미르는 얼굴
을 담담하게 굳히며 응접실을 나섰고, 아스트랄이 이끌고 들
어오는 기사단을 잠시 응시하던 라시드 역시 쪽문을 통해 어
디론가 사라졌다.

아스트랄의 기사단이 이제 막 새싹을 틔우기 시작하는 정
원을 짓밟으며 가르시너 백작가의 영역으로 들어서고 있을
때, 가르시너 백작가 측 역시 본가 건물 뒤로부터 400명에 달
하는 병력이 일사불란한 움직임으로 모습을 드러내었다.

병력의 수는 아스트랄의 기사단에 비해 두 배나 많았으나,
백작가에 귀속된 사병(私兵)인 만큼 소드마스터에 드는 기사
의 수는 조금 모자라 양측이 거의 비슷한 병력이라 해도 틀림
이 없는 상황이었다. 그들의 앞으로 나서고 있는 가르시너 백
작을 발견한 아스트랄이 기사단을 멈추며 먼저 입을 열었다.

"처음 뵙겠소, 가르시너 백작. 본인은 황실 제9기사단장 직
을 맡고 있는 아스트랄 바이올렛 듀나힘이라고 하오."

그의 말에 가르시너 백작은 고개를 살짝 숙여 보이며 대답
했다.

“그라비드 대제의 고귀한 혈통을 이어받은 귀하의 방문을 환영하는 바입니다.”

예의 바른 말투로 인사를 건네는 가르시너 백작의 아스트랄은 냉랭하게 코웃음을 쳤다.

“흥! 분명 전령을 보냈음에도 불구하고 대문을 꼭꼭 걸어 잠근 데다가 이렇게 병력까지 이끌고 맞이하는 것이 환영하는 태도란 말이오?”

명백한 아스트랄의 도발이었지만, 가르시너 백작은 유연한 표정이었다.

“오해를 하셨군요. 이 병력은 귀하와 대적하기 위해 준비시킨 병력이 아닙니다. 아실지 모르겠지만, 근래 본가에 좋지 않은 일이 발생해 어쩔 수 없이 대문을 닫고 그에 대비한 것이죠. 하지만 상황에 따라 대문을 부수고 들어온 불청객을 환영할 병력으로 바뀌지 않으리란 법은 없는 것입니다.”

말투는 정중했으나, 아스트랄을 향한 은근한 위협이 담긴 말이었다.

몇 마디 대화가 오가는 짧은 순간이었지만, 양측 사이에 긴장감이 팽팽하게 당겨졌다. 아스트랄의 어깨 위로 열기의 아지랑이가 피어오르는 것이 보인다고 생각될 때, 감정을 최대한 억제한 그의 목소리가 이어졌다.

“쓸데없는 말장난은 그만합시다. 내가 이곳에 온 이유는 단 한 가지요. 귀하가 보호하고 있는 라시드를 내놓으시오.”

가르시너 백작은 무슨 말인지 알아듣지 못한다는 듯 고개를 갸웃거렸다.

"라시드라니? 누구를 말하는 것인지 모르겠소. 분명 그런 이름을 가진 하인은 본가에 없는 것으로 알고 있는데……."

능청스러운 그의 태도가 아스트랄의 눈에 거슬리고 있었다.

"장난하자는 것이오! 라시드 바이올렛 듀나힘! 한때, 나와 같은 성을 가졌던 언바이올렛 녀석을 말하는 것이오!"

"아하! 혹시 제2왕자 전하를 말씀하는 것입니까? 한데, 그분을 왜 이곳에서 찾고 있으신지 쉽게 이해가 가지 않는군요. 아직도 척살되지 않으셨던 것입니까?"

확신히 가르시너 백작의 말은 한마디, 한마디가 아스트랄의 신경을 건드리는 것이었다. 사방으로 흩날리듯 펼쳐진 붉은 머리가 타오르듯 흔들리는가 싶더니 신경질적인 목소리로 외쳤다.

"흥! 당신이 발뺌할 것이라는 것은 이미 알고 있었소! 내놓지 않는다면 직접 찾아가는 수밖에! 만에 하나 이곳에서 라시드의 흔적이라도 나오는 날에는 가르시너 백작가에 반역죄를 물을 것이니 각오하시오! 황실 제9기사단은 지금부터 가르시너 백작가를 수색한다!"

"예! 수색 실시!"

"수색 실시!"

아스트랄의 명령을 들은 휘하의 기사들은 말에서 내려 중갑보병들과 함께 본가를 향해 움직이기 시작했다. 묵직한 발걸음으로 자신의 정원을 망치며 다가오는 기사와 중갑보병들을 바라보던 가르시너 백작이 어금니를 질끈 깨물며 외쳤다.

"본가의 병사들은 저들의 진로를 차단한다! 단 한 명도 본가 건물로 들여보내지 말아야 한다!"

가르시너 백작의 말이 떨어지자 휘하의 병력은 약속이라도 한 듯 허리춤의 검을 빼어 들며 한 걸음 앞으로 나섰다.

챠앙!

귀를 찢는 듯한 날카로운 금속음, 그리고 햇빛을 반사하며 고개를 쳐들고 있는 검을 바라본 아스트랄은 크게 노했다.

"황실의 기사단 앞에서 무기를 꺼내 들다니, 정녕 황실에 반역을 할 셈이란 말인가!"

마지막으로 가르시너 백작이 자신의 검을 빼 들며 대답했다.

"지금의 본가가 처해 있는 상황이 상황인 만큼 이렇게밖에 할 수 없음을 이해해 주시길 바랍니다. 최대한 무력 충돌은 피하고 싶습니다. 훗날 황실에 직접 해명을 하도록 하겠으니 오늘은 그만 물러나 주시는 것이 어떻겠습니까?"

"가, 감히 황실을 우습게보는 것인가! 내 바이올렛의 혈통을 이은자로서 이 일을 그냥 넘기지 않겠다! 전 병력은 자신의 무기를 빼 들어라! 지금 즉시 반역자들을 처단하고 가르시너 백작을 생포하라!"

결국 화를 참지 못한 아스트랄이 공격 명령을 내리자 눈빛을 바꾼 기사들과 중갑보병은 각자의 무기를 빼어 들며 방어 대형을 이루고 있는 상대를 향해 뛰어들기 시작했다.

"공격하라!"

"공격하라!"

자신의 검을 고쳐 잡은 가르시너 백작은 진격해 들어오는 병력을 살폈다. 가장 위협이 되는 아스트랄은 아직 말에 탄 채 후방에 있었기에 그나마 다행이라 생각했다. 하지만 불의 바이올렛인 만큼 원거리 공격이 가능했기에 경계심을 버릴 수는 없는 상황이었다.

천천히 기를 끌어올린 가르시너 백작은 나직한 목소리로 전투를 지시했다.

"라시드님께서 아스트랄을 끌어낼 때까지 시간을 끌어야 하네. 우리에게 유리하다고 해서 적들을 몰아치게 된다면 아스트랄이 참전하게 될 테니 최대한 균형을 유지하도록."

"예, 알겠습니다."

쟈미르의 대답을 들은 가르시너 백작은 검을 치켜들며 외쳤다.

"본가의 병력은 방어 대형을 유지하며 적들의 침입을 막는다!"

가르시너 백작가의 400여 병력은 가르시너 백작을 중심으로 말편자 모양의 방어 대형을 유지했다. 병사들은 한 걸음, 한 걸음 좁히며 달려오는 적들을 보며 심장이 격렬하게 뛰기 시작함을 느꼈지만, 각자 자신이 검을 날릴 상대를 주시하며 마음을 진정시켰다.

"와아아아!"

요란한 기합성과 함께 양측의 병장기가 부딪치기 시작했다.

챠아앙! 채앵! 차앙!

첫 번째 충돌은 아스트랄의 기사단이 이득을 챙긴 듯했다. 공격 진형이었기에 무기에 실린 힘이 한층 강했고, 가르시너 백작가 병사들의 검이 중갑보병들의 갑옷에 가로막혔기 때문이다. 그렇다고 해서 아스트랄의 기사단에게 유리한 상황이라고 보기도 힘들었다. 혼전에 돌입하자 양상은 금세 바뀌었는데, 경갑을 입은 가르시너 백작가의 병사들이 날렵한 움직임으로 중갑보병의 공격을 여유롭게 상대하기 시작한 것이었다.

기사들 간의 싸움은 병사들과 또 다른 양상을 띠고 있었다. 명예를 중시하는 기사들의 습성으로 인해 병사들과 검을 마주하는 것을 꺼려 하다 보니 근래에 생겨나는 대부분의 전장에는 기사들만의 전장이 자연스럽게 만들어졌고, 오늘 또한 예외가 아니었다.

가르시너 백작과 쟈미르는 이미 중급 이상의 소드마스터였지만, 그 아래 여섯 명의 기사들은 이제 막 초급의 소드마스터에 든 이들이었다. 반면, 아스트랄 휘하의 기사 열두 명 중 반 이상이 중급의 소드마스터였기에 곳곳에서 불리한 싸움이 진행되고 있었다. 가르시너 백작과 쟈미르 역시 둘 이상의 기사를 상대하고 있었기에 그리 상황이 좋다고 볼 수도 없는 일이었다.

채앵! 츠츠츠촷!

병장기 부딪치는 소리와 검기의 마찰음이 백작가의 정원을 가득 메웠다. 시간이 갈수록 양측 모두 사상자들이 발생했고, 가끔 찾아오는 바람에 비릿한 피 내음이 진하게 배이기 시작했다.

밀고 밀리는 공방전이 계속되자, 후방에서 전투를 바라보고 있던 아스트랄은 지지부진한 전투를 못마땅한 눈빛으로 지켜보고 있었다. 그의 성질 같아서는 '프레임 스트라이커(Flame Striker)'라도 날려 모두 태워 죽이고 싶었지만, 자신의 수하들과 적이 한데 엉겨 붙어 있는 상황인 만큼 그러지도 못하는 중이었다.

입 밖으로 신분에 맞지 않는 욕지거리를 내뱉던 아스트랄은 문득 피부를 타고 오는 익숙한 느낌에 고개를 획 돌렸다. 저택의 뒤편으로부터 뿜어져 나오는 그 존재감에 아스트랄은 의아한 표정을 지었다.

“뭔가? 나 말고 또 다른 바이올렛이 이곳에 와 있다는 말은 들은 적이 없는데……. 대략 3큐빅 정도의 바이올렛. 강하지는 않지만 분명 불의 바이올렛 냄새야.”

감각을 더욱 끌어올릴수록 불의 바이올렛 냄새가 진해졌다.

“혹시 라시드 놈을 돕는 조력자가 바이올렛 중 하나였단 말인가.”

아스트랄은 자신의 추측에 커다란 신빙성이 있다고 믿는 듯 지체없이 말의 고삐를 당겨 불의 바이올렛 냄새가 풍겨져 나오는 곳으로 달렸다.

푸른 검기를 뿜어내며 몸을 향해 찔러오는 검을 가볍게 흘리던 가르시너 백작은 전장을 이탈하는 아스트랄의 모습을 발견했다.

‘과연 라시드님의 생각대로 움직이는군. 이제 아스트랄도 없으니 빨리 이곳을 정리하고 라시드님을 도와야겠다. 부디 그때까지 라시드님께 아무 일도 없어야 할 텐데…….’

그렇게 마음먹은 가르시너 백작은 휘파람을 불어 쟈미르에게 신호를 보냈다. 과거 십여 년간 함께 전장을 활보했던 쟈미르는 가르시너 백작의 신호를 잘 알아들었는지 더욱 검기를 끌어올리며 손속에 사정을 두지 않았다. 가르시너 백작 역시 조금 가빠진 호흡을 가다듬으며 검기를 끌어올렸다. 진청색에 이어 점차 투명해지는 검기.

"내 몸이 온전치는 못하지만 네놈들쯤은 상대할 수 있다!"

가르시너 백작은 스스로 최면을 걸 듯 외치며 검을 휘둘렀다. 강경한 공격에 기겁하며 방어를 하려던 기사는 자신의 애검과 함께 두 동강이 났고, 빠른 속도로 생기를 잃어가는 그들의 눈동자에는 놀라움과 두려움, 그리고 절망감이 한데 엉겨 있었다.

말을 몰아가던 아스트랄은 바이올렛의 냄새가 사라짐을 느꼈다. 자신의 접근을 눈치 채고 자취를 숨긴 것인지, 아니면 시간이 지나 공기 중에 흩어진 것인지 알 수는 없었다. 하지만 그는 미미한 온도의 변화까지 찾아낼 수 있는 불의 바이올렛이었다. 서서히 바이올렛의 감각을 끌어올리자 그로부터 얼마 떨어지지 않은 곳에서 한 사람의 체온이 느껴졌다.

"흐음, 움직이지 않는 것을 보니 마치 나를 기다리는 듯한데⋯⋯. 흥!"

자신만만하게 콧방귀를 뀐 아스트랄은 다시금 말의 고삐를 당기며 그곳으로 향했다.

아스트랄이 상대를 발견한 곳은 가르시너 백작가 뒤편의 작은 공터였다. 화려했던 중앙 정원에 비하면 초라하게 보일 수도 있었지만, 오목조목하게 꾸며져 제법 아늑한 장소였다. 하지만 그따위 것을 감상할 만한 감정이 없었던 아스트랄은 말에 탄 채 오만한 표정으로 정원 가운데의 인물을 내려다보았다.

손질을 하지 않은 검은 머리카락이 바람에 가볍게 흔들렸고, 보석 같은 보랏빛의 눈동자가 적의를 불태우며 아스트랄을 향하고 있었다. 느긋한 미소를 입꼬리에 머금은 채 아스트랄을 기다리고 있는 라시드였다. 라시드의 입이 먼저 열렸다.

"지난 몇 개월 동안 내 뒤를 쫓아다닌다고 수고가 많았소, 아스트랄 백작."

아스트랄은 볼을 씰룩이며 피식 웃었다.

"훗! 오랜만에 만나는 사촌 형에게 너무 차갑게 말하는군. 상황이 좋지 않긴 하지만, 그래도 한때 함께 웃고 장난치던 사촌 형인데 말이야."

"글쎄, 너무 오래전의 일이라서 그런지 내 머릿속에는 그다지 좋은 기억들이 없구려."

한 조각, 한 조각 옛 기억을 떠올리던 아스트랄의 기분이 언짢아지고 있었다.

"어려서부터 너는 너무 건방졌지! 언바이올렛 주제에 널 감싸고도는 선황과 네 형의 권력만 믿고 잘난 체하는 꼬락서니를 볼 때마다 네놈을 괴롭히고 싶어서 안달이 났었다. 그래서 아주 오래전부터 네놈이 성년이 되기만을 손꼽아 기다렸단 말이다!"

라시드는 팔짱을 끼며 고개를 끄덕였다.

"호오, 그래서 내가 성년이 되어 척살령이 내려지자마자 사냥개들의 우두머리를 자청하고 나섰던 것이구려.”

아스트랄은 자랑스럽다는 듯 왼쪽 가슴에 손을 올리며 말을 내뱉었다.

“그렇지. 일단은 위대한 바이올렛 혈통의 순수성을 유지하기 위해! 후후훗!”

자긍심이 가득 담긴 얼굴로 말하는 아스트랄을 바라보며 라시드의 얼굴은 슬픔에 잠기는 듯했다.

“그깟 바이올렛의 능력이 무엇이라고 자신의 혈족을 잡아 죽이는 일을 자랑스러워한단 말이오.”

“홍, 위대한 바이올렛의 순수성이야말로 오늘날 이 카젠틴 제국이 유지될 수 있었던 이유이니 유치한 감상 따위는 없다.”

차가워진 눈빛의 아스트랄은 서서히 바이올렛의 기운을 끌어올리기 시작했다. 따스했던 주변의 열기는 아스트랄의 몸으로 흡입되어 갔고, 그의 붉은 머리는 태풍을 맞은 듯 사방으로 흩날리기 시작했다.

“이제 불순한 네놈의 생명을 거두어들이도록 하지! 만물을 근원으로 돌려 새 생명을 탄생케 하는 위대한 자여, 그대의 굳건한 두 주먹이 이곳에 모습을 드러내노니, 프레임 크래셔(Flame Crasher)!”

외침과 함께 두 손을 모아 앞으로 내뻗자 두 팔을 타고 굵직한 불꽃의 혓바닥이 날름거리며 모습을 드러냈다. 대략

20큐브릿(약 19.7m)가량 떨어진 거리의 라시드에게까지 그 열기가 전해질 만큼 대단한 불꽃이었다. 소매를 들어 올려 얼굴로 전해지는 열기를 가린 라시드는 침음성을 터뜨렸다.

"이 열기! 이미 6큐빅의 벽을 넘어서 버렸군!"

하지만 언제까지 그의 능력에 대해 감탄을 하고 서 있을 시간이 없었다. 이글거리는 화염의 덩어리가 자신을 향해 날아오고 있었던 것이다.

화아아악!

라시드의 몸은 본능적으로 움직였다. 다리에 힘을 주며 왼편으로 몸을 날린 라시드는 손으로 땅을 한 번 디뎠고, 무릎을 꿇으며 몸의 중심을 잡았다. 호흡을 타고 들어오는 매캐한 연기 냄새로 보아 옷자락이 화염에 그을린 듯싶었다. 하지만 그것만으로도 천만다행이라 할 수 있었는데, 목표를 잃은 프레임 크레셔에 맞아 숯으로 변한 아름드리 나무가 자신의 모습이 될 수도 있었기 때문이다.

"크큭! 과연 검을 익혀서인지 몸이 날렵하군. 하지만 이번만은 쉽지 않을 것이다! 프레임 캐슬(Flame Castle)!"

비릿한 웃음을 흘린 아스트랄은 검지를 가볍게 치켜올렸다. 하지만 그 결과는 결코 단순한 것이 아니었는데 라시드의 주변을 빙 둘러싸며 거대한 화염의 장벽이 하늘로 치솟기 시작했다.

순식간에 화염의 장벽에 갇혀 버린 라시드는 엄청난 열기를 몸으로 받아들여야만 했다.

'치익! 내 물의 바이올렛으로는 이 열기는 감당할 수 없겠어!'

결국 정면 대응을 포기한 라시드는 급하게 혼잣말을 중얼거렸다.

"그라운드 머져(Ground Merger)!"

순간, 라시드가 서 있던 땅이 일렁이는가 싶더니 빠른 속도로 그의 몸을 빨아들이기 시작했고, 사납게 치숫던 화염의 벽은 라시드가 있던 자리를 순식간에 삼켜 버렸다.

그 모습을 지켜보고 있던 아스트랄은 득의의 웃음을 터뜨렸다.

"하하핫! 순식간에 녹아버렸겠군! 차라리 황실이 아닌 곳에서 태어났다면 그나마 명이 다할 때까지는 살았을 텐데……."

아스트랄이 한껏 비웃음을 흘리고 있을 때 그 뒤편의 땅이 일렁이기 시작하더니 라시드가 모습을 드러내기 시작했다. 완전히 프레임 캐슬의 열기를 피해내지 못한 듯 찰랑거리던 머리카락은 군데군데 그을려 있었고, 얼굴 역시 붉게 달아오른 모습이었다. 하지만 살아남은 것만으로도 다행이라고 마음을 진정시킨 라시드는 오른손을 땅에 박아 넣으며 외쳤다.

"거룩한 대지여, 나의 손이 되어라! 어스 핸즈(Earth Hands)!"

츠즈즈즉!

땅 위로 굵게 엎어진 나무의 뿌리 모양으로 뻗어나가던 대지의 기운은 아스트랄의 바로 아래에서 치솟아 올라 그가 타고 있던 말의 발목을 휘감았다. 이에 놀란 말은 울부짖으며 흥분했고, 아스트랄은 돌연한 상황에 중심을 잃으며 낙마할 위기에 처했다.

히이이잉!

"이, 이게 대체 무슨 일이야?!"

당황한 머리보다는 몸이 먼저 움직이고 있었다. 말고삐를 서둘러 놓은 그가 몸에 회전을 주며 말에서 뛰어내린 것이었다. 이 순간을 놓칠세라 라시드는 나머지 왼손을 땅에 박아넣으며 다시 한 번 외쳤다.

"분노의 대지여, 그대의 손톱을 드러내어라! 어스 김릿(Earth Gimlet)!"

쿠구구구!

반응은 즉각적이었는데, 아스트랄의 착지 지점에서 가늘고 섬뜩한 돌송곳들이 솟아오르기 시작한 것이다.

"빌어먹을! 누가 대지의 바이올렛 능력을!"

욕지거리를 내뱉고 있는 아스트랄이었지만, 사실상은 그럴 만한 여유조차 없었다. 어금니를 깨물며 굳게 결심을 한 아스트랄은 서슴없이 돌송곳 위를 한 발로 디뎠다.

푸욱!

돌송곳이 발바닥을 파고드는 소리와 통증이 머리칼을 곤두서게 만들 정도였다. 하지만 초인적인 인내심을 가진 아스트랄은 몰려오는 고통을 짓누르며 두 번째 도약을 하여 위험 지역을 벗어날 수 있었다.

땅을 딛고 일어서자 끈적한 핏줄기가 발등 위로 솟구쳐 올랐고, 신경 줄기를 타고 통증이 전신으로 빠르게 퍼져 나갔다. 미약한 신음을 흘린 아스트랄은 손가락으로 상처 부위를 눌러 태워 출혈을 막았다. 살이 타 들어가는 역겨운 노린내를 들이마신 그는 이글거리는 눈빛으로 자신을 이토록 곤란케 만든 주인공을 바라보았다.

먼발치, 열기에 그을려 회색빛이 섞인 머리칼을 가진 미청년의 얼굴. 리시드의 얼굴을 발견한 아스트랄은 자신의 눈을 믿지 못하겠다는 듯 고개를 세차게 흔들며 외쳤다.

"네, 네놈이 어떻게 대지의 바이올렛 능력을! 대체 이게 무슨 조화란 말이냐!"

라시드는 식은땀을 흘리는 모습으로 아쉬운 한숨을 내쉬었다.

"후우, 역시 이런 방법으로는 당신을 죽일 수 없나 보군. 뭘 그렇게 놀라는 것이오? 봤다시피 당신이 자랑스러워하는 그 바이올렛의 능력이오."

"그렇다면 네 녀석은 대지의 바이올렛이었단 말이냐?"

라시드는 어깨를 으쓱였다.

"꼭 그렇다고는 말할 수 없소. 이유는 알 수 없지만, 다른 바이올렛도 능력도 사용할 수 있으니까."

"그런 말도 안 되는……."

"믿기지 않는다면 보여드릴 용의도 있소. 냉정함의 여신이여, 눈물을 떨구어 그대의 분노를 표하라! 프리즈 티어스(Freeze Tears)!"

라시드의 오른손이 하얗게 변하며 하얀 기체를 피워 올렸다. 그리고 그의 손끝으로부터 발출된 투명하고 아름다운 얼음 조각들은 맹렬한 속도로 아스트랄의 목을 노리고 날아들었다.

파아악!

복잡한 표정으로 그 모습을 바라보던 아스트랄은 번뜩 정신을 차리며 코웃음쳤다.

"후훗! 뭐가 어찌 된 일인지는 모르겠지만, 네가 오늘 이 자리에서 죽어야 한다는 사실은 변하지 않아! 이종의 바이올렛 능력을 사용한다는 사실은 놀랍지만 기껏 해봐야 3큐빅 수준. 그따위 알량한 재주로 나에게 덤비다니 어리석구나! 프레임 아모(Flame Armor)!"

아스트랄의 몸 주변을 엄청난 열기의 화염이 둘러싸기 시작하자 라시드가 날린 얼음 조각들은 그의 몸에 미치기도 전에 녹아내렸고, 금세 한줄기의 수증기가 되어 형체를 잃어버렸다.

치익!

프레임 아모를 거두어들인 아스트랄은 한 걸음을 내디디며 말했다.

"이종의 바이올렛 능력을 가지고 있다니……. 네 녀석을 이대로 살려둔다면 루벤스턴 공작님의 앞일에 방해가 되는 것은 틀림없겠지."

눈을 가늘게 뜬 아스트랄은 손을 머리 위로 치켜들어 올렸다.

"이제 장난은 그만! 스스로를 태우는 존재여, 이글거리는 숨결을 토해내어 뜻에 반하는 만물을 불사를지니! 프레임 스트라이커(Flame Striker)!"

아스트랄의 머리 위로 직경 3큐브릿(약 2.94m) 정도의 화염 덩어리가 만들어졌다. 그 열기에 이제 막 피어나던 새싹들과 나뭇가지들은 말라비틀어졌고, 차갑던 공기는 숨이 막힐 정도로 뜨겁게 달구어졌다.

"크큭! 제아무리 땅속으로 숨는다 하더라도 이 열기만은 견디지 못할 것이다! 이것으로 마지막이다!"

아스트랄은 자신감에 찬 목소리로 라시드를 향해 머리 위의 화염 덩어리를 내던졌다. 주변의 모든 물체들을 불태우며 날아오는 불덩이의 모습과 열기에 라시드는 입술을 깨물었다. 지금까지와는 차원이 다른 열기. 하지만 라시드는 피하기는커녕 날아오는 화염 덩어리를 향해 달렸다.

한 발을 내딛자 땅으로부터 일어난 흙이 라시드의 몸을 감싸 안았다. 또 한 발을 내디딤과 동시에 그 주변으로 물의 장막이 펼쳐졌고, 물의 장막은 곧 투명하게 얼며 튼튼한 외벽이 되어주었다. 그럼에도 불구하고 아스트랄이 쏘아낸 화염 덩어리의 열기는 라시드에게 큰 위협이 되기에 충분했다.

"크으윽! 조금만 더!"

악에 받친 라시드의 외침이 허공으로 흩어질 때쯤, 수그러들 기미를 보이지 않던 화염 덩어리는 점차 위력을 잃기 시작했다. 7큐빅의 위력을 가진 프레임 스트라이커인 만큼 아스트랄로서도 그 사용이 자유롭지 않았던 것이기에 그 위력을 유지시키기가 어려웠던 것이다. 하지만 그렇다고 해서 아스트랄의 공격이 완전히 무위로 돌아간 것은 아니었다.

겨우 아스트랄의 공격권을 빠져나온 라시드의 몸은 결코 정상이라 할 수 없었는데, 전신의 옷가지들은 이제 옷이라 불리기 힘들어 보였고, 그 사이로 언듯언듯 내비치는 피부는 화상으로 인해 붉게 그을려 있었다. 게다가 바이올렛 능력을 무리하게 끌어올린 탓에 기력 역시 바닥난 상태였다. 전투불능.

한쪽 무릎으로 힘겹게 버티고 있는 라시드의 모습을 보며 가쁜 호흡을 다스리던 아스트랄이 오른손을 천천히 들어 올렸다.

"크윽! 불완전하긴 했지만 프레임 스트라이커까지 버텨내다니 대단하군. 이렇게 끝나는 것에 대해 너무 슬퍼 말거라. 충분히 멋진 전투였으니……. 그럼 이만 눈을 감거라! 프레임!!"

그 순간, 또 다른 이의 체온을 느낀 아스트랄이 잠시 주춤 거렸다. 어떠한 반응을 보이기도 전에 머리 위로부터 들리는 너무나도 이질적인 소리.

서걱!

아스트랄은 팔꿈치에 엄청난 통증을 느끼며 머리 위로 치 켜들었던 팔을 올려다보았다. 자신의 머리카락만큼이나 붉 은 핏줄기를 뿜으며 떨어져 내리는 팔이 보랏빛 눈동자에 들 어차고 있었다.

"끄아악! 내 팔! 어떤 놈이냐?!"

분노에 이성을 잃은 아스트랄은 뒤를 돌아보았다. 숨을 헐 떡이며 두 손에 검을 쥐고 있는 백발의 중년인이 그 자리에 서 있었는데, 바로 에콰르 볼라르도 가르시너 백작이었다. 격 전을 치른 듯 뒤로 넘겨놓았던 머리카락이 흘러내려 주름진 눈앞에서 흔들렸다.

"후우, 아쉽군. 머리를 날려 버릴 수도 있었는데 이럴 때 검기가 끊어지다니……. 쿨럭! 쿨럭! 쿨럭!"

말을 이어나가던 가르시너 백작은 거칠게 기침을 하기 시 작했고, 입을 가린 손가락 사이로 붉은 핏줄기가 흘러내렸다.

"끄윽! 또 폐가 말썽이군."

비틀거리고 있는 가르시너 백작을 잡아먹을 듯 바라보던 아스트랄이 거칠게 소리쳤다.

"크아악! 가르시너 백작! 정말 마음에 들지 않아! 좋아, 네

놈부터 죽여주지!”

이제 하나 남은 왼손을 치켜든 아스트랄의 주변으로 넓게 퍼져 있던 열기가 흡수되기 시작했다. 나뭇가지로부터 떨어지던 나뭇잎이 그 열기로 인해 공중에서 재가 될 정도였다. 아스트랄의 왼 손바닥에는 작은 공 모양의 응집된 열기 결정체가 쥐어져 있었다.

“크흐흐흐! 받아라! 프레임 범(Flame Bomb)!”

아스트랄이 음산한 웃음을 터뜨리며 던진 화염 덩어리는 바람을 가르는 소리와 함께 가르시너 백작을 향해 날아갔다.

슈아앙!

엄청난 속도로 다가오는 화염 덩어리를 본 가르시너 백작은 방어를 위해 급히 검을 치켜들고 검기를 끌어올리려 했다. 하지만 폐부를 찢는 듯한 고통으로 인해 호흡이 이어지지 않았고, 검기는 발현되지 않았다.

“끄으윽! 하필이면……!”

퍼어엉!

공터를 뒤흔드는 폭발음과 동시에 거대한 불기둥이 솟아올랐다. 그 충격으로 인해 가르시너 백작의 불 붙은 몸은 태풍에 휩쓸린 낙엽처럼 날아갔고, 무려 20큐브릿(약 19.6m)이나 붉은 궤적을 그리고서야 땅에 닿을 수 있었다.

퍼억!

사나운 모양새로 바닥에 처박혀 버린 가르시너 백작. 그의 백발은 모두 타 들어가 회색의 재가 되었으며, 피부 역시 흉하게 일그러져 있었다. 손가락을 꿈틀거리며 조금씩 움직이고는 있었지만, 그 움직임마저 그리 오래 이어질 수는 없을 듯했다.

가르시너 백작의 처참한 모습을 지켜볼 수밖에 없었던 라시드는 땅을 주먹으로 내려치며 분노를 숨기지 못했다.

"으아아악! 아스트랄 자식! 용서하지 않겠다!"

하지만 눈 하나 깜짝하지 않은 아스트랄은 부들부들 떨고 있는 라시드의 어깨를 내려다보며 냉소를 피워 올렸다.

"용서를 하든 말든 네놈 마음대로 해라. 단, 저 세상에서."

아스트랄은 다시 한 번 왼손을 들어 올렸다. 일견에도 가르시너 백작에게 사용했던 수법과 같아보였다. 그리고 주변의 열기를 끌어 모으려는 찰나, 그의 귓가로 차갑고 거친 목소리가 흘러들었다.

"죄송하지만 저 세상으로 가는 마차는 백작께서 타셔야겠습니다."

아스트랄은 자신의 눈에 검은 그림자가 아른거린다고 생각했다. 그리고 한줄기의 빛이 허공에 그어짐과 동시에 자신의 목으로부터 뿜어지는 피분수를 보아야만 했다.

"어, 어떻게……?! 다른 체온은 분명 없었는데……."

말이 끝을 맺기도 전에 아스트랄의 거대한 몸은 목과 분리되어 쓰러져 갔다.

털썩!

아스트랄이 서 있던 자리에는 슈미드가 모습을 드러내고 있었다. 냉랭한 눈빛으로 아스트랄의 시신을 내려다보던 슈미드는 사자(死者)의 궁금증을 풀어주기 위해 입을 열었다.

"라시드 전하께서 결빙(結氷)의 바이올렛(Ice Violet) 능력으로 제 체온을 숨겨주고 계셨던 것이죠."

힘겹게 몸을 일으킨 라시드는 아스트랄의 시신을 향해 시선조차 주지 않은 채 가르시너 백작에게 다가갔다.

처참한 몰골을 한 가르시너 백작의 모습을 슬픈 눈으로 바라보던 라시드는 조심스럽게 그의 상체를 일으켜 세웠다.

"배, 백작님, 정신을 차려보십시오."

가르시너 백작은 라시드의 부름에 대답하기 위해 입을 달싹거렸다.

"와, 왕자 전하, 모, 몸은 괜찮으십니까? 아, 아스트랄 백작은……."

얼굴의 근육과 입술이 열기에 손상되어 발음이 정확하지는 않았지만, 라시드는 그의 말을 모두 알아들을 수 있었다.

"아스트랄은 이미 죽었고 저 역시 괜찮으니 말을 많이 하지 마십시오. 어서 빨리 치료를 받으셔야 합니다!"

가르시너 백작은 고개를 내저었다.

"후훗, 제, 제 상태는 제가 더 잘 알고 있습니다. 어차피, 아, 아스트랄 백작에게 당하지 않았다 하더라도 과거 전쟁에서 얻은 상처로 인해 그리 오래 살지 못하는 몸이었습니다.
몇 년 빨리 죽는다고 해서 아쉬울 것은 없지요. 쿨럭! 쿨럭!"
　가쁜 숨을 몰아쉰 가르시너 백작이 말을 이었다.
　"후욱, 그, 그저… 슬하의 자식들이 걱정일 뿐입니다."
　"백작님의 자녀 분들은 이미 더없이 훌륭하지 않습니까?
그 점은 걱정하시지 않으셔도 좋을 것입니다."
　"과, 과찬이십니다. 후… 훗!"
　말은 그리했지만 가르시너 백작은 자랑스러운 눈빛으로
고개를 끄덕였다. 귓가로 자신을 부르는 딸과 아들의 목소리
가 들린다고 생각한 가르시너 백작은 평온한 미소와 함께 천
천히 눈을 감았고, 점차 가늘어지던 그의 숨소리는 이내 멈추
어졌다.
　"부디 평안한 안식이 되시길……."
　라시드는 영혼이 떠난 가르시너 백작의 몸을 무거운 마음
으로 들어 올렸다. 저 멀리로부터 달려오고 있는 글로렌과 리
키, 그리고 쟈미르의 모습이 보이고 있었는데, 가르시너 백작
이 들었던 딸과 아들의 목소리가 완전한 환청은 아니었던 듯
했다.

CHAPTER 9
글로렌 볼라르도 가르시녀 배작

The
House Keeper

진남색의 수면 가운을 걸친 클라로드 백작은 오랜만에 창의 커튼을 열어젖혔다. 이제 막 떠올라 열기를 퍼뜨리는 태양빛이 오늘 따라 좋다고 생각한 그는 기분을 한층 끌어올리기 위해 테이블 위의 권련 상자를 열었다. 하지만 매끄러운 나뭇결만이 느껴질 뿐, 손에 닿는 권련의 감촉이 없자 클라로드 백작은 급히 미간을 좁히며 문 쪽을 향해 외치기 시작했다.

"끄응! 팰리커! 팰리커! 권련이 다 떨어졌잖아, 이 멍청아! 당장 가지고 오도록 해!"

그 이름의 주인으로 보이는 남성이 급히 문을 열고 들어왔다. 그는 기름종이로 싸여 있는 권련을 급히 권련 상자에 채워 넣기 시작했는데, 그 와중에도 클라로드 백작의 표정을 살피는 버릇은 숨기지 못하고 있었다.

"죄, 죄송합니다, 백작님! 앞으로는 이런 실수 없도록 하겠습니다."

클라로드 백작은 거친 손놀림으로 권련을 주워 들어 불을 붙였다. 몇 번인가 뻐끔거려 권련의 불씨를 키운 클라로드 백작은 연기를 내뱉으며 말했다.

"오늘 내 기분이 좋지 않았다면 네 녀석은 당장 짐을 싸들고 고향으로 내려가 공동 농장에서 평생 소 젖이나 짜면서 살아야 했을 것이다. 운이 좋은 줄 알아!"

"예! 너그러운 아량에 감사드립니다."

여전히 굽신거리는 팰리커를 보며 찌푸렸던 인상을 편 클라로드 백작은 다시금 창밖을 바라보며 말을 이었다.

"일단 가르시너 백작가의 일이 잘 해결된 듯하니 빠른 시일 내에 본가의 병력을 이끌고 가르시너 백작가의 자이언트 윗 창고를 털어와야겠어. 그러니 이제 내가 신경 쓸 일이 없도록 알아서 준비해 놓도록 해. 어린아이의 사탕을 뺏어먹는 일보다 쉬울 테니 잘할 수 있겠지?"

클라로그 백작의 물음에 팰리커는 급히 고개를 끄덕였다.

"예! 무, 물론입니다. 저번과 같은 실수는 결코 없을 것입니다."

"당연히 있어서는 안 되겠지! 당장 나가봐!"

"예, 알겠습니다, 백작님!"

팰리커는 늘 그래왔던 것과 같이 안도의 한숨을 내쉬며 뒷걸음으로 클라로드 백작의 방을 빠져나갔다.

눈앞에서 빨갛게 타 들어가는 궐련의 불꽃을 바라보던 클라로드 백작은 아스트랄의 거칠어 보이던 얼굴을 떠올렸다. 궐련의 연기를 내뱉은 그는 고개를 갸웃거리며 혼잣말을 중얼거렸다.

"흐음, 한데, 바이올렛 중에서도 수위를 차지하고 있던 아스트랄이 죽어버리다니 정말 의외인걸. 과연 누가 아스트랄의 목숨을 앗아갔을까? 가르시너 백작이? 아니야. 제아무리 검술에 능하다 하더라도 바이올렛의 상대가 되지는 않을 텐데. 그야말로 알 수 없는 일이군. 바이올렛 중 한 명이 죽었으니 이제 황실에서도 조사단이 파견될 것이다. 결국 라시드를 둘러싼 양측 간의 분쟁으로 결론이 나겠지. 크크큭!"

키득거리며 웃음을 흘리고 있는 클라로드 백작의 등 뒤로 어색한 그림자가 한줄기 생겨났다. 자연의 섭리를 깨뜨리며 빛이 들어오는 방향에 생긴 그림자. 그것은 아무런 소리도 내지 않은 채 서서히 사람의 모양으로 변해갔다.

"글쎄, 그렇게 마음대로 되지는 않을 겁니다."

갑작스럽게 등 뒤로부터 흘러드는 목소리에 클라로드 백작은 심장이 멎는 듯했다.

"누, 누구냐?!"

목에 와 닿는 차가운 금속의 감촉. 그로 인해 뒤를 돌아볼 수도 없었던 클라로드 백작은 상대의 얼굴을 확인할 수 없었다. 그저 뱃속까지 스밀 듯한 차가운 목소리만이 불청객의 전부였을 뿐.

"내가 누구인지는 알 필요 없습니다. 다만 당신의 그 추악한 음모로 인해 한 아름다운 아가씨가 아버지를 잃고 눈물을 흘렸다는 사실은 잘 알아야 할 것입니다."

"끄으윽!"

사각!

클라로드 백작은 뭔가 허전함을 느꼈다. 고통이 전해지지도 않았으며 무겁던 몸은 한없이 편안한 느낌이었다. 그저 수마(睡魔)가 그의 눈꺼풀에 올라탄 듯 참을 수 없게 잠이 쏟아질 뿐이었다. 클라로드 백작은 영원히 깨어날 수 없는 잠임을 모르는지 아무런 저항 없이 눈을 감았다.

전신을 검은 천으로 두르고 있는 슈미드는 혐오스런 눈빛으로 클라로드 백작의 시신을 내려다보고 있었다. 심장이 멈추고 뜨겁던 피가 식어가기 시작한 지금 그는 더 이상 존귀한 귀족이 아니었다. 그저 도축장에 걸려 있는 돼지보다 나을 바 없는 처지였기에 걸치고 있는 수면 가운조차 사치스럽게 느껴지고 있었다.

"이런 자에게 더없이 걸맞은 죽음이군. 이제 연극 시간이 된 건가?"

차갑게 내뱉은 슈미드는 클라로드 백작의 시신으로부터 수면 가운을 벗겨내었고, 벌거벗겨진 시신은 책상 밑으로 구겨 넣었다. 워낙 뚱뚱했던 클라로드 백작이었던 만큼 책상 밑이 비좁아 보이긴 했지만 아주 불가능한 일은 아니었었다. 그리고 대충 주변을 정리한 슈미드는 커튼을 펼쳐 실내를 어둠 속에 가두었다.

두 손을 모은 슈미드는 알 수 없는 말을 중얼거림과 함께 손가락으로 몇 개의 도형을 만들었다. 이어 새하얀 빛무리가 그의 손을 따라 흐르기 시작하더니 순식간에 전신으로 퍼져 나갔다.

스스스슥!

선신을 감싼 새하얀 빛무리는 스며들 듯 슈미드의 몸속으로 파고들었다. 믿을 수 없게도 그의 몸이 점차 부풀며 전혀 다른 모습으로 탈바꿈하기 시작했는데, 호리호리하던 허리는 살집이 잡혀 축 늘어진 모양새가 되었고, 가늘던 턱 선 역시 살이 붙으며 둥실해졌다. 잠시 후, 모든 빛무리가 사라지고 나자 자리에 남은 것은 클라로드 백작의 모습을 한 슈미드였다. 자신의 배와 손을 내려다보던 슈미드는 볼살을 씰룩이며 투덜거렸다.

"쳇! 이런 볼품없는 몸으로 살아가는 족속들을 이해할 수 없군. 잠시 변해 있는 것조차 불쾌해 견딜 수가 없어. 서둘러 일을 끝내야겠어."

외모뿐만 아니라 목소리마저 영락없는 클라로드 백작이었
다. 수면 가운을 걸친 슈미드는 목을 한 번 풀더니 서슴없이
문밖을 향해 외쳤다.

"팰리커! 팰리커!"

영락없는 클라로드 백작의 현신(現身)이었다. 그의 수하인
팰리커 역시 보란 듯이 속은 듯했는데, 헐레벌떡 뛰어온 그는
급히 허리를 숙이며 본능처럼 분위기를 살폈다.

"무, 무슨 하명하실 일이라도 있으십니까?"

그런 팰리커를 딱한 얼굴로 바라보던 슈미드가 클라로드
백작의 어조를 흉내내며 말했다.

"생각이 바뀌었다! 가르시너 백작가의 일로부터 손을 뗄
테니 그렇게 알고 있거라! 그리고 최대한 빠른 시일 내에 이
곳을 떠날 생각이다!"

팰리커는 눈을 휘둥그렇게 떴다. 힘들게 잡은 기회를 이렇
게 포기하고 가려는 클라로드 백작의 결정이 이해가 되지 않
았기 때문이다.

"하, 하지만 루벤스턴 공작 각하께서 황인을 얻기 전까지
는……."

"닥쳐라! 감히 내게 설교를 할 생각이냐!"

호통 소리에 놀란 팰리커는 손을 급히 내저었다.

"아, 아닙니다. 제가 어찌 감히……."

"내게 다 생각이 있어서 그러는 것이니 네놈은 시키는 대

로만 하면 된다!"

"물론입니다!"

"이제야 조금 마음에 드는군. 그럼 지금 당장 나가서 짐을 꾸리도록. 나가 봐!"

"예!"

큰 소리로 대답한 팰리커는 빠르게 뒷걸음치며 클라로드 백작의 방을 나왔다. 긴장으로 인해 다리가 풀림을 느낀 그는 벽에 몸을 기대었다. 자신도 모른 사이 흘러내린 식은땀을 훔치며 무거운 한숨을 내쉬었다.

"후우! 저런 변덕스러운 마스터를 모시느니 차라리 고향으로 내려가 소 젖이나 짜면서 평화롭게 지내는 편이 낫겠군. 한데……."

다리에 힘이 들어간 팰리커는 몸을 세우며 고개를 갸웃거렸다. 마음에 조금 여유가 생긴 이후에야 떠오른 생각이었지만, 10년 가까이 클라로드 백작의 밑에서 일을 해왔지만, 그가 자신에게 말을 하는 내내 권련을 입에 물지 않은 모습은 처음이었기 때문이다. 하지만 살다 보면 그럴 수도 있을 것이라 생각하며 자신에게 떨어진 일을 처리하기 위해 걸음을 떼었다.

본래의 모습으로 돌아온 슈미드는 무엇인가를 찾는 듯 클라로드 백작의 방을 뒤지기 시작했다. 그 역시 오랜 시간이 걸리지 않았는데, 클라로드 백작의 책상 서랍의 깊은 곳에서 몇 권에 달하는 장부를 발견했던 것이다. 그중 두 권을 골라 페이지를 펄럭이며 대충 내용을 살펴본 슈미드는 만족한 미소를 지었다.

*　　　　*　　　　*

밤새 내려앉은 이슬조차 사라지지 않은 아침. 가르시너 백작가 저택으로로부터 조금 떨어진 곳에 위치한 가르시너 백작가 가묘(家廟)에 많은 사람들이 모여 있었다. 복식은 저마다 달랐지만, 검은색 일색이었는데, 가르시너 백작의 넋을 위로하기 위해 그레엄과 근처 영지로부터 조문객들이 찾아든 것이었다. 하지만 고인의 모습은 공개되지 않았다. 깊은 화상으로 얼룩진 가르시너 백작의 모습을 조문객들에게 보이길 원치 않았던 글로렌의 뜻에 따른 것이었다.

초췌한 얼굴의 글로렌과 주먹을 꽉 쥔 채 울음을 애써 참고 있는 리키, 그리고 쓸쓸한 눈빛으로 묘비를 바라보고 있는 쟈미르는 깊은 슬픔을 잊기도 전에 조문객들을 맞이해야만 했다. 스스로의 슬픔을 감추며 타인에 대한 예를 갖추어야 하는 귀족 사회의 비인간적인 면모라 할 수 있었다.

선대 가르시너 백작가 가주들의 묘비가 줄지어 서 있는 끝으로 새로운 묘비 하나가 땅에 뿌리를 박고 있었다.

위로는 황제 폐하를 위해, 아래로는 만민들을 위해 넓은 가슴으로 살다 세상을 떠나다.

가르시너 백작가 14대 가주. 에콰르 볼라르도 가르시너. 카젠틴 제국력 425~477년.

지난밤, 라시드가 자청하여 손수 새겨 넣은 묘문(墓文)이었다.

타인들의 이목을 숨기기 위해 라드의 모습으로 돌아온 라시드는 가르시너 백작의 묘비 앞에 한쪽 무릎을 꿇고 앉아 정성스럽게 묘비를 닦아내고 있었다. 얼핏 보면 맹인이 묘문을 읽기 위한 행동이라 생각할 수도 있었기에 그의 행동을 의심하는 이는 아무도 없었다.

"이제 자유롭게 세상을 떠나십시오. 글로렌 양과 리키는 훌륭하게 가르시너 백작가를 이끌어 나갈 것입니다."

라시드가 나무 막대에 의지하며 몸을 일으킬 때, 등 뒤로부터 누군가의 발자국 소리가 들려왔다. 남들처럼 검은색의 옷을 입고 갈색 머리에 30대의 평범한 외모를 가진 사나이. 분명 낯선 얼굴임에도 불구하고 라시드는 편안하게 말을 꺼냈다.

"벌써 다녀온 건가? 그보다 별일이군. 평소 내가 시키는 일에 대해서는 투덜거리면서 이번 일은 순순히 따라주다니 말이야."

"마스터를 위한 일이 아니었습니다. 글로렌 아가씨를 위해 한 일이었죠. 가르시너 백작이 목숨을 잃는데 손을 늦게 쓴 제게도 일말의 잘못이 있으니 이렇게라도 도움을 주고 싶었을 뿐입니다."

라드는 새로운 발견이라는 듯 입을 모으며 탄성을 내뱉었다.

"호오! 슈미드 너에게 그런 인간적인 면모가 있으리라곤 생각도 못했는 걸?"

"모든 인간에게 해당되는 것은 아닙니다. '찬양받을 만한 미모를 지닌 젊은 미혼의 아가씨'에게만 해당되는 것이니까요."

변신한 모습에서도 슈미드 특유의 냉기가 풀풀 풍기고 있었다. 그의 말에 기분 조금 언짢아진 라드가 입을 삐죽 내밀며 말했다.

"쳇, 그럼 나 역시 그에 해당되지 않는다는 말이군."

"뭐, 편하실 대로 해석하십시오. 그보다 말씀하신 물건은 여기에 있습니다."

더 이상 대화를 할 필요성을 못 느끼겠다는 듯 말을 끊은 슈미드는 품에서 검은색 표지를 가진 두 권의 장부를 꺼내 라드에게 건넸다. 이로서 자신이 할 일은 다했다고 생각한 슈미드는 손을 들어보이며 말했다.

"아, 약속했던 대로 오늘부터 이틀간 모든 업무를 미루고 휴가에 들어가겠습니다. 아스트랄도 죽었으니 당분간 아무런 일도 없겠죠. 그럼 휴가가 끝난 뒤 뵙겠습니다.”

“지, 지금 당장?”

“시행 날짜에 대한 언급은 없었으니까요. 그럼 다시 뵐 때까지 몸 건강하시길…….”

“이, 이봐, 슈미드!”

하지만 들은 체, 만 체한 슈미드는 빠른 걸음으로 사람들 사이로 사라져 버렸고, 그의 기운 역시 금세 라드의 감각 영역에서 벗어나 있었다.

“휴우! 뭐, 괜찮겠지.”

한숨과 함께 자신의 손에 들려 있는 두 권의 장부를 내려다보던 라드 역시 그것을 품에 넣으며 천천히 자리를 벗어나고 있었다.

라드는 자주 찾던 가르시너 백작가 저택 뒤편의 공터에 와있었다. 가르시너 백작에 의해 잘려지긴 했지만, 아직도 걸터앉을 만한 바위의 절단면을 만지며 혼잣말을 중얼거렸다.

“원래대로 만들어주지 않았다고 서운해하지 말거라. 네 잘려진 몸은 가르시너 백작의 묘지 앞에서 많은 사람들의 손길을 받으며 서 있을 테니.”

이로서 대충의 일이 마무리되어졌다고 생각한 라드는 안도의 한숨을 내쉬었다.

"이로서 한동안은 별일없겠지. 이제 떠나야 할 때가 온 건가?"

그가 중얼거리고 있을 때, 한 무리의 사람들이 공터로 다가오는 것을 느꼈다. 그 기척만으로도 그들이 누구인지 잘 알 수 있는 라드는 씁쓸한 미소를 베어 물며 천에 가려진 눈으로 공터의 초입을 바라보았다. 상복을 입은 글로렌과 리키, 그리고 쟈미르가 걸어오고 있었는데, 라드가 이곳에 자주 나와 있음을 알고 있던 리키가 안내를 한 듯했다. 그중 먼저 라드의 모습을 발견한 리키가 먼저 달리며 외쳤다.

"거봐요! 라드 형이 여기에 있을 것이라고 했잖아요! 라드 형!"

손을 흔들며 달리는 리키의 행동에 글로렌과 쟈미르가 조금 당황한 듯했지만, 만류하기에는 너무 늦었고, 라드 역시 리키의 행동을 염두에 둘 것 같지 않았기에 지켜보고만 있었다. 금세 숨을 할딱이며 라드의 앞에 선 리키는 서운한 얼굴을 하며 말했다.

"칫! 누나한테 다 들었다고요! 오늘 떠난다고 하던데 그게 정말이에요?"

라드는 고개를 끄덕였다.

"응, 이 형도 꽤나 할 일이 많은 사람이거든."

라드에게서 직접 대답을 듣자 리키는 서글픈 얼굴로 외치기 시작했다.

"그, 그런 게 어디 있어요! 검술도 가르쳐 주기로 했으면서 하나도 안 가르쳐 줬잖아요! 그런데… 그런데……."

어느덧 리키의 눈동자에서는 굵은 눈물방울이 맺히더니 볼을 타고 흘렀다. 라드는 잘 알고 있었다. 리키의 눈물이 자신으로 인해 흐르는 것이 아님을. 갑작스럽게 맞이한 아버지의 죽음에 대한 슬픔을 다른 사람도 아닌 라드 앞에서 터뜨리고 있는 것이었다. 라드는 리키의 머리를 품에 끌어안아 주었다.

"녀석, 그래도 슬픔을 이렇게나 참아내다니 대견한 걸. 아버지도 저 세상에서 너를 대견스러워하실 거야."

라드의 품으로부터 리키의 울먹이는 목소리가 흘러나왔다.

"저, 정말 그럴까요?"

"물론이지. 돌아가시기 전에 이 형에게 말씀하셨거든. 리키는 커서 분명 황실의 기사단장이 될 수 있을 만큼 훌륭하다고. 또 내가 떠나더라도 쟈미르님께서 네게 검술을 가르쳐 주시기로 했단다. 그렇지 않습니까, 쟈미르님?"

어느덧 라드의 품에서 벗어난 리키가 쟈미르가 있는 곳을 돌아보았다.

"물론입니다. 이제 백작님의 뒤를 이어 리키오즈 도련님께서 가르시너 백작가를 지켜 나가셔야 할 테니까요. 미흡하게나마 제가 도련님의 검술을 지도해 드리겠습니다."

라드는 빙긋 웃으며 리키의 어깨를 두들겼다.

"자, 대 가르시너 백작가를 책임져야 할 사나이가 이렇게 눈물이나 흘리고 있으면 안 되겠지? 그러니 눈물을 어서 닦아내도록 해. 그렇지 않는다면 다른 가문의 사람들이 대 가르시너 백작가를 비웃을 테니까."

리키는 큰일이라도 난다는 듯 고개를 도리질치며 급히 소매로 눈물을 닦아냈다.

"절대 저희 가문을 비웃도록 놔두지는 않을 거예요!"

"그래, 그래야지."

라드는 리키의 대답에 만족한 미소를 지으며 글로렌이 있는 곳을 향해 고개를 돌렸다.

"글로렌 양, 아니, 이제 '글로렌 볼라르도 가르시너 백작님' 이라고 불러야겠군요."

낯선 호칭에 얼굴을 붉힌 글로렌은 고개를 내저으며 대답했다.

"리키가 성년이 될 때까지만 제가 그 자리를 대신할 생각인걸요. 리키가 훌륭하게 장성해서 가문을 이끌어야죠."

바위에서 몸을 일으킨 라드가 볼을 붉적이며 말했다.

"그 때문에 말씀을 드릴까 하는데… 훗날 제가 맡은 모든 일이 마무리되고 황실이 안정된다면 리키를 황실로 보내주시겠습니까? 제가 듣기로는 본인의 꿈이 황실기사단의 단장이 되는 것이라고 하던데 말이죠."

글로렌이 결정을 내리는 데 잠시 주저하자 라드가 말을 이었다.

"가르시너 백작가의 훌륭한 검술은 분명 카젠틴 제국 황실에 큰 보탬이 될 것입니다. 쟈미르님께서 리키를 훌륭하게 키워주실 것이라 믿고 있습니다."

곁에 서 있던 쟈미르 역시 고개를 끄덕이자 글로렌은 마음의 결정을 내린 듯했다.

"황실에 폐가 되지 않을 정도의 능력이 된다면 리키를 황실로 보내드리도록 하겠습니다. 그러니 라드님께서도 꼭 목적을 이루시길 바라요."

"그 말씀, 큰 힘이 되는군요. 아, 그리고 이것……."

라드는 품으로부터 섬은 양장의 장부를 꺼내어 글로렌에게 건네었다.

"클라로드 백작의 자이언트 윗 시장 개입에 관한 내역이 기록되어 있는 장부와 아스트랄이 이끄는 황실 제9기사단을 지원해 준 내역이 기록되어 있는 장부입니다. 이것이라면 불법행위를 자행한 클라로드 백작과 아스트랄을 한통속으로 몰아붙일 수 있을 테니 황실로부터 조사단이 파견된다 하더라도 가르시너 백작가의 무혐의를 입증할 수 있을 것입니다."

글로렌이 그 내용을 찬찬히 살펴보고 있을 때 쟈미르가 턱을 매만지며 물어왔다.

"클라로드 백작이 아스트랄과의 관계를 부인하고 나선다

면 저희 쪽이 불리하지 않겠습니까?"

라드는 손가락으로 코밑을 쓸며 입꼬리를 가볍게 치켜올
렸다.

"사자(死者)는 말이 없는 법이죠. 클라로드 백작은 자신의
불법행위가 발각되자 그 압박감을 이기지 못하고 자살한 것
으로 위장해 놓았으니 별 탈이 없을 것입니다."

"오호, 역시 대단하십니다."

장부를 살펴보다 쟈미르에게 건넨 글로렌은 그와 눈빛을
교환했다. 쟈미르는 기다렸다는 듯 품으로부터 검은빛이 감
도는 나무 상자를 꺼내 라드에게 건네었다.

"이것을 받으십시오."

얼떨결에 상자를 받아 든 라드는 답을 구하듯 글로렌을 바
라보았고, 은은한 미소를 지은 글로렌은 차분한 목소리로 대
답했다.

"열어보면 아실 거예요."

딸칵!

가벼운 마찰음과 함께 상자가 열렸고, 라드는 손으로 안에
든 내용물을 매만져 보았다. 육각형의 방패 모양을 한 손바
닥만 한 크기의 팬던트. 전체가 순금으로 만들어져 있으며,
그 가운데에는 보라색의 제비꽃 문장이 섬세하게 양각되어
있었다. 그리고 뒷면에는 고어로 '그라비드 바이올렛 듀나
힘'이라는 이름과 제비꽃의 인장이 음각되어 있었는데, 그것

을 받아 든 라드는 크게 놀라며 눈을 가리고 있던 천을 치켜
올렸다.

"이, 이것이 바로 건국왕(建國王) 그라비드 대제께서 가르
시너 백작가에 하사하신 황인(皇印)!"

글로렌이 그의 외침에 신빙성을 더해주듯 말을 꺼냈다.

"바로 보셨어요. 쟈미르님께 들어서 알게 된 이야기지만,
선친께서는 몇 해 전부터 다시 도진 폐병으로 인해 당신의 생
명이 얼마 남지 않음을 아시고 틈틈이 서기관들을 불러 유서
를 작성하셨어요. 황인 역시 유서에 포함된 유품 중 하나였
죠. 저는 그 황인을 대업(大業)을 수행하고 있는 라드님께 맡
기기로 결정했답니다. 그러니 부디 카젠틴 제국 황실의 평안
을 위해 그 황인을 사용해 주셨으면 해요."

라드의 보라색 눈동자는 큰 감동으로 일렁이고 있었다. 자
신이 이번 일에 관련됨으로 인해 아버지를 잃었다고 생각할
수 있음에도 불구하고 집안의 귀중한 보물이라 할 수 있는 황
인을 기꺼이 맡겨주었던 것이다. 라드는 그녀의 손을 잡으며
굳은 의지가 담긴 목소리로 말했다.

"이 황인은 분명 귀중하게 쓰일 것입니다. 카젠틴 제국의
황제 폐하를 대신해서 귀하게 감사를 표하는 바입니다."

황제 폐하라는 칭호가 나오자 글로렌과 쟈미르의 고개가
숙여졌다. 하지만 그것도 잠시, 격정적이던 감동이 사라지자
젊은 남녀가 손을 마주 잡고 있는 어색한 분위기만 남게 되었

다. 쟈미르는 헛기침을 하며 다른 곳을 바라보았고, 글로렌과 라드는 얼굴을 발갛게 물들이며 서로의 시선을 피했다. 마침 그러한 분위기를 깨뜨리는 고마운 존재가 있었으니 신기한 표정으로 라드를 올려다보던 리키였다.

"어라! 라드 형! 앞을 볼 수 있어요? 게다가 눈동자가 보라색이네?"

자연스럽게 글로렌의 손을 내려놓은 라드는 분명하게 리키와 시선을 마주하며 허리를 숙였다.

"후훗! 내가 예전에 말했잖아. 눈동자를 가리지 않으면 아가씨들이 한눈에 반해서 따라다닐까 봐 눈을 가리고 다닌다고. 어때? 내 말이 맞는 것 같지?"

"예… 예."

라드는 늘 그래왔던 것과 같이 리키의 금빛 머리를 헝클어뜨리며 웃었고, 글로렌과 쟈미르 역시 그들의 유쾌한 웃음에 동참하고 있었다.

*　　　*　　　*

이튿날, 날이 밝자 라드는 자신의 짐을 챙겼다. 짐이라고 해봐야 나무 막대 하나와 여행용 후드 망토, 그리고 글로렌이 챙겨준 옷가지 몇 벌뿐이었기에 그의 몸은 홀가분해 보였다. 레놀드는 의자에 걸터앉아 그가 짐을 챙기는 모습을 바라보고 있었다. 비록 며칠간의 짧은 인연이었지만, 간간이 말벗이 되어주던 라드가 떠난다고 하니 서운한 기색이 역력했다.

"그래, 이제 어디로 갈 생각인가?"

옷가방을 어깨에 가로 멘 라드는 나무 막대를 집으며 대답했다.

"후훗, 로벰으로 가야 하지 않겠습니까? 글로렌 아가씨께 여비도 두둑이 받았으니 신관님을 만나 눈을 고쳐야겠죠."

이마를 한 번 쓸어보인 레놀드가 고개를 끄덕였다.

"그렇군. 어서 눈을 고쳐야겠지. 나중에 눈을 고친다면 고향으로 돌아가는 길에 다시 한 번 들르도록 하게나. 내 맛있는 식사 한 끼 대접하도록 하지."

"하하, 말씀이라도 감사합니다."

라드가 채비를 모두 마친 듯하자 레놀드가 무릎을 딛고 의자에서 일어났다.

"이제 나가 볼까? 백작가 분들은 요 근래에 있었던 일 때문에 바쁘셔서 만나 뵙기 힘들 듯하지만 너무 서운해하지는 말게나. 그래도 자네를 그레엄 중심가까지 데려다주라며 마차까지 내어주셨으니까. 흐음, 지금쯤이면 알고 지내던 몇몇 사람들이 자네를 환송하려고 나와 있을 걸세. 인사는 하고 떠나야겠지?"

"물론이죠. 그동안 신세 진 것에 대해 감사는 해야 할 테니까요."

"그럼 나가보도록 하지."

라드는 나무 막대를 땅에 두들기며 레놀드가 열어준 문밖으로 나서기 시작했다.

치열한 전투가 벌어진 흔적을 아직 지우지 못한 백작가의 정원에는 죠슈아, 그리고 주방에서 함께 일하던 몇몇 사람들이 라드를 환송하기 위해 나와 있었다. 고작 일주일 남짓한 기간이었지만, 이 자리에 모인 사람들과 나름대로의 각별한 친분을 쌓았기에 그 아쉬움을 표하고 다시 만날 날을 기약하기 위한 자리였다.

그들의 앞에서 머쓱한 표정을 짓던 라든은 가볍게 웃으며 입을 열었다.

"죠슈아를 비롯해서 모든 분들, 가르시너 백작님의 별세로 인해 편치 않은 상황인 데도 불구하고 이렇게 환송해 주시니 몸 둘 바를 모르겠군요. 떠돌이에 불과한 제게 이렇게 과한 친절을 베풀어주신 점 진심으로 감사드립니다. 부디 가르시너 백작가와 여러분의 앞날에 평안이 함께하시길 바랍니다."

라드가 작별 인사를 고하는 모습을 보던 죠슈아는 눈물을 글썽이고 있었다. 쾌활한 성격과는 다르게 감상적인 면이 있었던 그녀는 오빠라고 부르며 따르던 라드와의 이별에 결국 눈물을 참지 못한 것이었다.

"라, 라드 오빠! 다음에 꼭 다시 놀러와요!"

울먹이는 죠슈아의 목소리에 씁쓸한 미소를 지은 라드가

자신의 품에서 무엇인가를 꺼내어 죠슈아의 앞으로 내밀었다.

"녀석! 다 큰 처녀가 부끄럽게 울기나 하다니. 뚝 그치고 이거나 받아."

소매로 눈가의 눈물을 찍어낸 죠슈아는 라드가 내민 손을 바라보았다. 그의 손에는 금빛으로 반짝이는 머리핀이 하나 들려 있었는데, 비록 자신이 점찍어 놓았던 물건은 아니지만 그에 못지않게 고급스럽고 예쁜 머리핀이었다.

"라드 오빠! 이거……?"

"예전에 약속했었잖아? 급료를 받으면 네 머리핀을 사주기로. 그러니 사양하지 말고 받아."

조심스러운 손길로 라드에게서 머리핀을 건네받은 죠슈아는 사신의 얇고 긴 갈색 머리에 꽂으며 몇 번이나 매만졌다.

"어떤 것 같아요, 오빠? 어울려요?"

그러다 말고 라드가 앞을 보지 못한다는 점을 상기한 죠슈아는 다시금 시무룩한 표정이 되었다.

"아, 오빠는 앞을 보지 못하지."

라드는 입가를 끌어 올리며 미소를 지었다.

"보이지는 않지만 분명히 잘 어울릴 거야. 후훗, 로벰에 가서 눈을 고친다면 어울리는지 안 어울리는지 보러 다시 오도록 할게."

"예! 꼭요?!"

고개를 끄덕인 라드는 죠슈아, 그리고 환송을 나와준 사람

들과 작별 인사를 나누었다. 모두들 정이 깊은 사람들이었기
에 쉽게 눈시울을 붉히고 있었는데, 라드는 그저 머쓱한 얼굴
로 그들을 달래줄 수밖에 없었다. 마지막으로 그들을 향해 손
을 크게 흔들어 보인 라드는 레놀드가 몰고 나온 마차에 몸을
실었다.

"다들 몸 건강히 지내세요!"

"몸조심해, 라드 오빠!"

라드가 작별 인사를 마친 듯하자 레놀드는 천천히 마차를
몰아 가르시너 백작가의 정문을 빠져나가기 시작했다. 마차
가 시야에서 사라지기까지 가르시너 백작가의 사람들은 자리
를 떠날 줄을 몰랐고, 그 이후에는 라드와 함께 했던 이야기
를 나누며 라드의 빈자리를 채우고 있었다.

단 한 사람, 라드와의 이별을 두 손, 두 발 들고 반기는 이
가 있었으니 바로 주방장이었던 로베르토였다. 그동안 자신
의 속을 뒤집어놓으며 괴롭히던 라드가 떠나니 더없이 기쁠
수밖에 없었다는데, 정원의 나무 뒤에 몸을 숨긴 채 라드가
떠나는 모습을 훔쳐보고 있던 로베르토는 자신도 모르게 흘
러나오는 웃음을 애써 참으며 속으로 열렬한 환호성을 터뜨
리고 있었다.

따가닥! 따가닥!

마차 뒷자리에 앉은 라드는 눈을 가리고 있던 천을 들어 올
리며 창밖으로 내비치는 가르시너 백작가의 건물을 바라보았

다. 구름 사이로 내리쬐는 햇볕을 지붕에 얹은 따스한 그 모습에 라드는 미소를 머금으며 귓가에 아른거리는 글로렌의 목소리를 회상했다.

"이제 어디로 가실 예정인가요?"

"서부 국경에 위치한 것으로 알려진 가문인 '란더베르그 후작가'로 갈 예정입니다."

"서부 국경 지역이라면 아직도 마물들과의 전투가 벌어지고 있는 험지로 알고 있는데……."

"후훗, 지금의 처지라면 어디든 위험하지 않겠습니까? 그나마 다행인 것은 아스트랄의 후임이 정해질 때까지 추적자들의 방해를 피할 수 있다는 점이겠죠. 물론 그리 오랜 시간은 아니겠지만……."

"언제쯤 떠나실 생각이신가요?"

"여유가 있을 때 서두를 생각입니다. 내일 날이 밝는 대로 짐을 챙겨 떠날 생각입니다."

"그렇군요."

"그리고 내일 가솔(家率)들이 환송해 줄 모양이던데, 백작가 분들은 나오지 않으셨으면 합니다. 그들의 이목 역시 속여야 할 듯하니까요. 리키와 쟈미르님께 대신해서 안부 전해주시길……."

"예……."

긴 여운을 남기던 글로렌의 대답으로부터 왠지 모를 아쉬움이 전해졌지만, 황실을 나오던 그 순간부터 이미 자신의 감정 따위는 철저히 감추기로 다짐한 일이었기에 라드는 서슴없이 몸을 돌렸다. 그리고 가르시너 백작가는 라드의 추억 한쪽에 자리한 채 그 웅장한 위용은 점차 멀어지고 있었다. 이제 막 초목들이 싹을 틔우기 시작한 카젠틴 제국력 477년 초봄의 일이었다.

외전
카젠틴 제국력 458년의 이야기

The
House Keeper

카젠틴 제국력 458년 늦겨울. 해질녘부터 한두 방울 떨어져 내린 여신의 깃털은 파르르한 달빛을 타고 세상의 모든 만물을 새하얗게 뒤덮었다. 인간이 그어놓은 길과 쌓아놓은 건물, 다져 놓은 들판은 아무런 저항조차 못한 채 그 모습을 감추었고, 여신이 만들어낸 조화의 일부분이 되어 경외심을 드러내는 중이었다.

하지만 여신의 깃털마저도 미치지 못하는 대지 위의 유일한 장소가 있었으니, '바이올렛의 둥지(Violet's Nest)' 라 불리는 카젠틴 제국의 황궁이었다. 하늘에 닿을 듯 높이 솟은 첨탑과 대지를 덮을 듯 넓게 퍼져 있는 건물은 일 년 내내 따스한 바람에 휩싸였으며, 만발한 꽃과 과실이 싱그럽게 열린 나무들이 줄을 지어 서 있는 정원을 가진 곳. 카젠틴 제국 황실의 두터운 울타리는 그 어떠한 외부의 침입을 받아들이지 않고 있었다.

잿빛으로 변해 있는 겨울의 밤하늘과는 그 어떠한 연관성을 찾아보기 힘들었다. 은은한 열기를 내뿜는 대리석 건물들은 공기를 데웠고, 어디서 시작되었는지 알 수 없는 빛은 어둠의 스며듦을 막으며 황궁 곳곳을 밝혔다.

황궁 전체가 숨을 죽이며 적막감을 흘리고 있을 때, 매끄러운 대리석 바닥을 밟으며 다급하게 걷는 남성, 그리고 그의 뒤를 힘겹게 쫓는 여인들이 있었다. 화려한 문양이 수놓아진 복장을 한 앞선 젊은 남성, 위대한 바이올렛 혈통과 카젠틴 제국의 지배자인 '케이드 레알 바이올렛 듀나힘'은 긴장감 섞인 어조로 불만감을 드러냈다.

"산통이 시작된 사실을 왜 이제야 짐에게 이야기를 하는 것이냐?!"

그의 호통에 뒤를 따르는 여인들은 입술을 파르르 떨며 고개를 떨어뜨릴 수밖에 없었다.

황제는 자신의 눈 가득 들어온 육중한 문을 열어젖혔다.

"황제 폐하께서 드시옵니다!"

급히 내부를 살펴본 그는 자신을 발견하곤 예를 취하며 좌우로 갈라지는 사람들을 아랑곳하지 않고 하얀 휘장이 드리워진 침상을 찾았다. 그리고 그곳으로 다가서려 할 때 앞을 가로막는 이가 있었으니 짙은 청색의 로브를 걸친 노인이었다. 고목마냥 주름 잡힌 얼굴에 허리까지 기른 수염은 나이를 짐작키 힘들게 만들었다.

"폐하, 때마침 잘 오셨습니다."

그제야 노인을 발견한 황제는 그를 알아보며 숨을 고르며 쉬었다.

"흐음, 사이너스 선생, 황후와 태아는 어떻소?"

사이너스라는 이름을 가진 노인은 손을 들어 보이며 침착을 요구했고, 차분한 어조로 입을 열었다.

"세 분 모두 건장하시니 걱정하지 않으셔도 좋습니다."

대답에 의아한 눈빛이 되었다.

"셋? 셋이라니, 무슨 말이시오?"

깊은 눈가의 주름 속으로 미소를 그려 넣은 사이너스는 고개를 살짝 숙이며 대답했다.

"경하드립니다, 폐하. 황후께서 두 분의 건강한 왕자 전하를 출산하셨습니다."

그제야 황제의 얼굴이 밝아지기 시작하더니 이내 기쁨을 감추지 못하며 웃음을 터뜨렸다.

"하하핫! 늦게 들어선 태아 때문에 걱정이 많았건만 쌍둥이라니 더 이상 기쁠 수가 없구려! 어서 왕자들을 보여주시구려!"

순간 난처한 기운을 눈가에 흘린 사이너스는 황제의 귓가로 다가가 낮은 목소리를 말했고, 그의 말에 미소를 감춘 황제는 주변인들을 향해 침착한 목소리로 명을 내렸다.

"다들 이 방에서 나가 있거라."

황제의 돌연한 반응에 주변이 술렁이는가 싶었지만, 감히 되묻는 이는 아무도 없었고, 내딛는 발걸음조차 조심하며 방을 나서기 시작했다.

뚜벅, 뚜벅.

사이너스는 황제의 길을 이끌 듯 먼저 걸음을 옮기며 하얀 휘장이 드리워진 침상으로 향하였다. 가벼운 감촉을 느끼며 휘장 끝자락을 들어올린 사이너스는 황제에게 길을 내어주었다.

그곳에는 상기된 듯 붉은 볼을 한 여인이 누워 있었다. 금빛 가느다란 머리카락이 차분하지 못하게 흩어져 있었지만, 은연중에 풍기는 그녀의 품격을 깎아내리지는 못했다. 그리고 그녀의 양 품에 안겨 있는 두 명의 갓난아기. 아직 눈조차 뜨지 못함에도 손가락을 꼼지락거리며 건강함을 드러내는 중이었다. 더없이 부드러운 눈빛으로 세 모자(母子)를 바라보던 황제가 입술을 떼었다.

"황후, 고생이 많았구려. 여린 몸으로 두 명의 왕자를 출산해 주다니, 짐은 더없이 기쁘다오."

눈을 감고 있던 여인의 입가에 따스한 미소가 한 점 걸렸다.

“오셨군요. 왕자들을 보세요. 더없이 건강하고 예쁘답니다.”

“물론이오. 코와 입이 그대를 닮은 듯하구려. 내 한 번 안아봐도 되겠소?”

“왜 아니 되겠어요. 당연히 그러셔야죠.”

“후훗, 그럼 잠시 귀여운 왕자들과 시간을 가지리다.”

황제는 진중한 얼굴로 두 갓난아기를 양팔에 안아 들었다. 침상으로부터 걸어나온 황제는 사이너스를 향해 눈짓을 하였고, 그것이 의미하는 바를 잘 알고 있는 사이너스는 방 한 켠에 놓아두었던 큼직한 가방을 끌어 올려 테이블 위에 펼쳤다.

진득하리만치 어두운 보라색 융단이 깔린 가방 안에는 은은한 빛을 발하는 여섯 개의 둥근 수정이 고이 보관되어 있었다. 각각의 수정구는 모양은 같지만 발하는 빛이 모두 달랐으며, 그 뿜어내는 기운 역시 달랐다. 기운들을 느끼며 잠시 움츠러든 얼굴을 하던 사이너스는 자신의 자리를 황제에게 내어주었다.

“폐하, 우측의 왕자께서 먼저 출생하셨습니다”

잠시 자신의 품을 내려다보던 황제는 고민하는가 싶더니 좌측의 갓난아기부터 융단의 중심에 조심스럽게 뉘였다.

아직 눈조차 뜨지 못한 채 미약한 숨을 내쉬던 갓난아기는 천천히 손을 움직였다. 자신을 둘러싸고 있는 여섯 개의 수정구 중 짙은 갈색을 빛을 발하고 있는 수정을 향해 이끌리듯 손을 뻗은 것이었다.

스스스스.

곧 진갈색 수정구로부터 흐늘거리는 빛의 무리가 흘러나오며 갓난아기의 손끝에 닿았다. 그리고 더욱 격렬하게 율동하던 빛무리는 갓난아기의 몸 전체를 감싸기 시작하자, 이를 지켜보고 있던 황제는 흐뭇한 웃음을 지으며 고개를 끄덕였다.

오오, 대지(大地)의 바이올렛이로군. 그라비드 대제께서 가지셨다는 대지의 바이올렛. 좋아! 너의 이름은 그라드, 그라드 바이올렛 듀나힘이다.

황제가 갓난아기를 안아 들자 빛의 무리는 금세 흩어졌고, 진갈색의 수정구는 본래의 모습을 되찾으며 신비한 빛을 은은히 흩뿌렸다.

이어 기대감에 찬 황제는 우측 품에 안고 있던 갓난아기를 융단 위에 뉘였다. 하지만 그 위에서 손가락을 꼼지락거리며 놀고 있는 아기는 여섯 개의 수정 따위에는 아무런 관심조차 없어보였다. 그 모습을 지켜보던 황제의 안색은 점차 하얗게 변하고 있었다.

"사… 사이너스 선생! 설마 큰아들이 언바이올렛이라는 말인가?"

황제와는 다르게 끝까지 침착함을 유지하던 사이너스는 점차 눈을 크게 뜨며 융단 위의 아기를 가리켰다.

"이럴 수가……. 아닙니다, 폐하! 자세히 들여다보십시오! 아주 미약하지만 바람, 물, 불, 빛, 얼음, 그리고 대지의 수정구가 모두 왕자 전하께 반응하고 있습니다! 믿겨지지가 않는군요! 한 몸으로 이종의 바이올렛 능력을 가질 수 있다니 말입니다!"

잔뜩 흥분해 있는 사이너스와 다르게 황제의 얼굴은 더욱 큰 고심에 빠져들고 있었다. 언바이올렛이 아니라는 사실이 기쁜 것은 틀림없었으나, 이종의 바이올렛 능력을 가진 눈앞의 아기가 황실에 어떠한 혼란을 가지고 올지도 짐작할 수가 없기 때문이었다. 한동안 아무런 말 없이 눈앞의 아기를 내려다보던 황제는 아기를 안아들며 사이너스만이 들을 수 있는 목소리로 자신의 결정을 전했다.

"이 아이의 이름은 라시드로 하겠소. 라시드 바이올렛 듀나힘. 하지만 이 아이가 이종의 바이올렛 능력을 가지고 있는 것은 대외적으로 비밀로 했으면 좋겠소."

"흐음, 설마 근래 황실에 번지고 있는 세력 분쟁 때문이십니까?"

황제는 대답 대신 고개를 끄덕여 보였다.

"이 아이가 장성할 때까지 언바이올렛으로 공표(公表)할 것이고, 그라드를 장자로 삼을 것이오. 어쩌면 이 일이 훗날 다가올 황실의 분란을 막기 위한 포석이 될지도……. 사이너스 선생께 라시드를 부탁드리도록 하겠소."

"소신, 신명(身命)을 다하도록 하겠습니다."

어린 라시드를 사이너스에게 안겨준 황제는 그의 얼굴을 애틋한 시선으로 바라보았다. 그리고 이내 시선을 돌린 황제는 어린 그라드만을 품에 안고서 방을 나섰다. 사이너스 품 안의 어린 라시드는 자신 앞에 펼쳐질 운명을 짐작치도 못한 채 무엇이 그리 즐거운지 신생아답지 않은 웃음을 지을 뿐이었다.

『The House Keeper』1권 끝

초등학생이 반드시 읽어야 할 좋은 책 49권

각 학년별로 초등학생이 반드시 읽어야할 좋은 책을 선정하여 통합논술의 기본이 되는 '올바른 독서법'을 일깨워 줍니다.

교과서와 함께하는
초등학교 통합논술

초등1학년 | 값 12,000원 | 초등2학년 | 값 9,500원 | 초등3학년 | 값 11,000원 | 초등4학년 | 값 9,500원 | 초등5학년 | 값 9,500원 | 초등6학년 | 값 11,000원

♣ **혼자 할 수 있어요.**

엄마가 책 읽는 방법을 가르쳐 주어도 좋아요.
독서지도하는 선생님이 가르쳐 주어도 좋답니다.
"초등 교과서와 함께하는 **통합논술 시리즈**"는
아이 스스로 독서할 수 있도록 꾸며진 책이에요.
엄마와 선생님은 요령만 가르쳐 주시면 된답니다.

♣ **교과서의 중요한 내용이 총정리되어 있어요.**

각 학년별로 중요한 교과 내용이 함께 수록되어 있어요.
초등학생은 교과서 내용을 충실하게 공부해야합니다.
아울러 그와 병행한 독서가 대단히 중요하지요.
"초등 교과서와 함께하는 **통합논술 시리즈**"는
두 가지 방법 모두 알려준답니다.

♣ **이 책은 훌륭하신 선생님들이 함께 쓰신 책이랍니다.**

동화작가 선생님들이 쓰셨어요. 소설가 선생님도 쓰셨답니다.
국어 논술독서지도 선생님들도 함께 쓰셨지요.
"초등 교과서와 함께하는 **통합논술 시리즈**"는
엄마의 마음으로 모든 선생님들이 함께 꾸민 책이랍니다.